目录 | contents

第 一 章

1

苦根死后，成为埋在一杭身边的一颗炸弹。要再过三个月，一杭才在一张摊开的废信封背面写下这句话，并开启一个关于谋杀的故事。

这是藏在僻静小街里的一个四合院。主人把卧房辟出几间做了餐馆，招牌菜是兔肉。味道不坏，价格便宜。因为门前有一个公共厕所，所以人称"厕所兔"。

一杭焦急地抬头张望，雪萤还没来。他看着餐桌上孤单的两副碗筷和一碟花生，夹了一粒，刚放到唇边，花生一滑，掉在左手臂上，他凝视了一眼，迅速抬手，嘴一伸一张，将花生含在了嘴里。

"嗬，不等我就开动了？"清脆的声音从曲曲弯弯的小巷钻进来，雪萤提着拉杆箱出现在巷口。一杭尴尬地笑着："怎么我一偷吃东西，总是被你发现？""所以呢，千万不要背着我做对不起我的事情。"雪萤乐呵呵地说。

"怎么敢呢?"一杭三两步跨下台阶去迎雪萤,帮她把皮箱放好,回头冲黑洞洞的屋子里喊老板上菜。

雪萤照例俯身拿食指在椅子上一抹,翻过来看见指肚上椭圆一圈油腻腻的灰尘,不经意地皱了皱眉,用餐巾纸仔仔细细地把凳子擦了一遍,说:"你不是才领了六千元稿费吗?以后吃饭换个地方行不?"

一杭察言观色,赶紧帮忙擦雪萤面前的桌子,说:"这地方虽说卫生条件差了点儿,但环境幽静,关键是菜的味道不坏。""问题的关键恐怕不在这里吧?"雪萤撇撇嘴坐下来,见一杭有些落寞,忙补充说:"就算是山珍海味,吃多了也腻啊。"她显然饿了,提起筷子夹花生。这时服务员端上来一盘兔肉,她刚伸出的筷子又缩回去,她见一杭不吭声,知道伤害了他的自尊,灭了他的热情,便偏头找话说:"你不是说要去接你妈吗?"

一杭换了下坐姿,说:"她身体不舒服,临时改变主意不来了。"

"其实,阿姨倒是应该来成都陪着你的。"雪萤若有所思的样子。

一杭脸上掠过一丝遗憾,瞬间恢复过来:"……也好,这个国庆节就彻底交给你了。"

雪萤不置可否地笑,嗔怪他越来越油腔滑调。说完盯着一杭看,突然睁大眼睛,凑过来掀开一杭的外套。一杭不解地看着她,又不好避让。她从一杭白色网纹 T 恤上发现一根黑毛,有些得意的神情:"我就说嘛,一根头发。"说着,用力拉出来,一杭疼得"哎哟"一声,原来是胸毛钻出来了。雪萤有些尴尬地退回去。

一杭揉着乳房,歪着嘴,嘴里"嘶嘶"着,说:"我是认真的。"

雪萤夹了一块兔肉，笑着说："知道。"

一杭突然来了精神，把身子平滑过去，拿手去扳雪萤的头。雪萤让了让，没让过，便听任其自然，闭上眼大嚼兔肉。

好事多磨，一杭的山寨手机突然尖叫起来，他皱了一下眉，掐掉电话，继续把嘴向雪萤倾过去。电话又尖厉地响起。雪萤"咯咯咯"地笑得前仰后合，扯了张餐巾纸擦擦嘴巴，说："接吧，说不定有要紧事呢。"一杭不情愿地拿出手机，匆匆看了一眼，粗声粗气地"喂"个不停。

一杭突然语气软下来，转身蹲到阴暗的小巷里，手捂着嘴，急促地低声解释着什么。雪萤把筷子搭在碗上，盯着他的背影。只隐约听到一句："你想怎样？我说了不是我！"好一阵，一杭垂头丧气地走回来，坐在凳子上发呆。

两个人干坐着，很无趣。雪萤偷看了一眼一杭的表情，知道他的脾气，不便多问，便想找点儿轻松的话题改变气氛。她说："今天出差回来的路上，夏冰给我讲了一个笑话……"

一杭腾地站起来："不要跟我提这个人！"他突然回过神来，有些歉意地低声说："我去埋单。"雪萤赶紧塞了几筷子兔肉在嘴里，含混不清地说："菜还没上齐呢！"

2

一杭不是那种喜欢看电视的人，电视却成天开着，只要他在家里，不管做什么。电视成了一杭生活的一部分。就像一条河流，不管世间发生什么事，每天只顾静静地流过去。一杭能感觉到河水的流动，感到这种流动带给这间冷清的屋子丝丝暖意和生气。

卧室里，除了一张床，就是一张老式写字台。靠墙的床上码着两排书，那是一杭唯一的财产。夜里，他枕书而眠，在书香中陶醉。这些书规格不一，新旧不同：福楼拜的《包法利夫人》是李健吾翻译的，这是他最喜欢的一本书，翻得很旧了，前勒口已经从折处破开，剩下一些发脆的纸纤维连着；还有一本李华的《出轨》，号称是一部揭示风流有代价的现代寓言——刚看到蓝朵朵带着忧伤卧轨自杀一章，一杭感觉眼睛有些倦意，便取下眼镜，合上书，走到写字台前，准备给金鱼换水。

圆形小鱼缸里养着三只金鱼，一只墨黑，两只绯红，像演员一样，在既定的窄小空间里表演花样游泳。写字台上还挤着一台黑白电视机。这是房东餐馆里淘汰的，女主人打算当废品卖掉，男主人说好歹还能将就看，就自作主张给一杭搬来了。电视里总是覆满了雪花。好在一杭对此并不计较，电视于他不过是收音机的替代物。

电视里正在播放一条短讯：一中年男子今晨在车祸中身亡，事故发生在康平街。目前，警方已介入调查。

一杭的脑子乱极了，手也笨拙起来。鱼缸突然变成了金鱼，有了生命，灵巧地从指间滑落。玻璃碎处，三只金鱼蹦蹦跳跳拍打起水花。一杭已经没有心情关心那些可爱的、带给他无限乐趣的金鱼。他的第一反应是找眼镜。

总在最需要的时候找不到眼镜。除了看书，一杭很少戴眼镜，眼镜总是随手放在床头、桌上，或者厕所里装卷纸的塑料盒上。需要的时候，每每要找小半天。但需要立即用眼镜的紧急事不多，倒也没觉得有何不便。此时，那条关于车祸的新闻让一杭觉得，对于眼镜来说，眼睛才是最合适的地方。只要在某一时刻，眼镜发挥了作用，平时所有的准备就都得到了补偿。

床上？没有。写字台上？没有。厕所里？没有。甚至连床下都找过了，还是没有。他颓丧地坐在床沿上，思考可能会把眼镜放在哪里。当他终于翻开《出轨》，从书页中取出眼镜时，电视里已经放彩票开奖信息了。一等奖尾数是29，前面一长串数字，记不住。

虽然没有看到电视画面，但车祸、康平街、警方，这三个词却迅速在一杭脑海中发酵成一团面糊。他想起中午那个神秘电话，那个嘎着嗓子的人是谁？他从哪里知道我的电话？他为什么要给我打电话？为什么知道我曾经出现在车祸现场？

一杭手扶着电视机，目光却落在虚空处。

起风了，窗帘像舞女的裙裾优雅地飞起又落下，一杭却对美景视而不见。一只漆黑的垃圾袋被风卷到高空，又回落下来，风浪再一推，鹅毛般轻盈地越窗飞来，正好贴到一杭的眼睛上。他有一种不好的预感。恼怒地几把将垃圾袋撕得粉碎，奋力想扔出窗外，但仿佛被手里一根无形的线牵着，大部分又飞了回来。风只是一个信号，大雨紧随而至，"啪啪啪"的雨声铺天盖地而来。丝丝带着泥腥味儿的雨雾涌进窗来，一杭手脚冰凉。

一杭在电视机前坐到凌晨一点，一直没有等来回放。其间还换了另外两套地方台，虽有播新闻，却没有他想看的那一条。他几乎开始怀疑那条新闻是否播出过了。

他希望马上天亮，下楼买一份报纸，一切都将水落石出。但是，如果永远停留在今夜，是不是就不会再有人知道那件事呢？是不是就永远不会有人来打搅自己呢？一杭被矛盾所折磨，看着秒针一圈一圈地向前走。

一圈又一圈，生命就一圈一圈地减少。

为什么时间一定要向前走呢？为什么不可以向后走呢？如果可以向后拨，死去的人或将活过来，而他，只想返回细雨如丝的早晨，以便修正一个错误，不是用后悔，而是将那一刻轻轻地不留痕迹地抹去。

3

一切都改变了，下楼时，一杭突然产生了这种感觉。楼下有个卖报纸的老头儿，一杭总是在他那里买报纸。时间久了，两人便开始谈论些天气之外的事情，渐渐就熟了。每次下楼，老头儿都要冲一杭点点头，笑一笑。遇着正抽烟的时候，也递一支给一杭。但那一天，他却像是不认识一杭似的，抬了一下头又低下去翻看手中的报纸。

他在看什么？

是那条关于车祸的消息吗？

报纸上说什么了？

一杭突然产生一种冲动，上前抓了老头儿手中的报纸就跑。但他不能。尽管他巴不得马上看到报纸，马上找到那条新闻，但他却不能表现出来，他甚至不能就近买一份报纸。他下楼往左拐，朝一条小巷走去，他感觉自己是个木偶，目无斜视。

巷口有一个报摊，因为周围人来人往，一杭便没有停下来。后来，他向右拐进了僻静的一条小路，他平时很少经过这里，那么，就应该是安全的。一家小区门口的路边，一位老太婆肩上挎着一个印有黄色书法体"成都早报"字样的蓝布包，正在清理报纸。

一杭的心怦怦跳着。他走上去，说："拿一份早报。"一杭偶尔给早报副刊写点小文章，对早报有感情，一般而言，他会选择买早报。卖报的老太婆递了一份给他。

走了几步，他又倒回去，把刚才找他的五毛钱递给老太婆，说："再拿一份《成都市民报》吧。"早报的副刊办得有声有色，但就新闻来说，远不如市民报全面和权威。一杭几乎是从老太婆手中抢过报纸，转身急匆匆地走了。

他实在想找个僻静的地方打开报纸，但又担心被人发现。他把报纸折起来，紧紧地夹在腋下，回头偷偷看了一眼那个老太婆。现在，他后悔返回去买那份市民报了，即使要买，也应该换一个地方，这个小动作或许会让老太婆记住自己的相貌，将来有可能成为一个不利因素。不过，他无法改变过去，唯有尽快消失在这条街上。

回去的时候，一杭见路边有一家杂货铺，想到应该买一个新鱼缸。因为那只黑色金鱼，一杭最喜欢的那一只，它死了。早上起来的时候，一杭照例去看他的伙伴，就发现它一动不动地躺在暂时充当鱼缸的脸盆里。随着同伴掀动的水波，黑色的金鱼在脸盆里一沉一浮，像一片垃圾。

一杭拐进了杂货铺。店老板正在"呼呼呼"地吃面，见了一杭也不招呼，高傲得像美丽的萨皮娜。一杭问："有金鱼缸卖吗？"店老板朝货架努了努嘴，示意他自己看。一杭好不容易在货架最底层发现一个布满灰尘的圆形鱼缸。他问："没有方形的吗？"

有报道说，欧洲某个国家通过立法要求为金鱼配方形鱼缸，因为金鱼从圆形鱼缸中看到的世界是变形的。一杭早就想换一个鱼缸了，但总是想不起来。店老板爱理不理地说："没有，只有圆的。"因为嘴里含着面条，话含混不清。

一杭摇头。万物皆有灵，众生皆平等。一杭同情起这些养在圆形鱼缸中的宠物来，尤其是，这是他的金鱼，是被他驯养的那一只，是他可以对其朗诵诗歌的那一只，是他能够对其倾诉内心的那一只。人说，金鱼被动地在弯曲的鱼缸里接受一个变形的世界，一杭相信这一点，尽管他并不知道，人类是否也和金鱼一样，在透过弯曲的器物打量世界。当人类为金鱼打抱不平时，金鱼是否也正把人类视作同情对象呢？

改天吧，改天到青石桥花鸟市场看看，兴许能买到，就让它们在脸盆里委屈几天。一杭心里想着，有点儿心不在焉地往回走。回到家后，他把门窗关得严严的，开了灯，快速地翻阅早报。从第一版翻到最后一版，甚至连中缝也看了，却没有关于车祸的报道，又翻了一遍，还是没有。于是，他怀着期待翻开市民报。

在第三版下方，他看到了那条让他心跳骤然加速的报道。

4

该来的终于来了，不该来的，也将来临。就在那天下午，一杭收到一封信，这不啻在他的伤口上撒了一把盐，噩梦从此展开。

那条黑色金鱼死了以后，一杭决定把鱼缸换掉。那天早上，去买报纸时想顺便买一个鱼缸，但没有如愿。车祸的事情，一直盘桓在脑际，让他一刻不得安宁。一杭想，不如去花鸟市场看看，转移一下注意力。那里应该可以买到方形的鱼缸吧？吃过午饭，便换了一身装束出门。下了楼，卖报的老头儿在报摊前打盹儿，瞥见一杭，眼神立刻就滑过去。一杭也做贼心虚似的悄悄闪过去了。

不大的市场被一家一家的店铺分割成块状。尽管没有下雨，街道上还是流淌着黑色的泥浆，女士们小心地踩着方砖，不时仍有一股黑剑"唰"地刺将过来，让人防不胜防。空气中蒸腾着海鱼死尸的气味，偶尔一只濒临死亡的螃蟹横着爬上行人的脚背，吓得那人尖叫连连。窄窄的小街上人来人往，一些人突然蹲下去，从盆子里捞出一只乌龟翻过来覆过去地看，不同品种的乌龟，被分别装在巨大的盆子里，它们不停地爬动，摩擦出沙沙的声响。年轻的男女，在颜色艳丽的鸟儿面前驻足，鸟儿在鸟笼中跳上跳下，歪着头打量顾客，并不知道它们的命运会在瞬间发生改变。各色的金鱼总是吸引了最多的目光，它们安静地待在玻璃缸里，怡然自乐地游来游去，手伸向它们的时候，连逃跑也是那么的优雅。

一杭突然想，是否金鱼从方形玻璃缸中看到的，就是真实的世界呢？水，还有玻璃，在金鱼那里，难道对世界的存在没有影响和改变吗？

子非鱼，焉知鱼之乐？或许，它们已经习惯并喜欢上了圆形鱼缸了呢。还有一个问题，它们看到真实的世界与否，对它们来说，真的有影响吗？真那么重要吗？

一杭想不明白。

张爱玲早就说过，思考是痛苦的。一杭踩上了哲学的跷跷板，左右摇摆不定。一个陌生的电话救了他，暂时让他跳出鱼缸的困扰，但是，同时又把他推到另一个黑洞里。电话是快递公司投递员打来的，说是有一封信件需要他签收。到成都以来，一杭首次收到信件，会是谁寄来的呢？雪萤么？有什么事需要寄信而不是打电话呢？一杭来不及多想，匆匆买了一个鱼缸，挤公交车往回赶。路上，他发现自己买了一个圆形玻璃缸。他感到有一点儿意外，不是打定主意买方形鱼缸吗？结果怎么正好相反呢？有时候，很难解释我们的思想和行为之间的对立。

但现在，他更关心那件充满悬念的快递。

快递员见一杭久久未到，又送了另一个快递，刚刚返回。一杭报了自己的姓名。快递员把一个看上去有点儿粗制滥造的硬壳纸信封和一支笔递了过来，又低下头整理剩下的包裹和信函。一杭觉得奇怪，送信就送信嘛，还送一支圆珠笔。他接信掂了掂，急不可待地想看信的内容，却不好当着快递员的面拆信，决定尽快回家看。快递员抬起头，冲着他的背影不耐烦地说："你还没签字！"一杭不知道取快递还需要签字，但他不能显出自己的无知，便说："对不起，忘了。"回头，装作漫不经心其实很辛苦地寻找签字栏，字太多，一时没找着，快递员拿圆珠笔在签名栏戳了戳，一把将笔拍在信封上。一杭也不看，慌忙签上自己的大名，如释重负。快递员把签收单撕开，把中间一联抽掉，一轰油门走了。

一杭把信封夹在腋下，抱着鱼缸上楼，匆匆把鱼缸放在写字台上，来不及把金鱼从脸盆里转移进去，狐疑地、充满期待地沿虚线撕开了厚厚的快递信封。劣质的信封上有细小的白灰掉落下来。

里面是一张照片，和一份《成都市民报》的剪报。

照片有点儿模糊，但看得出来，是一处偏僻的街道。凹凸不平的地上湿漉漉的，向不同的方向反射着微弱的街灯。一个血肉模糊的男子躺在地上，旁边是一个碰翻的镔铁水桶，已经严重变形。一个人蹲在地上拿手去试男子的鼻息，一辆摩托车停在旁边。一杭只看了一眼，登时血液就凝固了。他像被烙铁灼伤一样，紧紧地闭上了眼睛。

照片翻卷着，从指缝间跌落，带着与砂粒摩擦的声音在地板上滑行，最终被一只毛茸茸的拖鞋阻住了去路，像一只被压扁的蛇，头钻到拖鞋下，整个身体露在外面。内心深处那条禁锢的毒蛇，不幸醒过来了，整个世界在他成了一个深不可测的地狱。

5

这是一个法律的时代，而不是道德的时代。有些人为了钱，才不管你道德不道德呢，你把他钉在道德的耻辱柱上，等你一转身，他就笑嘻嘻地跑开了。一杭遇到了这样一个人。而他并不知道这个人是谁。

电话里，那个人的声音有点儿熟悉，应该就是之前打匿名电话那个人。那人故意压着嗓子，像一只公鸭在叫。"公鸭"说："我寄给你的剪报和照片你收到了吧？"一杭的血都冲到脑门上了，他拿着手机，全身颤抖。"公鸭"说："你听着，我需要一万块钱，你把它用黑色垃圾袋包好，今天下午四点，在思念茶楼见面，我把所有的照片给你。记住，不准报警，否则，嘿嘿嘿……"嘶哑的笑声像带缺口的刀一样，一下一下地扎进一杭的心窝。

一杭的第一反应是报警。但是，在他无法合理解释那张照片的情况下，这就等于自投罗网。他找出那张照片看了看，又把市民报的剪报翻开，是关于车祸的短讯。他从报道中得知，死者系外来打工者，在康平街理发和擦皮鞋，好像有一个妹妹也在成都打工，但附近居民在最近一年一直没见过她。事发当天早上，死者横穿公路到对面的厕所里提水，被一辆摩托车当场撞死。看守公厕的老人介绍说，摩托车司机还下车看了看伤情才逃离现场。

一杭把报纸揉成一团，坐在床沿发了好一阵呆，才从床下一双长霉的长筒靴里掏出一个塑料袋，就像圣诞老人从口袋里掏礼物，抖抖擞擞地把一摞钞票摊在床上。一杭不太相信银行，以前母亲存了点儿钱，听说农村信用社利息高，全部存了进去，结果非但利息没拿到手，本儿也打水漂了，信用社都没有信用了，钱还不如自己拿在手上放心。

靴子是上次母亲来成都时给他买的，找了好几个地方才买到。一杭看到筒靴大笑不止，说："妈，这不是乡下，用不着这东西。"母亲一副经验十足的样子，说："下雨天穿上它，安全，又不会弄脏裤子，再说了，筒靴便宜，万一穿皮鞋进水坏了怎么办？一百多块钱一双，多可惜呀。"一杭发现，自己和母亲之间已经树起了一堵墙。

母亲回老家以后，这双母亲买的靴子就一直被闲置起来，后来一杭想到用它放钱，终于发挥了一点儿作用。一杭开始蘸着唾液一张一张地数钱，一万块钱，数了一下午，仔细地清点了几遍，抚摸了几遍。那差不多是他全部积蓄了，这钱要是给母亲，或者给雪萤，她们该有多高兴啊，可是，却要送给一个陌生人。一杭想到平时自己一分钱掰成两半花，每次请雪萤吃苍蝇馆子，就心疼得要哭。

"你今天不买一份早报？"一杭再次下楼时，卖报的老头儿终于说话了，但脸上并没有笑容。一杭有些歉意地摇了摇头。老头儿便摸出一根烟来抽，神情专注的样子，忘了一杭还尴尬地站在那里。一杭想买一份其他报纸，改善一下这种关系，说不定一会儿在茶楼里无聊还可以翻翻，便说："拿一份《南方周末》吧。"老头儿脸色和暖了，说："哟，原来换口味了，我就说嘛，文化人不买报纸，那还叫文化人吗？"一杭苦笑一下，接了报纸匆匆离开。

下午四点，一杭准时出现在思念茶楼，目光向茶楼大厅里的每一个人扫去，尤其是那些单独一个人的茶客，但都不像在等他的样子。这时，手机响了。那个沙哑的声音说："你下楼来，出门左拐，在那条小街上，路边有一棵中空的大树，你把钱放在树洞里，然后原路返回，不准向后看。""那……那照片呢？"一杭感到嗓子发干,电话却已挂断。

一杭拐进左边一条幽静的小巷,果见一棵碗口粗的树,斜斜地一脚踩进了邻街青红相杂的围墙,围墙外的部分被扭曲成弓形,脱水后的树干呈现凉拌鸡肉似的纹路,长满了溃烂伤口状的树瘤,暴露其生存的隐忍与顽强。树顶端有向下生长的痕迹,近前端是密匝匝的梅花鹿鹿角状的细枝,已经风干了,树身定格成一只蓄力冲锋垂死挣扎的斗牛。牛肚上有一深黑色胎记,细看却是一个黑黝黝的空洞,洞周有一圈绿苔,边沿上两枚细弱的嫩草,像营养不良的卫兵。一杭站在树下左顾右盼,四下无人,转身迅速将钱放到洞里。一只黑色甲虫拖着长长的花翎出洞巡逻,"啪"地摔了个仰天跌。

一杭转身离去。等待那个人打电话来,一直没等到。这个社会已经没有诚信可讲了。一杭愤愤地想。

第 二 章

1

夏冰的周六基本上陷在单位。因为老板范坚强有事没事，都习惯在周六到单位看看。这就意味着，公司的其他员工，也都将休息日奉献了出来。有人说，是雪萤到公司后才出现这种情况的。但夏冰不相信这个说法，印象中，范坚强总把自己关在办公室里画画，一副不近女色的样子。夏冰觉得他有点儿变态。他分析，范坚强在家里一定缺少表演的对象，只有在单位，他才能找到君临天下的感觉，那是一种让人晕眩的权力的乐趣。权力只是手段而不是目的，古往今来，真正成大业者，无不是拥有权力而不滥施影响，而他，似乎并不明白这一点。有些人，一辈子都活不明白，六十岁了还像青涩的桃子一样，因为，他们在某些方面根本没有发育。

夏冰九点半到单位，平时八点半上班，周六属于附加劳动，所以晚一点儿范坚强也不好说什么。他不喜欢聊天，总把自己关在办公室里。夏冰在销售部工作，销售部一共七个人，一人分一个片区，他负责西南地区，平时在办公室的时候最多。

夏冰经过编辑部时，随手拿起一份《成都市民报》进了办公室，"砰"地把门关上。他仰躺在圈椅里，把双腿放在办公桌上，翻看报纸。

周六的报纸缩水，版面只有平时的一半，三两下就翻完了。夏冰把报纸扔到办公桌的一边，在椅子里一摇一摇地混时间。过了一会儿，他伸手拈过报纸，从二版的题花广告里找到一个电话，拿起办公桌上的电话拨了过去。

电话里传来一个温柔的女声："先生，请问您有什么需要？"夏冰脸上浮起一丝笑意，用拇指、食指和中指把一支签字笔在手上玩得溜转，他嘎着嗓子说："小姐，我帮我老婆咨询一下，她脸上长斑，有办法解决吗？"对方一听，立刻热情起来："当然没问题，请问她脸上是什么样的斑？长斑多久了？"夏冰不接她的话头，只问："你们祛斑多少钱呀？"

女声说："那要看多少疗程了，您最好让您爱人到我们店里来一趟，我们会根据她的情况制订祛斑计划。"

夏冰说："可是，她现在正出差，让我先了解一下。"

女声轻声地"哦"了一声，说："那您让她回来再跟我们联系好吗？"

夏冰问："你们那儿可以为男士美容吗？"

"可以呀！"女声又温柔起来，"先生，您想美容吗？"

"怎么个美容法？"夏冰故作好奇地问。

"目前，我们主要做面部项目和身体项目两部分。面部项目包括眼部祛皱护理疗程、暗疮炎症护理疗程……""身体项目呢？"夏冰打断她。"包括美体 SPA 护理疗程……""SPA 是什么呀？""SPA 是一种舒缓减压的方式，包括脸部护理、身体护理、水疗、按摩等等。"女声耐心地解释。

"那，按摩师是美女吧？"对方被夏冰这个问题弄得一怔。"啊？这……我们这儿的专业按摩师都是百里挑一的。"

夏冰刚想说些猥亵话，范坚强偏着头推门进来了。夏冰忙说："那好吧，先这样，尽快把钱打过来，我们新出了一批教辅资料，我接下来就着手安排发货。"说完挂了电话，冲范坚强点点头。

"这个月的回款如何？"

"还行吧……我正打电话催呢。"夏冰不由自主地笑了一下。范坚强点了点头："那你忙，我到编辑部看看。"背着手出去了，走了几步回头说："小夏，你这脸没想过治治？"夏冰"哼"了一声，说："治？我试过三百种偏方，能治早治好了。"范坚强有点儿尴尬地扭头走了。夏冰又拾起那张《成都市民报》，突然睁大了眼睛。他拿起电话，拨了一串数字，想了想，又急忙挂断了。

吃过午饭，范坚强就开车离开了，办公室其他人也匆匆忙忙收拾物品下班。夏冰把一份《成都市民报》塞到挎包里，临出门时，回头望见办公室角落一堆新印的宣传单，犹豫了一下，回身提了两捆下楼。出电梯时，遇到因事返回公司的范坚强。范坚强睁大一双牛眼，看定夏冰的手，说："小夏，你提的什么啊？"

夏冰怔了一下，说："我准备……把这些资料多寄些出去，广种薄收吧。"范坚强爱抚地拍了拍他的肩，说："这些事，交给办公室小陈做就可以了。"

"没事，没事，我力大，活动一下身体也好。"电梯合上了，范坚强向夏冰挥了挥手，算是再见。

夏冰把两捆资料提到公司楼下一僻静的小巷，一个骑三轮车的老头儿坐在一棵老槐树下抽旱烟。夏冰说："老吴，来，帮一把。"叫老吴的老头笑着说："哟，夏销售，今天又有什么好东西？"这老吴，以前本来在旁边一条街收废品，因为夏冰经常顺手牵羊拿些旧书旧报之类的东西来卖，久了，老吴干脆把摊点也转移到一风公司的楼下来了。

"一些作废的宣传册。称一下，有多重。"夏冰轻描淡写地说完，嘴里"嘶嘶"着，甩了甩手，又拿到嘴边吹了吹，"把手都给我勒疼了。"

老吴听说是宣传册，知道这玩意儿又重，利润又薄，便有些散淡地说："夏销售，宣传册价钱比废报要便宜点儿哦，下次，你还是给我搞点儿书来吧，字典词典更好。嗯，字典词典好。"

"好好好，快称吧，我还有事呢。"夏冰催促老吴。老吴把旱烟在树干上敲灭，把烟杆插在树洞里，提起了地上的铁秤，用铁钩钩住捆宣传册的绳子。头往后仰，皱着眉觑着眼瞄着秤杆说："三十一斤半，另外那包就不用称了吧?"老吴拿脚踢了一下，说，"我看差不多重，就算一样的，一共六十三斤，六十三斤。"说第二个"六十三斤"时，老吴提高了声音。

夏冰有些怀疑地看了老吴一眼，说："一包才三十一斤半啊，你再称称看，怕不止哦?"

"没有问题，不信你自己称嘛……"老吴把秤在夏冰面前晃了一下，就收回去了，说，"我老吴办事，不会亏待你的，四六二十四，三四一块二。就二十五块钱吧，整数，整数，好拿钱。"

夏冰一见老吴急于给钱就知道他心里有鬼，便说："不行不行，这么重，哪里才止六十三斤哦，起码有七十斤，说不定还不止呢。四七二八，你给三十块钱，以前每次你都少给几毛钱，而且价格太低了，才四毛钱一斤。"

夏冰不接老吴递过来的皱巴巴的钱，老吴赔着笑说："夏销售，废纸卖不了多少钱，我们辛苦一天，才赚一二十块钱，连饭都吃不饱。哪里像你们，坐在办公室，天天吹空调，工资又高，又有油水。"他把"油水"两个字拖得长长的，以为捏住了夏冰的软肋，话语中便有点儿意味深长的弦外之音。

夏冰本来也就说说而已，让老吴知道自己是优待他的，不一定真要老吴多给五元钱。但一听老吴把自己和他比，加上那种阴阳怪气的话，心里有些不高兴，"高？什么高哦，我白读了四年大学，还当不了你一个收荒匠。我也是拣到的娃儿当脚踢，才让你白拣了这些便宜。"

老吴的语气忙软下来，说："这次高矮点儿就算了，下次多给你算两斤，要不然多算三斤，最多三斤。"

"不行不行，要你就拿去，不要我到前面找老王，他一斤收五毛。"夏冰面不改色地说，其实他也不知道这废纸的价格是多少，但他料定老吴把价钱给他压低了。

老吴一听，像受了很大的侮辱似的，大声叫冤枉："不可能，我这个价在全市都是最高的。不信你称二两棉花，四处访（纺）一访。"他知道，这条街上，就他一个人收旧书废报，哪里有什么老王老李，夏冰不过就是想抬高价钱罢了。

一个收荒匠，还真跟自己较上劲了，夏冰有些生气地说："你不信，你不信是吧？好，我找老王去！"作势要提那堆资料，老吴到底熬不过他，忙把资料往一边挪了挪，说："算了，三十元就三十元，我这次算是亏惨了，帮你白干不说，还要倒贴运费哈，不过，我图的是长久生意，下次你再怎么着，也得让我赚包烟钱吧。"说完，又慢腾腾地从身上摸出五元钱来。

夏冰把钱掂在手里，慢慢往家的方向走。心想，以前不定让老吴占了多大的便宜呢，下次一定得把价钱抬高点儿，不然他还把我当傻瓜。这样想着，见路边有一颗石头，便抬腿用力踢到路中间去。这时，他抬头看到对面有一个公用电话亭，便朝电话亭走了过去。

2

她不喜欢那光秃秃的头顶上硕果仅存的一撮头发，像是从大陆延伸出来的一座冲积平原，只是天长日久，与大陆之间的脐带断裂了，成为茫茫大海上一座孤岛。她也不喜欢那张脸，一块白，一块黑，非洲奶牛一般。她尤其不喜欢那双细细的眼睛，总像蚂蚁一样在她身上乱爬，蜇得她浑身不自在。她只想与他保持不冷不热的同事关系。所以，夏冰约雪萤下午五点在青鸟咖啡馆见面时，她立即拒绝了："有事在电话里说吧，或者下周一到单位谈，我现在忙。"

夏冰低声说："我有重要的东西给你。"雪萤冷笑一声："不稀罕！"夏冰涎皮涎脸地说："我敢保证，你一定会感兴趣！"雪萤想挂断电话，却听夏冰说："你哥哥出车祸了……"雪萤像是被施了法术，呆住了。夏冰说："五点，青鸟咖啡馆，我等你。"口气不容置疑。

时间有时候并不做匀速运动，被压缩时，过得很快，被拉抻时，过得很慢。那天，范坚强临时返回办公室，让雪萤加班打印一本书稿的目录，这时她再也没有心思了。不停地看着办公室墙上的时钟，真想把时针往前拨两圈。她心里怦怦跳着，很快打完了目录，却出现了十余处错误。范坚强把一叠稿子扔到雪萤面前："你看看，怎么搞的，错别字连篇。"慌得雪萤把一杯热气腾腾的咖啡碰翻在桌上，把稿子也浸湿了几页。雪萤赶紧把文稿移到另一张办公桌上，并拿餐巾纸小心擦拭。

范坚强声音缓和下来，问："你是不是病了？"雪萤声若蚊嘤："有点儿不舒服。"范坚强脸上的愁云舒展了，说："你生病

19

了早点儿说嘛，早点儿回去吧。下周一一早帮我弄好，我要向王社长汇报选题。"雪萤低低地应了一声"好"，见范坚强已经离去，这才松了一口气。

咖啡馆在二楼，才到楼梯，便有舒缓的音乐挟着淡淡的咖啡味儿迎上来。咖啡馆的门设计有点儿欧化，古香古色。室内，环境典雅，色调奢华，灯光暖而暗，让人恍惚间像是一脚踏在夕阳中塞纳河的柔波里。几对男女莺声燕语地说着情话，一些则大胆地在某幅法国印象派油画下接吻。

夏冰已经到了，坐在靠窗的一张桌子前，随意地翻看报纸。雪萤上前，在夏冰对面坐下来，要了一杯卡布其诺。细滑的骨瓷杯有一种玉石的质感，细腻的奶泡没有质量地浮上来，热气缭绕，轻轻搅动小汤匙，淡淡的奶香越发浓郁，甜甜地布满了屋子。她故作镇定地呷着咖啡，等夏冰说话。

夏冰吹了吹浮沫，啜了一小口咖啡，问："你知道昨天早上发生在康平街那起车祸吗?"雪萤摇摇头，问："什么车祸?"夏冰用手捂着嘴咳嗽了几声，咳出一口痰来，他四下寻垃圾桶，没寻见，便推开窗往外用力一吐。痰在舌尖上绊了一下，牵着一根细线，斜斜地掉在了奶牛衣服上。见雪萤皱眉盯着他看，便尴尬地笑笑，拿起桌上的餐巾纸擦了擦嘴角，又低头牵起衣角擦起来，边擦边说："没办法，咽炎。"

雪萤推开眼前的咖啡杯，她现在对任何吃的东西都毫无兴趣。夏冰不慌不忙地将一份《成都市民报》推到她面前，说："你大概不太关心国家大事，其实看报纸有好处，没准儿就有你需要的信息。阅读就是资源哪。"夏冰很为自己能在谈话中夹进一些格言警句得意，并期待雪萤对此做出回应。雪萤佯装不懂，只拈着报纸举在眼前，扫了一眼标题，又随手扔在沙发上，说："现在的报纸除了房产广告就是汽车广告，新闻也尽是些张家长李家短。"

夏冰绕过来，把报纸抓过去，"哗啦"在雪莹面前展开，说："你看看这里，仔细看。"语气里有一种邀功的暧昧。雪莹顺着他的手看去，突然瞪大了眼睛，双肩颤抖："不可能，不可能!"话虽这么说，却低声抽泣起来。

夏冰顺势搂过她的肩，轻柔地说："我也很难过，你知道，我和你哥哥第一次见面就很投缘。你哥哥虽然没有文化，但人很实在……"

"别说了!"雪莹站了起来，"谢谢你告诉我这个消息。对不起，我该走了。"

"有什么需要帮助的尽管说，你的事就是我的事!"夏冰站起来，冲着她的背影大声说。

3

苦根像一只羊，悄无声息融进辽阔的草原，没了。生活总在你最措手不及的时候，给你以惊喜，或者灾难，让你无从反抗。

苦根原来在工地上打杂，因为会剃头，成了工地上的业余理发匠。再后来，干脆专干剃头的营生，兼带擦皮鞋。虽是微末生意，却也算是从上管到下。他的剃头摊子摆在当地一户农民的屋檐下，一个用油漆桶自制的蜂窝煤炉子，从早上五点就开始发出呛人的一氧化碳味，把房东发黄的石灰墙熏出一朵黑色的火苗来。房东为此每月涨了他十元钱地租。说是地租，是因为苦根并不住在这里，他只是借一片屋檐做生意。苦根在外墙上钉了一颗钉子，每天早上第一件事就是把一块木框的方形镜子挂上去，然后生炉子，再到对面厕所里打水。镜子前放有一张很窄的条凳，

21

房东废弃不用，便借给了他，每个月象征性地收两元钱租金。苦根的主顾大多是附近建筑工地上的民工，乱蓬蓬的头发，经他几剪刀"咔嚓"之后，顺了，齐了，美观了，舒适了。关键是收费合理。一传十，十传百，他成了那一带有名的剃头匠。

炉子另一边放着一张擦皮鞋用的破藤椅，坐面已经凹成了一个屁股的形状。断过一条腿，一个热心的主顾从建筑工地拿了一根木条来，用细铁丝绑好，像给受伤的军人扎上绷带。好歹还能坐，只是人一坐上去，四条腿就向外分开，"嘎吱嘎吱"响着矮下去一大截。在这灰头土脸的地方，擦鞋是象征性的，一天能擦两双皮鞋，苦根就觉得是老天爷眷顾了。

多数时候，没有顾客来，他就像猫一样，蜷在这把藤椅里打呼噜，口水顺着嘴角牵成一条雨线。水开了，鸣笛壶呜呜地叫，他也不管。常常是对门守公厕的老头儿听不得那尖叫声，皱着眉过来帮他把水倒进暖水瓶里，再把蜂窝煤炉子的炉门堵上。为此，生意好或者心情好的时候，苦根就打二两烧酒，切一两猪耳朵，买一碟油酥花生，两手不空地端到厕所里和核桃脸一起分享。他不知道守厕所的独眼老头儿叫什么名字，因为一张脸皱得像核桃，便这么叫他——他不敢拿老头儿的独眼说事。

雪萤来到康平街那个剃头铺时，墙壁上还留有火炉的烟痕，地上尚有未除净的毛发。那张断过一条腿的藤椅还在，只是已经有一只猫在上面安了家，正蜷成毛线团，安详地瞌睡。雪萤在比公路略低的屋门前站定，轻轻地敲了敲门。那只梦醒时分的黑猫懒洋洋地看了看她，伸了伸四肢，气定神闲地从藤椅上走下来，如同皇帝走下金銮殿，在墙壁拐角处消失了。猫躺过的地方，一件破衣服很板结地贴着椅面，上面沾着的灰白色绒毛，不时在风中扬起细细的一两条来。房东半天才出来，嘴里衔着一截甘蔗。

"你找谁?"女房东狐疑地打量着雪萤。

雪萤一时竟不知如何作答："我不找谁，我……"

"不找谁？不找谁你敲什么门，神经病！"女房东想关门。雪萤一只手把她拦住了，说："我是来找我哥哥的。"

房东更奇怪了，担心雪萤做出什么危险举动，忙朝屋里喊："老公老公，你快来，门口来了一个疯子。"

雪萤"呵呵"地冷笑了两声，说："我不是疯子，我是苦根的妹妹。"

"苦根？苦根死都死了，尸体恐怕都火化了。以前也没听说他有什么亲人啊。"房东说，"他是出车祸死的，跟我们可没关系，我们从来没有逼过他，就算他几个月不付房租，我都没有赶他走。你让他自己说嘛！"女房东忘记苦根已经死了。

"谢谢你，给你添麻烦了。"雪萤道歉道。

女房东这时的气冲上来了，拍着门板控诉道："这个苦根，还欠我两个月的房租，现在人死了，叫我到哪里讨钱去！"

对门公厕里，探出一颗脑袋来，一直盯着这边看。雪萤感到很难为情，低声说："对不起，房租我替我哥付吧。"女房东却又不好意思起来，说："算了算了，也没多少钱。"

雪萤说："两百元吧？我听我哥说过，一个月一百元的房租。"说着递过去两张百元钞。

女房东刚要推辞，身后伸过来一只手，把钱接了过来，说："二百二，后来每个月涨了十元。"

雪萤愣了一眼，屋子里多了一个人，想必是这家的男主人。女房东忙附和说："对对对，是涨了十元，不过，就算了吧，你看，苦根人都没了……"

雪萤执意拿出二十元钱，递给女房东。女房东回头瞥了一眼丈夫，把钱接了。然后叹息一声，说："这个苦根，也可怜。跟一个傻姑在一起，还生了一个女儿。对了，他的剃头工具我还收拣着呢，你要不要？"雪萤在那张摇摇晃晃的椅子上坐了一下，又环顾了一下四周，木然地摇了摇头。

房东见她眼神可怕，便有些畏怯地问："到屋里来坐坐吧，喝口水。"雪萤说："不用了。"站了起来，"我就是来看看……"说着，眼泪流下来了。

女房东便安慰她："人死不能复生，活着的人好好活着，就是对死去人的最好报答。"

雪萤强忍泪水，点了点头。女房东突然附到雪萤耳边，低声说："你哥才一死，傻姑就被对门那个守厕所的老头儿霸占了……"

雪萤朝对门厕所的方向望了一眼，只见一张老脸迅速从窗口消失了。

天色渐渐暗了下来，雪萤擦了擦眼角，说："打扰你们了，我走了。"

雪萤漫无目的地走在街上，周围是行色匆匆的人们。这么多人从身边走过，却没有属于自己的亲人。一个大活人，怎么说没有就没有了呢？她从来没有想过，哥哥会这样出其不意地从她的生活中消失。如果早知道如此，她也不会生哥哥的气了。

天已经黑了，康平街一带路灯稀少，而且很多已经损坏，行人开始稀疏起来，听一杭说这一带经常发生抢劫和强奸案，雪萤便有些担心，加快了脚步。

一辆黑色轿车"嘎"一声停在面前，雪萤一惊，下意识地捂住提包。窗玻璃摇下来，夏冰探出头，朝着她笑。接着，侧身为她打开车门。雪萤把车门关上，打开了后座的门，坐了上去，说："怎么，路过？"夏冰瞟一眼车内后视镜，笑了，答："算是吧。"

雪萤不再说话，也不想说话。黑暗仿佛某个看不见的空洞，吸走了哥哥。她不知道，她的幸福也将从那里消失。

1

这已经是苦根第二次发生车祸了。

去年夏天，苦根就差点儿废了一条腿。那天早上，苦根过街提水的时候，一辆货车把他撞伤了。他当时疼得晕了过去，醒过来时四周连个人影儿也没有。他只感到右腿剧痛，轻轻摸了一下，湿漉漉、黏糊糊的，拿火机照了一下，吓得哭了，忙拿手压着伤口止血。他的呻吟声把核桃脸招来了。

苦根可怜巴巴地说："我的腿断了。"

核桃脸眨巴着那只独眼，嘴里冒出一股酸臭，说："腿断了有啥打紧？又不是命断了。我的眼睛还不是坏了一只？我小时候被一个孩子拿玩具枪打坏了眼睛，几十年还不是过来了。再说，你这腿说不定还能保住，东街有个医生治跌打损伤很厉害，特别是接骨，一接一个好。"

苦根这才知道他这只瞎眼的来历，他原来一直以为是被鸟啄的，因为他听说有一个人，出于好奇，透过一个小孔去看装在蛇皮口袋里的鸟儿，结果被啄瞎了眼睛，从此他便以为天下所有的独眼都是鸟儿惹的祸。

东街那个医生不敢接招，便只好叫了救护车接到高碉医院治疗。这一切，他都是瞒着雪萤做的。自从与傻姑做了夫妻以来，他就很少和雪萤联系了，总感觉抬不起头似的。医院只给苦根处理了外伤，然后叫他住院做手术。

手术费是没有的，手术就拖着。在医院待着，天天闻药水味儿，听病人痛苦呻吟，没病也得惹上病。既然手术做不成，不如回家剃自己的头，买自己的彩票，万一中了五百万，自己的腿不就有救了？

苦根没办出院手续就悄悄跑了。回去后，苦根发现了问题，傻姑把家搬到厕所去了。苦根很生气，核桃脸却露出满口大黄牙，说："你连自己都养不活，还想怎么着？"苦根腿上的伤口已经感染化脓了，疼得一句话也说不出，真想往那只独眼上再揍上一拳，可他到底没发作。他龇着牙，冲到床边抱起自己两个月大的女儿，一瘸一拐地走了。不过，核桃脸觑着独眼看着他，好像并没有半点儿要和他争抢婴儿的意思。

苦根发现自己没地方去，去找雪萤吧，他是不甘心的，雪萤也未必接纳他。想来想去，还是回医院待着好。共产党的医院，不能对老百姓的死视而不见吧？苦根堂而皇之地赖在病房，以拾垃圾为生，成为寄生在医院里的一条虫。

医院先礼后兵地赶了他几次，把他的烂皮鞋和几个装废品的塑料袋拖出了医院。来人告诉他，你这种情况，应该去找民政局，去找救助站，这不是医院能解决的问题。苦根哪里也不去，哪里也不找。医院冤，我被撞断了腿，又找不到凶手，我更冤呢。

几次走，又几次回。不像被赶，倒像是去某处走亲戚，完了又高高兴兴地回家。到后来，干脆就不走了。院方再来人赶他，他便学另一个病人，抱着女儿爬到窗台上，院方就只好睁只眼闭只眼。

那年夏天太热了，高碉医院后花园那棵大腿粗的银杏，叶片青黄相杂，像端上来一盘煎炒过度的虎皮青椒。一些叶片甚至还在萌芽状态，就被烈日烤焦了，定格了，蔫蔫地贴在枝干上，像土黄色的蛾子钉满枝头，有一些成了尸体，风干，卷曲，在风里盘旋。院外立交桥下的汽车轰隆隆驶过，带走几只飞蛾的尸体，半道上又给抛弃了。高高的银杏就像一柄锈迹斑斑的战国铸剑，略带讽刺意味地向天空宣战。

病房里虽然开了空调，但只要一出屋子，就感觉一条口吐火舌的巨龙追着你，三分钟就把人的水分吸干成骷髅。地面上热气蒸腾，有病人把一枚生鸡蛋放在太阳下，五分钟就熟了。风里也带着火，所有的人都像凋败的花草一样，缩在阴凉地一动不动。连平时哼哧哼哧的汽车也哑了声，夹着尾巴悄悄驶过。

苦根所在那间大病房却是连风扇也没有一个的，一下子回到了童年时代，靠着一把镶边破损殆尽的蒲扇消散暑热。病房里病人多，汗味、脚臭味、馊饭味、尿臊味，被燠热的空气卷成一团，苍蝇一样嘤嘤嗡嗡满屋乱撞。病房是临时搭建的，因为骨科病人多，医院在两栋住院大楼连接处的通道上隔出了这间小屋，却挤进了六个病人。其他病人陆陆续续地串门儿到别的病房或到公共地方凉快去了——骨科康复部的病人都是老病人，不少一病区的病人到二病区的病房里攀上了交情，你来我往，聊些柴米油盐的事。

苦根不能去串门儿，他得照顾小女儿。女儿受不了热，脸上、身上、脖子上全成了痱子窝，红成一片，脸肿得烂桃一样，好比被谁用一摊精瘦烂肉拍在脸上。苦根心疼了，又不敢去找医生计较，他在医院待了这么久，一分钱住院费没交，反倒把家安在医院里来了。据说，赖在医院不走的，他不是第一个，也不是最后一个，至少他们那间病房，六个人有五个和苦根一样，是白吃白住的。据说脑外科还有一个更猛的，车祸伤，急救车拉回来，经过抢救，命是保住了，却成了植物人。电视、报纸都登了启事，却一直无人认领，两年了，医院不但管吃管住，还掏钱为他找了个生活护理。不久前，此人死了，医院里突然冒出几个他的亲人，气势汹汹找医院"要说法"。有时候，苦根就想，要是自己也成了植物人才好。接着又骂自己不该有这种想法，成植物人了，女儿怎么办呢？

交了钱却享受不到应有的待遇，另外那个病人很生气，给医院投诉办打电话，嘴里噼里啪啦直冒火星子。投诉办的人不气不恼地说那间病房是临时搭建的，没有空调，他们正准备买一台柜式机，请他先忍耐点儿。好几天过去了，空调也没买回来。当然，那个投诉病人第二天就转到其他病房去了。其实苦根知道，投诉不投诉都是相同的结果。医院巴不得把这些无赖病人赶走，怎么可能还安装空调呢？

那天早晨，才刚过六点，一颗巨大的火球就迫不及待地从地平线上跳将出来，把半边天都烧成了烙铁。苦根像往常那样，早早起床，就着自来水吃了两个堪比石蛋的黑馒头，给女儿喂了一碗米汤水，便用一根吊在脖子上的绷带把她固定在胸前，把破蒲扇插在背后的裤腰带上，弯腰从病床下抓起一个蛇皮口袋，瘸着腿出门了。

一些病人在楼梯处偷偷吸烟，苦根像只等候一块骨头的野狗，斜着眼看着病人，以便在病人抛下垫坐报纸时将其收走。有时，他会得寸进尺，无耻地哀求："叔叔，把你的矿泉水瓶给我嘛！"其实，你手上的塑料瓶里还有一小半矿泉水。如果你顺手把瓶子递给他，他就点头哈腰地向你笑，然后在你身边大大咧咧地坐下来，把熟睡的婴儿摇醒，小心地把水一滴一滴地喂到女儿的嘴里。也有一些病人，见他头发乱成了一蓬草，刚修剪过的草一样的胡须上还挂着饭粒，便抽抽鼻子，厌恶地起身离开。苦根不生气，默不作声地跟在你身后。因为腿瘸，走路一高一低，怀里的婴儿就一浪一浪地动。你走一步，他走一步，你停下来，他停下来，直起腰，像极了一只前爪离地的澳洲袋鼠。眼睛却像被瓶子牵住一样，锁定你手上不动，最后大抵也能捞到一个空瓶子。他昂起头，张大藏在胡须丛中的嘴，努力挤出残留瓶壁的几滴水，湿润自己冒烟的喉咙。然后，不慌不忙地把空瓶子捏瘪，熟练地扔进那个黑得发亮的带着陈腐恶臭的蛇皮口袋。

苦根回病房时，怀里的女儿已经睡着了，他把蛇皮口袋依床放着，轻轻把女儿抱起来，踮起脚放在床上。然后，把套在脖子上的那根发黑的绷带解下来扔到床头，开始把易拉罐、塑料瓶、医托发的宣传单什么的，一件一件变戏法似的从他的百宝箱里拿出来，分门别类地塞进病床下的几个塑料袋里。病床下面已经堆满了，如果不是天太热，他早就拿到废品收购站换成钞票了，钞票便于存放，几大口袋的废旧物品，换成钞票，一块破布就包了。

苦根直起腰来，在床沿坐了，有小半分钟后，他挪到床头，拉开床头柜，却发现饭盒里的馒头不见了。苦根腾地站起来，把病房里的众人打量了一遍，大声叫道："谁偷了我的口粮?!"一个盘腿坐在床上吃饭的病人看着他，轻轻地拿筷子磕了磕饭盒盒沿，表示他是有饭吃的人，不可能偷苦根的冷馒头。另外一个躺在床上想睡而睡不着正焦躁不安的病人，像突然从坟墓里爬出来似的，坐起来，恶狠狠地道："你那点儿东西，狗都不吃，谁会偷你的?"

这时，女儿哭闹起来。苦根便把气撒到女儿身上，粗黑的巴掌使劲抽在女儿屁股上。孩子越发哭得厉害。先前那个活佛样坐在床上的病人放下饭盒，责备苦根："你不要拿小孩子出气，她才两个月大，啥也不懂。我这里还有个包子，早上给孙子买的，结果这孽障没来，你拿去吃了吧。"苦根不要，他开始专心致志地哄女儿。

汗水濡湿了婴儿的头发，继续在她坑坑洼洼的脸上爬行。火辣辣的刺疼让她的哭声像撕破布一样干净清脆。苦根忙拿了湿毛巾敷在她脸上，又从后腰抽出那把成条缕状的蒲扇，轻轻地扇动，孩子的哭声终于缓了下来。"活佛"说："苦根，你这是何必呢？孩子跟着你受罪，不如回家去吧。"苦根说："我回去连个住处都没有，在这里好歹还有张床。""活佛"不言语了，低头继续吃饭。

不过，后来苦根的腿竟然奇迹般自己好了。苦根便带了女儿再次悄悄地回去了，依旧干自己的剃头、擦皮鞋生意，但日子过得实在清苦。一次，他正埋头给客人擦皮鞋，无意中一抬头，从顾客的胯下看出去，小女儿正趴在地上，想捉死去的蚱蜢吃，却重心不稳，仰摔在地，他一阵心酸。不久，他便把小女儿送回老家交给父亲去了。

5

在雪萤五岁的时候，母亲突然去世了。母亲站在二楼的走廊上为她梳头，她记惦着找小朋友玩，母亲很生气，举木梳狠敲她的头。木梳"嘎嘣"一声断作两截，一截还在母亲手中，一截飞到楼下，把一个过路人的眼睛戳坏了。那家人纠缠不休，后来，母亲当着他们的面从二楼跳下去，摔死了。此后，爸爸继续忙他的教育事业，哥哥几乎成了她的全部。有一回，她掰着指头问爸爸："爸爸，你是中指，妈妈是食指，你说我爱哪一个呢？""爸爸吧，爸爸挣钱养家。"她摇头。"那就是妈妈了，妈妈十月怀胎生下你……"雪萤还是摇头。爸爸愕然。看到爸爸那副样子，她握住食指和中指，却默默地看着无名指，说："我爱妈妈，也爱爸爸……"其实，她最爱哥哥。可是，从什么时候起，那个疼她的哥哥和她又隔膜了呢？是因为那个痴呆的女人吗？

雪萤回忆起与哥哥有关的往事，心情越发沉重和难过。她悲伤于哥哥的去世，也悲伤于他对自己的淡漠。她分不清，是自己对哥哥淡漠，还是哥哥对自己淡漠。有一瞬间，她感觉是自己的漠然把哥哥推到了死亡的边缘，如果自己在他需要的时候伸一伸手，或许，就不会发生那出悲剧。

雪萤回到出租屋的时候，已经有两名警察在等着她了。雪萤开了门，把警察让进屋子。两名警察坐下来，其中一个问："你是龙雪萤是吧？"雪萤"嗯"了一声，问："请问你们有什么事情？"那个警察朝另一个人示意了一下。那人便从公文包里拿出一张照片，站起来递到雪萤手上，问："照片上的人你认识吗？"雪萤一看，一个人躺在地上，地上湿漉漉的，仿佛是一些血迹，又好像是雨水。照片上的人，虽然看不太清面目，但从轮廓上看，的确是苦根。雪萤点了点头："应该是我哥哥。"

"你最近一次和他联系是什么时候？"雪萤抬起失神的眼睛，"这个重要吗？我不记得了，怕有接近两年了吧？"第一个警察插话道："两年？你们之间有什么矛盾吗？"

"没有。"雪萤有点儿吞吞吐吐地说。那个警察机敏地看了她一眼，不再说什么。

第二个警察说："昨天早上，他出车祸死了，你知道吗？"

雪萤机械地点点头。

"你是怎么知道的？"刚才那个警察禁不住又插话说。

"我、我……"雪萤想起夏冰，又想起《成都市民报》，便说："我在报上看到的。"

"哦。"那个警察仿佛在沉思什么。

"除了你，你家里还有什么人？"第二个警察说。

"还有我爸。"雪萤答道，过了一会儿，又说："还有一个孩子，我哥的孩子。"

"你哥平时和哪些人有来往?"警察打开一个笔记本,等待雪萤回答。

"好像没有,除了我,在成都他没有亲人,也没有朋友。他认识的,都是附近的一些农民工,以前的工友,还有来找他剃头的。"雪萤思索着回答。

"没有仇人?"

"应该没有吧?"雪萤犹豫着。

"你再仔细想想。"警察把笔在笔记本上轻轻地敲着。

"没有。"雪萤肯定地说,"我哥没留下什么东西吗?"

"除了在他身上找到两张彩票,什么也没有。"警察合上笔记本说。

第一个警察奇怪地看了她一眼,问:"他真是你哥哥?"言下之意,亲人死了还如此镇定,还只知道关心他的遗物。

"我只有一个哥哥。已经死了。"雪萤眼眶湿润了。

"你再仔细看看,确定他就是你哥哥?"第二个警察把照片又递了过来。

雪萤不愿意再看那血腥的一幕,可是,这次她却突然有了惊人的发现,她突然大声说:"这个人,这个人我认识!"递照片的警察把照片接过去,说:"你当然认识,他是你哥。"

第一个警察站起来,惊喜地问:"你是说那个骑摩托车的人,你认识他?"雪萤的眼神暗淡了,轻轻地点了点头。

"他叫什么名字,干什么的?"第二个警察把照片再一次递过来,按动圆珠笔,期待地看着她,准备随时记录。

雪萤身子往后退了退,轻轻靠在墙上,闭上了眼睛。

第一个警察问:"他叫什么名字?在哪里可以找到他?"

雪萤睁开眼睛,眼泪滚了出来,她痛苦地说:"我只知道他是一个不入流的作家,但不知道他的名字,也不知道他住哪里。"

第二个警察有些失望地缩回身子，"哦"了一声。

第一个警察有些不甘心地问："他认识你哥吗?"

雪莹没有回答。

"他们之间有过节吗?"这个警察紧追不舍。

"没有。他们之间没有什么过节。"雪莹摇了摇头。

那个警察又低下头去，继续沉思。

"警察同志，这张照片，可以……给我吗?"雪莹望着第二个警察，低声问。那警察犹豫地看了看第一个警察，说："我们办案时还需要它，再说，一张照片说明不了什么。"

第一个警察抬起头来，看了看墙上的时钟，说："如果需要，我们还会来找你的。"说完站起身。另外那个警察也把笔记本收进提包里。

两个警察离开后，雪莹的心却久久不能平静。

第 三 章

1

"你到哪里去了？你是不是犯了事？撞死苦根的是不是你？"
周六下午五点多，一杭蔫蔫地回到住处，房东叶知秋尾随他上
楼，噼里啪啦地问了一连串的问题。

房子是农民自建的，一共两层。二楼房东一家居住。楼下当
街是店铺，租给一个山东人卖花生油，山东人回老家后，房东就
开始做小炒生意。房东在顶楼上加盖了一间小屋，本来准备给儿
子做书房的，后来，经妻妹米拉介绍，租给了一杭。叶知秋右脸
颊上长一颗硕大的黑痣，黑痣肥沃的土壤滋养了三根又粗又长的
毛发，人们就叫他三毛。

一杭心情烦躁，一言不发地把三毛推出房间，重重地关上
门。三毛在屋外扯着嗓子喊："今天下午，警察来找过你了！"

"我没有撞人，你们为什么都在逼我！"一杭抓起写字台上那
本《出轨》扔向大门，三毛叫了一声，嘟囔着下楼去了。平心而
论，三毛待自己不薄，说是两百元一月的房租，其实分文未收，

34

只需他每周为三毛的儿子辅导一次作文。刚来成都时，一杭没有工作，几天才能吃一顿饱饭。三毛还常让儿子背着老婆给他端一碗回锅肉上楼。关键是，三毛是唯一一个敬重他的人，把他当成一个暂时落难的伟大作家。一杭感到，在这个陌生的城市里，他是一个弱者，谁都可以拿脸色给他看，他也已经习以为常。人是很奇怪的动物，越是欺负你的人，你越是想巴结他，以便获得他的好感。而那些试图以友好待你的人，却常常被你忽视，甚至成为你的发泄对象。三毛就成了他的一个发泄对象。一杭可以在所有人面前低三下四，却依然能够在三毛面前保持一份优越感。

一杭很快意识到自己变态的性格，但他又为自己寻找借口，因为自己心情不好。但无论怎样的理由，都不能成为我们伤害好心人的挡箭牌。三毛其实是关心自己，自己却如此不近人情。这一次，肯定伤害了他，不知道以后还怎么和他相处。一杭属于那种一旦阴下了脸就很难再堆笑的人，这就让他越来越孤立。不像三毛，就算刚才吵了架，不到五分钟就可以主动和颜悦色地招呼你。在这一点上，一杭最看不起三毛，当然，也看不起自己。

有时，一杭也反思，自己为什么就不能学一下三毛呢？犹豫再三，一杭决定主动妥协，他开门下了楼。远远看见三毛正在炒菜，油锅里突然腾起一团火，三毛将早已准备好的莴笋叶倒进去，"刺啦"一声，火变成一股青烟。三毛不停地挥动锅铲，麻利地放辣椒、盐、味精。再翻动两下，随即起锅。三毛脸上挂着笑，快速将炒好的菜端上桌，并没有把刚才的事放在心上。一杭感觉三毛根本没有生自己的气，是自己多虑了，刚想返身回屋，三毛看见了他。

三毛关了火，旋风般赶过来，把他拽到僻静处，低声埋怨："你还出来干吗？怕大家不认识你？你是不是活得不耐烦了？"一杭怎么也挤不出笑来，语气冷冷地说："身正不怕影子歪，那个人不是我撞的，我怕什么？"三毛想去捂他的嘴，没成功，一杭反而提高了声音，"真不是我撞的，你要相信我！"

"进来坐嘛，有烧菜，有炒菜，有凉菜……"老板娘招呼着路人。

"老板，炒一盘青椒肉丝！"一个瘦瘦的中年人停下来，在摆成一排的菜栏面前看了半天，做出了选择，"老板，人呢？炒一个青椒肉丝哈。""来了来了！"三毛嘴里高声应着，四下张望一阵，恨铁不成钢地摇了摇头，对一杭说："你好自为之吧。好自为之。"唾沫飞到了一杭脸上，一杭本能地往后让。三毛却掀起围裙擦了一下油腻腻的额头，小跑着回到锅边。

一杭像是故意和三毛置气似的，大大咧咧地在餐桌前坐下来，并且点了一荤一素一汤，另要了两瓶二锅头。等三毛闲下来的时候，一杭就邀请他过去喝一杯。三毛先是不肯，最后挡不住酒的诱惑，关了天然气，用一块漆黑的湿布擦了擦炒菜的锅，又掀起围裙擦手，半推半就地坐了下来。

两天前，他也和三毛在这里喝酒，为的是向三毛借摩托车，第二天好骑着去接母亲。那天晚上，他们喝了很多酒，回去浑浑噩噩地睡着了，醒来已快五点。母亲乘坐的火车五点半到站。一杭翻身起床，头有点儿重，他用冷水擦了把脸，抓起外套就往外跑。

天空乌云挤逐，如同一张旧得泛白的牛毛毡当头罩下来。开始下雨了。老板娘叫三毛快把塑料布拉上。三毛磨磨蹭蹭地起身，把一边钉在墙上、卷在一处的塑料布摊开。一杭过去帮忙，两人分别拉住一个角，套在两棵树的枝丫上。雨便顺着略为倾斜的塑料布流到树根去了。

"进来坐嘛，有烧菜，有炒菜，有凉菜……"

客人少，老板娘喊了几声没效果，便坐在临街的一张凳子上发呆。这时，一个路人缩着脖子跑了进来，站在塑料布下，抖身上的雨滴。老板娘站起来，例行公事般喊："进来坐嘛，有烧菜，有炒菜，有凉菜……"又冲着三毛说："来客人了……"

一杭拇指与食指灵巧地拈着酒杯的边沿，将酒杯沉到装白酒的啤酒杯里，像用提子打酒一样，舀了满满一杯上来。他这样做的时候，有种与众不同的骄傲。在这个物质社会，他也只剩下这点儿自尊了。他居高临下地看着三毛，说："来客人了……"

三毛瞥见那人坐了下来，便回到灶面前，准备炒菜。客人举着菜单看了半晌，说："来一碗牛肉——面吧。"三毛粗声粗气对老婆说："一碗牛肉面。"便回到一杭身边，把酒给自己倒满，举起来。两个杯子"啪"地碰响一处。

白瓷酒杯杯底有一细细的裂纹，天长日久已经带上了黑色。一杭疑心是一根头发丝，仔细地看了看，又拿手指去摸了一下，才放心了，仰头喝干了杯子里的酒。以后每次喝，他总要验明正身似的审视一下，方才一口喝下去。

三毛拍着一杭的肩说："我相信你，我也跟警察说撞人的绝不可能是你！我带他们去看了那辆摩托车，一点儿撞过的痕迹都没有。我想，你要是把借我的车撞坏了，也会告诉我的，是吧？是吧？"唾沫星子飞到一杭脸上。

一杭拿手腕擦了擦脸，点点头，又握了一握他的手，说："谢谢！"

"进来坐嘛，有烧菜，有炒菜，有凉菜……"永远是那句话，像是从录音机里放出来的。一个中年妇女犹犹豫豫地停了下来，老板娘已经在修剪指甲了，她停住手，又补充说，"进来坐嘛，有烧菜，有炒菜，有凉菜……"

老板娘在叫三毛了。三毛晃着脑袋说："今天不做生意，只管喝酒！对了，一杭，你要记得前天你答应过我的事情哦，要记得哦。”

一杭向后仰了仰身子，问："什么事？"

老板娘走过来，拿手搭在三毛肩上，正有话要说，结果三毛身子一晃，把她的手躲开了，自己倒把手搭在一杭的肩上去，扭头问："你我是不是兄弟？是不是兄弟？"三毛直直地看着他，那种眼神让你就不能说否。

一杭不知他葫芦里卖的什么药，便顺着他："是兄弟，怎么不是兄弟呢？"这话反过来有些责备三毛的意思了，言下之意这不是明摆的事实吗？还需要问吗？这还是兄弟之间该说的吗？但事实上，他认为自己和三毛完全是两路人。

"那好！"三毛一拍桌子，几粒花生米跳弹起来，就像三毛嘴里喷出的唾沫星子，满地都是，三毛看了一眼，继续说："你以后写小说的时候，记得把我也写进去哦。你答应过我的，答应过我的。"

一杭看着一脸油光的三毛，觉得此人天生就是一个小说人物，便乐得说："当然，当然。"

老板娘又叫了三毛一声，三毛却好像已经成为小说中的人物，可以不朽了，于是对于那些世俗的事情便可以不必关心了，对于老婆的招呼，连头也不回。老板娘跺了跺脚，无奈地摇摇头，走上去招呼那中年妇女，女子却歉意地笑笑，"对不起……"她望了望天，不好意思地解释："我、想在这里等雨停。"老板娘悻悻地坐回去，开始修剪自己并不长的指甲，不再往中年妇女那边瞧一眼。

雨越下越大，夜已深了，那位躲雨的中年妇女看等不到雨停，也走了。小摊上只有一杭和三毛还在喝酒。三毛是那种逢酒必喝，喝酒必醉的人。他老婆说他是"如果酒杯能够嚼碎，也早就让他吞了"。很快，白酒喝完了，三毛又自个儿拿了几瓶啤酒过来，喷着酒气和唾沫说："今天算我的，来，喝！"

一杭便也改喝啤酒，两人不断地碰杯。三毛提议猜拳，猜拳声惊醒了伏在桌子上打瞌睡的老板娘。她看了看表，拿了一根撑衣竿在塑料布上戳，积压在塑料布上的一团雨水"哗啦啦"便倾到三毛头上。他擦了擦头上的雨水，站起来摇摇晃晃回屋，碰翻了两个啤酒瓶，一个骨碌碌滚到当街去了，被一辆经过的出租车碾成一片碎弹。

三毛停下来，转身指着一杭说："兄弟，我、我劝你还是暂时躲、躲一躲，现在很多事情，说、说不清楚……那个什么赵……的……""赵作海！"一杭歪歪扭扭站起来，补充说。"对，赵、赵作海，说是杀、杀了人，结果……十年后才晓得，那个人没、没死，你说赵、赵什么的霉不霉，冤枉坐了十年牢。坐了十年牢。你，你……"话没说完就歪在了地上。就像前一天早上，一杭在康平街遇到的那个人。

前一天早上，一杭昏头昏脑地下楼，发动了跟三毛借的摩托车，飞一般向火车北站驶去。走出老远，才发现天上下着细雨，却顾不得返回去拿雨衣。

为了抄近路，一杭左拐进了一条叫康平街的小巷。这一带平时很少有车经过，街道两边的路灯坏了，也没有人维修。虽说街上没有人，一杭还是放慢了速度，他担心出事。越是担心，越是容易出事。就在他从康平街拐出来的时候，突然发现街中间似有一个人影。他立即刹车，情急之下却错轰油门。摩托车向上纵了一下，迅速往前冲去，出于自保，一杭翻身倒地，任摩托车朝前撞去。

一杭揉揉屁股，上前探看，心里一凉，那黑影果然是一个人。他怎么大清早睡在路中间呢？他推了推那人，不见动静，脑门和腿上有血迹。他的心脏像长在耳朵里，心跳的怦怦声夸张地剧烈。那人已经没有了呼吸，一杭的头脑突然被人用纱布缠紧了一样，无法活动了。他抬头四望，大地无声，世界在安睡。犹豫了两秒钟，他迅速起身，把路边还在轰鸣的摩托车扶正，忍痛跨上去，风一般消失在街头。

祸根就这样埋下了。

2

犹豫了很久，一杭才决定去拜访零度。零度是米拉的一个诗人朋友，号称考证专业户，相继拿到了律师证、注册会计师证、心理咨询师证，当然还有驾驶证。此人话多，什么事情都爱插上一嘴，好像天下没有他不懂得的事情，招致一杭不满。尽管自己对米拉并没有什么特别的感情，但在女性面前，两个男人之间难免要争个你长我短，而在零度滔滔不绝的演说面前，一杭是一分便宜都讨不到的。一杭差不多快把这个人忘记了，但现在他需要他。

零度穿一身军绿色衣服，光头油汪汪的，阴暗的屋子被照亮了。看到一杭带着凉菜和酒，他先是愣了愣，立刻就笑脸相迎。

雨滴滴答答地打在雨棚上，零度在桌上摆下两副碗筷，麻利地把塑料袋往下卷，露出里面的凉菜，并顺手将一块带筋的牛肉扔进嘴。一杭则拧开酒瓶，给自己和零度各倒了一杯。

"怎么想起我来了？"零度兀自举杯喝了一口。一杭的脸便有些红了，以前，他对零度爱理不理，从不顾及他的感受，因为他觉得他们是两路人，他的存在与否和自己没多大关系，所谓"壁立千仞，无欲则刚"，现在，只能"海纳百川，有容乃大"了。他举起杯子，犹豫了一下，问："听说你拿过律师证？"

零度手掌罩在酒杯杯口，仿佛为了防止有人要给他倒酒，又像随时要举杯独饮似的。零度停止咀嚼，有点儿意外地看着他，说："是啊，莫非你才知道？"

一杭喝了一大口酒，并吮了吮拇指上残留的酒液，有点儿尴尬地笑笑："我、我正在构思一部小说，有些技术问题想咨询你。"

零度扶了扶眼镜，说："《第三者》？"

一杭目光闪烁地说："不是。这是一起车祸案引发的系列故事，写一个肇事司机逃逸后如何想尽办法掩盖真相。"

零度若有所思。一杭看了看他，继续问道："如果撞了人逃逸，司机会受到怎样的法律制裁？"

一谈到专业，零度便口若悬河："要追究肇事司机的刑事责任，要看其先前行为有没有违反《交通运输管理法规》，或者虽有交通违法行为但该违法行为与结果有没有因果关系，或者行为人在交通事故中负什么样的责任，是全部责任吗，是同等或者次要责任吗，或者交通行为所造成的结果是否达到交通肇事罪基本的定罪标准。你比如说，在负事故全部责任或主责的情况下仅致一人重伤，但又不具备酒后驾驶、无执照驾车、无牌照驾车等情形之一的，即便行为人事后有逃逸行为，不能认定为交通肇事后逃逸。"

一杭频频点头，其实不明所以，眼神飘忽，梦游般问："如果撞死了人，司机会判很重吧？"

零度摸了摸嘴巴四周还没长出来的胡茬儿，说："因交通肇事逃逸致人死亡的，处七年以上有期徒刑。你是在构思新小说？《第三者》写好了？"

一杭喝了一杯说："还没呢。"问了半天，也没有得到一个非常明确的结果，但又不便深说，只能闪闪烁烁点到为止，他感觉零度的目光里带着一种让他不敢面对的猜测，既然零度把话题荡开，便不好再强拉回去了。

零度沿着自己的思路前行，说："我觉得《第三者》的构思挺好，一个漂泊城市的乡下女人留城的唯一办法就是做第三者。既是作为个人插足他人家庭的第三者，也是作为共性的城市的第三者。结尾意味深长，头破血流的她终于回乡那一天，儿子却满怀信心地踏上进城之路。这很有寓言性质，卡夫卡告诉我们小说的最高境界是寓言。"

一杭插话说："卡夫卡告诉我们生活是一个荒诞的梦。"

"是啊！"零度开始大谈自己对生活的理解，以至于一杭几乎插不上话。

那天晚上，从零度家离开时，一杭发现零度原来并没有想象中那么讨厌。事情或许并不像自己想象中的那么严重呢。七年以上有期徒刑，那是指逃逸致人死亡的量刑，如果当场就死亡，恐怕判不了七年吧？当时怎么就忘了问问零度呢？

3

雪萤给一杭打电话的时候，一杭就感觉自己被置身于火堆之上。从《成都都市报》的后续报道中，他已经知道那个车祸中死去的人就是雪萤的哥哥苦根了。他将怎么面对雪萤呢？他无法面对。

雪萤的电话，一次次响起，一杭一次次地看着电话在床上呜呜呜地振动。最终他还是接听了电话，因为他想，雪萤也许并不知道那个骑摩托车的人是他，何况他也不是肇事者。

雪萤好像真不知道谁是真凶。她只是哭着告诉他，她哥哥出车祸死了。一杭的心稍稍安定下来，不断安慰她："失去亲人，的确是让人痛苦的事情，但是，你不要因此把自己弄出毛病来，这也是你哥哥不愿意看到的。"

雪莹继续哭着说："这件事情没有落到你头上，你当然可以这样说了。"

一杭沉默了，如果这件事情真落到自己头上，难道自己能不痛苦吗？在雪莹最需要帮助和安慰的时候，自己竟然想躲她，真是太不应该了。

一杭说："我来看你，你不要太伤心了，我永远会和你在一起。"

一杭坐公交车去了雪莹的出租房。

雪莹眼睛红红的，一见一杭便问："你为什么那么久不接我的电话?"

一杭怔了一下，说："我在写小说，把手机调成了振动。我也是在手机上看时间的时候，才发现你打电话来。"

雪莹看了他一眼，无声地坐在凳子上。

一杭为了转移她的注意力，也为了证明自己并非撒谎，解释说："真的，最近我一直在构思一部小说，题目叫《第三者》，写那些挣扎在城市边缘，既无力融进城市，又不甘心回到乡下、也无法回去的漂泊的灵魂。他们，既是一个家庭的第三者，更是这座城市的第三者。"

说话时，一杭眼前似乎浮现出荷花池那污水横流的街道，街道上挤满行色匆匆的急速张大嘴巴却听不到声音的寻梦者，他的很多同乡，甚至亲戚就活跃在那巴掌大的一块土地上，他们做裁缝、打短工、做洗发妹和小偷，他们像蝗虫一样前仆后继地涌向城市，努力想成为永久性的寄生居民。作为社会的边缘人，他们的生存，他们的失踪或者死亡，都无人关心。想到这里时，一杭突然想起了苦根，心里"咯噔"一声，思绪便乱了。

"你是写你自己吧?"雪萤淡淡地说。

"是，也不是。"一杭很想说，其实写的也是你哥哥，但他没有说，他只说："我要写一部对得起自己的小说。以前给范总编一些励志类的书，这些在我看来都是垃圾，是维持生活所做的让步。我得挣我的面包，把我的生命与思想从死亡中救出来，而我的目标是为荣誉而写作。"

"我以为，你已经成为你期望中的著名作家了。"雪萤不无讥讽地道。一杭低着头，自尊心受到打击，就像被扎了孔的气球一样软下去，半天才吐出一句："我始终朝着我的梦想在前进，从来没有灰心过!"

"哥哥去世了，现在我是从没有过的灰心。"雪萤的眼眶又一次潮湿起来。

一杭半晌才硬着头皮，小心翼翼地说："你哥哥在这世上活得太苦了，也许，这对于他来说是一种解脱。"

"解脱?"雪萤冷哼了一声，不再看一杭。

一杭想，到底还是不应该说，大实话有时往往是最伤人的，他忙说："过去的就让它过去吧，生活总是向前的。"

"生活是向前的。"雪萤喃喃地重复着，若有所思。那副弱不禁风的样子，有一瞬间，差点儿让一杭冲动之下，说出那场车祸与自己有关，但他突然想起刚才那句伤人的话，又改变了主意。尽管如此，因为心里压着一个秘密，像是揣着一团火，他既不能把火释放出来，又不能把火熄灭。那种感觉是很难受的。但是，更难受的是，总有一天，这个秘密将被引爆。

雪萤突然抬起头来问："你没有什么要跟我说的吗?"

一杭疑惑地看着她，难道她是指车祸那件事，但他还是坚定地摇了摇头，说："除了希望你重新振作起来，我不知道该做些什么，也不知道该说些什么。"

雪萤凄婉地一笑，说："你走吧，我想一个人静一下。"

一杭坐着不动。

雪萤背过身去。

一杭只好站起来，怯生生地说："那，我走了，你要保重。"

一杭走了，身后没有一点儿动静，他也就没有回头，像和谁赌气似的，昂着头消失在茫茫人海中。

1

一杭对范坚强这样的暴发户，骨子里有种不动声色的瞧不起，但又不得不依仗甚或利用他。这和曾经对零度的感觉是一样的。想到自己无法解释，想到有可能冤枉坐几年牢，经过反复思想斗争，一杭还是打算暂避风头，尽管这样可能让自己越陷越深。

一杭不想回老家。每个离开老家的人，都不再留恋曾经那片热土，至少在表面上如此。离开家乡那个小地方，被视为一种成功，离开得越远，成功越大。比如，你在北京工作，你在老家的父母或者亲人，就比那些在成都工作的人的亲友更神气。他们并不管你在北京是扫大街还是擦皮鞋，也不管你在成都是当高管还是白领，他们只认一个理：北京是首都，放在以前，那是皇帝才能待的地方，能够在天子脚下工作，一定差不到哪里去。所以，很多家乡人，在北京再苦再累，也要咬牙挺住。如果他们实在挺不住了，也只能换一座城市生活，老家是不欢迎他们的，连同他们的亲人，也将受到轻慢。只有两种人可以超越地域的限制，一个是官员，一个是老板。但是，这两种人，对于那些有子女在外

45

地工作的人，也是礼让三分的。

为了虚荣，亲人也退化成利用与被利用关系了，这让一杭不敢轻言回家。那么，哪里可以让自己容身呢？三毛的出租屋显然是不行的，警察已经知道了这个地方。去到哪里呢？一杭想到了范坚强，他的别墅，或许是一片净土，没有人会怀疑到他的头上来。

出了城，人烟渐稀。路的一边是低矮的青砖灰瓦房，靠近城市那一边是高高的脚手架，很多光裸裸的大楼正越爬越高，城市的触角已经伸向了乡村腹地。经过一段尘土飞扬的颠簸土路，乡村的绿意迎了上来。山坡上的油菜开始熟了，绿如翡翠，还有点点金色的残花夹杂其间，远望如同一匹碎花绿缎子。风吹田野，便有细细的花瓣飞扬起来，打着旋儿往高处涨。大概还有一家开私人诊所的，把病人送的锦旗挂在了旁边的麦地里当稻草人，像是酒店火红的招牌。府河从庄稼地里横贯而出，流向天际。

范宅已在眼前。这是一幢自建的独栋别墅，三层。院门内，左右各植一丛玫瑰，牵牵连连扶墙长，夭夭灼灼贴壁开，形成了一堵红绿镶嵌的锦墙。前面是一个巨大的花园，一篷月季正开得烈，香气裹在河风里，轻轻送过来。尽管屋畔有一条大河施施然流过，花园里还是塑了假山，砌了水池。范坚强还在河边搭了一个平台，号称必醉亭，十平方米大小，上有拱顶。四周栏杆上，有爬山虎和其他一些藤蔓植物攀缘上来。平台和别墅之间有长长的走廊相连，亦有台阶通花园假山。

一条细径蜿蜿蜒蜒流向宅院深处，两侧除了时令鲜花，还有几盆幽兰及文竹，均极茂盛翠嫩。一杭放缓脚步，随一个戴墨镜的青壮男子穿过暗香浮动的院子，又向左拐入一月亮门，进门是一个巨大的天井，除了四周摆有盆景及一小型喷泉之外，单是当中砌了一石桌，伴几张石凳。凳如树状，表面亦有圈圈年轮。花木扶疏中，范坚强手执一子，正独自下棋。

"老板。"男子轻轻唤了一声。范坚强缓缓抬起头，看一眼一杭，放下棋子站起来，笑道："来啦，快坐。"手一挥，那男子便知趣地下去了。范坚强命人撤了棋盘，在石桌上摆下酒菜，道："过来陪我小酌一杯。"

一杭有些意外，说："喝酒不去必醉亭？"范坚强给一杭倒了一杯酒，放在他面前，淡淡地说："今天就在这儿吧。"范坚强给自己也倒上一杯，紧挨着一杭坐了。一杭借着活动身子的当儿，轻轻把屁股向旁边挪了挪，却尽量不让对方看出来。

范坚强把三个指头握在酒杯上，却不发话，只看着一杭笑。

一杭知趣地站了起来，双手举起杯子，说："范总，我要感谢这几年来您对我的关照，让我可以尊严地活着，您不知道，我刚来成都时那种无衣无食的日子是怎么过来的。有时候，我真的感到您是我连接世界的一根脐带，没有您的帮助，自己的营养也就断了。"一杭谦卑地站着，对自己的声音陌生起来，想到自己竟然说出这般摇尾乞怜的话，不觉耳根也红了。

范坚强把手亲热地搭在一杭的肩上："你不要说了，这几年，平心而论，我有些亏待你。但是，商人要的是利益最大化，你要理解。"

有时候，我们突破了一个点，就彻底放开了，一旦恭维了第一句话，之后十句百句就容易出口了。一杭没想到自己说得这么顺畅，像是那些话本来就在嘴里，只要张嘴就会冒出来一般。"范总，我真的很感谢您，没有您，我说不定还在睡地铺，还在用白开水下馒头呢。有时一根生黄瓜就是一顿早餐，没有您，我真是不知道能不能活到今天。"一杭说着，竟然有一点儿想流泪的冲动，不知道是因为范坚强解决了自己的温饱问题而感动呢，还是因为自己不堪回首的当初让他悲从中来。

"你是一个天才，现在已经取得了不错的成绩，今后会有更大的作为。"范坚强温和地笑着说。

一杭有些不好意思地说："范总，其实那些事，就是剪刀加糨糊的体力劳动，根本谈不上成绩，我不在乎所取得的名声。小说才是我的最爱，以后有机会，咱们合作一部小说！"

"好啊。"范坚强微笑着说，"我正想出一套都市生活的小说。"

一杭眼睛里闪过一些惊喜，"这么巧，我也正在构思一部小说，题目都想好了，叫作《第三者》，讲都市边缘人苦难而不屈的生活。"

范坚强举杯和一杭碰了一下，很感兴趣的样子，"这不正是我的经历吗？我一直想表达的东西，却没有能力表达出来，那就拜托你了，为我们这一群人代言。"

"不敢，范总是成功人士。"一杭忙说。

"其实你不知道，我也是最近两年生意才稍有起色，来成都十来年了，一直感觉自己不被接纳，是个局外人。"范坚强叹息一声。

一杭没想到这个成功的文化商人背后还有难言的经历，却不知怎么接话，他突然对眼前这个人产生了浓厚的兴趣。"来成都以前，您在哪里呢？"

"我吗？老家是威远的，在自贡当过知青……"

"哦，我也是自贡的呢。"一杭有点儿兴奋地插话说，似乎他们之间的距离就可以大大地拉近了。

"但我已经很多年没回去过了……"范坚强的语气中，似乎有很多沉重的往事，"那时候，我也是一个文艺青年，不过，我喜欢画画。当知青的时候，画毛主席，写标语。"

范坚强谈起了他的风流韵事。在下乡的时候，他曾经爱上了一个当地女青年。但很快就失去了联系。"三十年了，我们都老了呀。"范坚强突然顽童似的从嘴里取出粉红色的假牙，双侧脸颊立即凹了下去，他故意偻着背，嗫起嘴，人显得更苍老了。他把假牙握在合抱的手里，双手一上一下做出牙齿咬合的样子，怪搞笑的。一杭也被逗乐了，范坚强也许是酒喝多了，左手没捏牢，下颌假牙掉了下去。他赶紧双手去接，没接稳，假牙"当"的一声，掉在一盘猪头肉上，混在里面，也成了菜的一部分。

一杭突然没有了食欲，沉默着。范坚强也从往事中回到现实，说他已经组到了两部长篇，想再找一部，凑成三部一起出版。"你估计那部小说要写多长时间？"

一杭说："刚到成都，我就想写这么一部小说了，现在构思已经比较成熟，写起来应该很快，三个月吧。"

"那我就给你四个月。这段时间，你可以在我这里安安心心写小说。"范坚强笑了一下，"不会认为我是在限制你的人身自由吧？"

瞌睡的时候，有人送枕头，一杭求之不得。今天他来就是想到这里避难的，没想到，还没开口，问题就已经解决了。不由得喜上心头，忙再次站起，举杯要敬范坚强。

范坚强说："屁股一抬，喝了重来。按照自贡的规矩，站着喝酒要罚酒的哦。"

一杭笑了，坐下来，"好，那我就坐着再敬范总一杯，真是太感谢您了！"这一次，他说得极其诚恳。

范坚强重重地把酒杯顿在桌上，咂了一下嘴，说："走，我带你去看看你的房间。"

在曲曲折折的回廊里穿来穿去，一杭已经晕了，开始还能勉强分辨方位，到后来他干脆放弃了这个愚蠢的想法。他脚步踉跄，将一盆昙花碰翻在地，花盆碎了一地，吓得花影下一只假寐的猫"呜喵"一声窜出老远。

"到了。"走下十余级台阶，一扇坚实的黑漆铁门像墙垛挡在了面前。范坚强掏出一串钥匙，偏头对着月光找出一把，捅了好几次才将钥匙伸进锁孔。"咔嗒"，清脆一声响，门"嘎嘎嘎"被推开一道缝。风阴月寒，花摇影乱，一杭不觉有一丝凉意。

5

世界是相通的，人的内心是一个宇宙，了解了自己，就拥有了一把打开世界的钥匙。这就是佛家所谓的"明众器为一金，体万物为自己"（金钗、金环、金杯、金链，虽各具形态，皆由金子制成，而世间万物，无不包纳于心，与自己一体）吧。有常态就有非常态，有正格就有奇格，有春色满园难保红杏不出墙，雪萤有过这种体验，因此，以吝啬著称的范坚强约她去别墅赏月品茶，在短暂的惊讶之后，便理解或者自认为理解了他。

雪萤是第一次到老板的家里来。范坚强已经在必醉亭上摆了一张圆桌，几把橡皮绳椅子。雪萤刚坐下去，缠绕在钢架上的橡皮就轻轻绷成弧形，与臀部保持最舒适的接触。

她没有想到，在这里，碰到了一杭。之前，一杭给她发了一条短信，说自己回老家创作一部长篇小说，需要安静的环境，暂时不能与她见面了。但是，一杭并没有回老家。他一定是在躲着自己，雪萤想。他为什么躲着自己呢？这就越发证实了自己的猜想。

雪萤见一杭坐在那里，装作不认识的样子。一杭也自嗑着瓜子，看着河面上夕阳把金黄的花瓣摇落一河，一派星河灿烂。范坚强碰了一下一杭的肩，说："一杭，来，我给你介绍一下，这位是雪莹，我们公司的文员，你很少到公司来，还没见过面吧？"一杭不置可否地笑笑。他又拍了拍雪莹的肩："这就是著名的作家一杭先生，我们公司好几种励志书都是他捉刀完成的。"雪莹冲一杭弱弱地点了点头，目光却不与他相交。

空气似乎有点儿沉闷。一杭开玩笑说："要是有点儿音乐就完美了。"范坚强就笑了，说："我这里还开过音乐独奏会呢，有一回，一个上海的音乐家来成都，看了我这平台，喜欢得不行，喝了几杯酒，便又是弹三弦又是拉二胡的，我们两个人借着月光和琴声下酒，都喝得大醉，第二天醒来，才发现两个人都歪在地板上，一只小狗在舔他的脸。后来，他就给这个平台起了个名字，叫必醉亭。"说完哈哈大笑，除了风以外，却没有引来共鸣。他便有些尴尬地硬生生把一半蕴藏在胸腔里的哈哈声化为低沉的呵呵声。

接下来，老板向雪莹介绍这栋房子的来历。其实，当初是作为印刷车间批的地，但只是象征性地修了一间库房，库房里也不是放的书，主要是陈列他从各地搜罗的石佛像。范坚强偏着头——他似乎永远偏着头，并以此显示对一切的轻蔑，他偏着头淡淡地笑了一下，说，当初来的时候，这里还是一片山坡，荒凉得鬼都要打死人，"我来，相当于自我放逐"。他来了后，这一带才渐渐有人迁来修房筑屋。平台外面那些大树，是他亲手所植。一晃，十多年过去了。

范坚强、雪莹、一杭，围坐一圈。一边品茶，一边听范坚强介绍他的别墅。一杭手捧茶盏，几乎不敢望雪莹一眼，眼睛继续盯着远处，但见一竿斜阳，无穷碧波，远处一堆篝火，像夕阳融化在地平线上。

雪莹的目光却在更远处，夜幕四合，远处篝火渐旺，星斗出现在低低的天际。平台上的灯光，朝着河面成扇形铺过去，在一

51

河宽阔流淌的银辉上，绣出朵朵跳跃的金花。范坚强命人换上酒杯，摆下熟菜果蔬，隔着圆桌朝两位客人举了举手中的酒杯。

雪萤心事重重的样子，象征性地喝了一口。一杭更是心神不宁，脸烧到了耳根。

雪萤还沉浸在自己的思绪里，范坚强感到了她的无聊，便提议要弹一首歌。范坚强取了一把吉他来，斜眼打量着，说："这把吉他跟了我三十多年……"说着，坐下来调了调琴弦，自弹自唱《一江春水向东流》。牛奶般的月光顺着歌声泻在河面上，像万千银蛾铺天盖地飞来，在一杭眼前闪烁成白亮亮一片，似雪非雪，如萤非萤。

又喝了几杯，一杭以身体不舒服为由离开了。雪萤一言不发，范坚强便提议去看他的画室。

画室里陈列着成都不少知名画家的作品，当然也有范坚强自己的。其中有一幅《夕阳牧归图》：牧童骑牛长歌短笛，渔翁摇橹满载而归。想来是在河边必醉亭所见。

雪萤随兴浏览着墙壁上的油画。有几幅居然画的是雪萤，雪萤暗暗吃惊，脸不觉红了，不敢多看，又想看。但她怕范坚强看出她的心思，到底还是忍住了。

画室旁边有一道门，雪萤好奇地穿过去，是一处暗室。迷宫一样，横七竖八地拉了许多细铁丝，铁丝上坠着一个一个的木夹子，夹了照片，也有一些底片。正对门的墙上，放大了一幅照片：一块巨大的干涸的农田，在低低的镜头里，平整的农田表面那层细腻的泥皮收缩并龟裂成一盏一盏的，每一盏里都盛满了光与影，漫无边际，壮观而美丽。所有溃烂的伤口都披着美丽的外衣，就像毒罂粟总是开极艳花朵。雪萤暗想，美倒是美，但那些分割夕阳的泥盏背后，是大地的焦渴，是民众的灾难！艺术家最根本的不是才华，而是一颗向善的心。

看了一阵，雪萤说时间不早了，想回家。范坚强说开车送她，她坚持要独自一个人走走，范坚强想了想，说："那你小心点儿。"

出门不久，一个黑影从旁边的道旁树下蹿出来，吓了雪萤一跳。"干什么?!"她颤抖着道。黑影笑嘻嘻地说："是我!"原来是夏冰。雪萤冒了一身冷汗，生气地拍打他的肩，"你干什么?!"

夏冰很开心地说："没想到你的胆子这么小，呵呵。"雪萤也笑了，问："深更半夜，你一个人走在偏僻的路上，不怕?"夏冰说："我一个大男人，怕什么，像你这样的漂亮妞，倒是得小心点儿，可别叫人劫财又劫色。"

雪萤沉默了，想想还真有些后怕。夏冰说："我很高兴，你没有让那个老色鬼送你。"雪萤不悦道："狗嘴里吐不出象牙，人家范总又没招你惹你。"夏冰气鼓鼓地说："他就招惹我了，想老牛吃嫩草，没门儿。"雪萤不理他，继续往前走，看见远处驶来一辆出租车，忙招手。出租车"嘎"地停在面前。

夏冰却对出租车司机一挥手，说："对不起，我们不要车。"他把雪萤拉到旁边，雪萤想上车却挣脱不开。出租机司机奇怪地看着他们，夏冰说："有什么好看的，没见过两口子吵架吗?"出租车"呜"的一声开走了，雪萤红了脸，说："你胡说什么呀?"

夏冰拉着雪萤往前走了几步，他的车停在那里。雪萤说："这次不是碰巧吧? 你在跟踪我?"

夏冰拉开车门，说："宝贝，是保护你!"雪萤"哼"了一声，望着窗外绚烂的夜色，不再说话。

6

对未来一无所知的一杭，决定回老家去了。在这个城市里，他无法掌控自己的命运。法国作家莫迪亚诺在《青春咖啡馆》中写到他的那种心情："她只想逃走，逃到更远的地方，用剧烈的方式割断与日常生活的联系，呼吸到自由的空气。"尽管这本薄书写的是一个逃离的故事，但其实与他的代表作《暗店街》一样，也是一个关于寻找的故事。《暗店街》是寻找自我，寻找过去，而这本小说中的主人公则是寻找坐标，寻找未来。换句话说，莫迪亚诺在两部小说中探讨了人类两大终极问题："我们从哪里来？我们到哪里去？"我将何去何从？回去，这需要多大的勇气？很多人，一旦来到城市，就误上贼船，再也回不去了。再多的苦，再多的累，再多的辛酸与委屈，都只能默默地咬牙扛着。唾液和白眼，成为横在他们身后的刀子。人们一边标榜"退一步海阔天空"，一边却认定投降可耻。做一个人生战场上的逃兵，在故乡是没有尊严也得不到同情的。

促使他下这个决心的，是一个梦境。最近这段时间，一杭根本没有办法静下心来创作小说，整天神思恍惚。前一天晚上，一杭梦见自己努力爬上一个正在空中飞翔的热气球，他怎样努力也爬不上去，只能一只手够到热气球的一条绳子，坐在热气球里面的人，似乎根本没有看到他，一个小孩无动于衷地吃着冰淇淋，一个老头儿在抽旱烟，一对中年男女在激烈地争论什么。一只白色的小宠物猪看到一杭，似乎感到领地正被侵犯，冲着他哼哼直叫。一杭的手支撑不住了，换了一只手。两只手交替拉着气球上的绳子，伴随气球的飞行而晃荡。终于，他精疲力竭，无奈地松开了手，他立即往下掉，脚下仿佛是一个永远也没有底的深渊。他闭上眼睛，等待着落地的那一刻，在下落过程中，心都空了，还是没有着地。这时，他期待的奇迹出现了，上帝的手轻轻一伸，托住了他。上帝问："你有什么要求？"一杭说："让我的手更有力点儿吧。"上帝笑了："傻孩子，你为什么不要一双翅膀？"

说完，消失了。一杭才发现，自己躺在床上。如果那个热气球象
征一座城市，那么他就是这个城市的第三者。他感觉自己如同故
乡的蒲公英一样飘来飘去。那晚，他在被窝里写下一首诗。

上天给了我伞

轻盈　　以及

一个关于生存的梦想

风

轻佻地将我带走

又无情地抛我于遥远的异乡

生长梅毒、贫血和宝马车的大地

坚硬得冰凉

于是

一颗柔软的心　　越发脆越发弱

越发没心没肺

没有一线缝隙

能将我的身体收藏

没有一片屋檐

可以为我招揽阳光

我是一枚多情的蒲公英

只留恋精神的土壤

头破血流地祈祷

唤不来肥沃的春天

风干的梦想和

老态龙钟的暮年

就让它寄存在寒风中的旅店吧

我要用生锈的翅膀

带我回家

　　一杭只给范坚强说了自己的决定。正在作画的范坚强停下手中的笔，眼睛却逗留在画布上，画布上是一个女人的头部轮廓，一杭觉得颇为面熟。范坚强退后一步欣赏着画面，半晌才事不关己地说："从长远来看，成都的发展空间更大些，自贡毕竟是小地方，机会少。"

　　一杭觉得范坚强的轻慢伤害了自己，自尊心迅速膨胀，红着脸分辩："福克纳几乎一辈子没有离开过奥克斯福镇，但他写出了举世无双的小说。文学与物质是向两个相反方向行进的马车，优裕的生活产生不了震撼人心的作品，《红楼梦》就是蘸着血泪写就的，凡·高一生与贫穷做斗争，却留下了最优秀的画幅。物质的匮乏，迫使人们在精神方面寻找生活的希望和力量。"

　　范坚强终于把目光移向一杭，将画笔放在调色盘里，捏了捏尖瘦的下巴，淡淡地问："回去后有何打算？"

　　一杭注意到范坚强的拇指过处，立即多了一片绿竹叶，他平和地说："我想回去做个艄公，在釜溪河上免费为过往行人摆渡。在船头放几本书，闲时翻几页，想写小说了，就写小说，想休息了，就看两排青山一痕绿水。"他的心思完全沉浸在理想世界里了。

　　"倒也不失为一种生活方式，"范坚强说，"现在，都市生活节奏加快，很多人羡慕田园牧歌式的生活，不少有钱人都去乡下置地建房。像龙泉驿，农民富得很，很多城里人想去当农民都不行。以前是城市户口俏，除了招工或读书，通过花钱才能农转非，现在，要托关系才能迁回农村了。"

"是的，农村没什么不好，空气清新，没有噪音，没有污染。春天，山花烂漫；夏天，麦浪滚滚；秋天，稻花飘香；冬天，白雾茫茫。如诗如画，让人内心安静。"

范坚强不置可否地浅笑着，看了看自己的手指，意识到上面有油彩，便用手背蹭脸颊，于是，竹叶变成了一块雨花石，他又看了看手背，耸耸肩，说："你是一个理想主义者。"

"你的意思是，你是一个现实主义者？"一杭笑着反问。

"那是自然。这个世界是为务实者准备的。"范坚强不无骄傲地说。

"各人的价值取向是不一样的，所以他们眼中的世界也就不一样。在上帝眼里，我们都不过是玻璃缸中的金鱼，谁比谁也好不到哪里去。"一杭没有因为范坚强充满挑剔的话而不平，他淡然地说道。

"上帝？在哪里？"范坚强偏头头，鼓着大眼，不屑地问。

"上帝是一种信仰。"

范坚强心说："我只信仰权力和金钱。"但他没说，两条平行线是不可能交叉的，既然如此，就没有必要计较彼此的观点。他将了将胡须，问："你什么时候离开？"

"明天吧，我一个人无所牵挂，来去自由。"一杭故作洒脱地提高了声音。

"哦？这么急？不和朋友告个别？"范坚强移了移身子，偏头问。

"除了你，我不知道还可以把这件事告诉谁。"一杭把目光收回来。告诉米拉吗？听三毛说米拉最近正和零度打得火热。想来，她正处于热恋季，哪有闲情管自己。告诉三毛吗？他能理解吗？又何必打扰他平静的生活呢？他已经够烦恼了。因为经常带朋友到自己的快餐店喝酒，不但坏了生意，也坏了身体。他老婆当机立断，把店关了，去附近一家成衣店当裁缝，专做手工中式服装。告诉雪莹吗？还是算了吧，她还会相信自己的话吗？

"雪莹呢？"范坚强盯着一杭的眼睛。一杭忙把目光逃开了。

这时，范坚强的电话响起来，他看了看手机，说了声"不好意思"，起身出去接电话，一杭透过窗玻璃，看到他的背影，他一手握手机，一手捂着嘴，快速地在河边踱来踱去，很生气的样子。河上一只打捞污物的汽轮"呜呜"地驶过，淹没了他的声音。过了一会儿，一杭见范坚强挂了电话，忙坐正了身子，他不想给人一种热衷别人隐私的不良印象。范坚强回来时，他正若无其事地喝茶。

"那以后再说吧，虽然你回自贡了，但我们还可以合作。"范坚强站起身。一杭也起身站着，勉强笑了一下，说："好！"心里却莫名其妙有一丝失望。

7

一杭回了老家。

这是一座被河流围绕的孤岛。原来岛上有一个渡口，河上有一位姓夏的艄公摆渡。后来修了一座小桥，摆渡船便消失了。再后来，小桥被洪水冲垮，人们便绕道下游的一座桥，没有了摆渡船和小桥，小岛上的人还是很快习惯了。

那是很大一片开阔的平地，平地上栽种了树木和竹子。每一丛竹林下，就是一户人家。苏东坡说："宁可食无肉，不可居无竹。"在川南农村，几乎家家都紧邻竹林。不过，一杭觉得，乡下人怕是没有东坡先生那样高雅，之所以家家有竹，是因为竹是乡下最重要的生活材料，席子是竹编的，椅子是竹编的，箩筐是竹编的，簸箕是竹编的，连墙体也是竹编的。再者，以前乡下无空调风扇，竹林下可以庇荫，且又是生活垃圾的理想消化地。还有，太靠近家的地，往往易被牲畜糟蹋，种竹子便可高枕无忧。所有的诗情画意，都有一个现实的依托。

河对岸的一蓬竹林下，在那个已经废弃的渡口，坐着一位老汉，手里捧着一个用罐头瓶做的茶盅，一动不动地望着河这边。一杭从下游的小桥过了河，经过老人身边时，老人还在望河对岸。他身后拖着一条脏兮兮的末梢磨成耗子尾巴的麻绳。

一杭想，在这里当个艄公，摆渡，捞鱼，那是多美的事啊。

沿着一条小路，走到尽头就是自己的家。家门口有一棵歪脖子李树。小时候他和同龄孩子爬树摘青果子吃，是他最幸福的日子之一。想到这里，嘴里已然津液四溢。几十年过去了，人们冷了这棵树，树也不结果了，只剩一口气在，和人老了是一样的，树活着真没意思啊。

进院是一个坝子，正对李树那排房子有些旧了，串架壁的泥墙上，依稀可以看出不同时期的标语："农业学大寨□□□□□""一人超生，全村结扎"，还是小时候那般模样，那么亲切。房子是地主江一清在二十世纪四十年代所修，解放后，被几户贫农共了产。现在，除了母亲住的那几间屋子，小院的其他房舍已经全部改建成红砖青瓦房。江宅比坝子高出一米多，要登几级台阶。被磨蚀的台阶上长满荒草，屋檐下搁置着一台散了架的风谷机和半扇落满灰白鸟粪的磨盘。几根发黑的木椽像被打断的手臂，半垂在空中。

屋檐下堆了一筐筐黑晶晶的炭花。炭花是自贡叫法，其实是没有完全燃烧的煤渣。母亲拾煤渣有些年头了，自己烧不完，于是用破烂的背筐装起来，重重叠叠地成了屋檐下一道特殊景观。

四五岁的时候，一杭便跟着母亲去镇上的造纸厂拾煤渣，镇上几乎所有的草纸都出自这个小型的纸厂。纸厂建在小河边的半山腰上，黄褐色的废水顺着一条小沟流进河里，然后流到下游的沱江，最后汇入长江。河里没有鱼，偶尔在河边的草丛里能找到一些蚌壳。

炭渣从厂房门口一直往外铺，生生在原本是洼地的山脚填起一个上小下大的平台来，平台的下缘已经快挨着河了。纸厂的工人每天都会不断地将新产生的煤渣倾倒在平台的边缘，若干年后，这条小河将被越堆越多的煤渣拦腰截断。

周围几个村子的村民，都是冲着那些煤渣去的。在那些煤渣中，总是有一些不曾完全燃烧的，也就是炭花。炭花真像花儿一样，不像煤炭那么黑，也没有那么重，炭花是灰黑色的，很蓬松，像被水泡胀的馒头。

拾炭花是一件苦差事，一杭深有体会。农闲时没事的人太多，拾炭花的自然不少，而每次挑煤渣的不过两个人，一次挑两三担出来，很多人根本占不了位置。为了能抢一个有利地形，纸厂大门一打开，那些刚才还坐在地上聊天的人立即站起来，一些人估摸着会倒在哪里，便先在那里候着，一些人则提着箢篼迎向工人，紧随其侧，并眼疾手快地把担子面上的炭花拾到箢篼里。工人好不容易才让人们让开一条道，然后把煤渣倒在平台边上。一股黑色烟尘冲天而起，有些时候，煤渣刚出炉，还红得跟烙铁一样，但没有人退让，大家紧紧地围成一个圈，才一犹豫，位置全被占满，根本插不进足。每一个人全都训练有素，手飞快地做两点间的来去运动，他们根本不看也能准确地将炭花扔进箢篼里。

拾完煤渣，母亲总要带一杭到小河里洗手洗脸。头发成了煤灰的安乐窝，用手一梳，便纷纷往下掉。抖掉头上和身上的煤灰，又掬起水洗脸，面部、耳后、鼻孔、颈上，仔仔细细地洗一遍，一条条污垢掉进河里，像蚯蚓，迅速在水里溶掉了。往事不堪回首，但一杭对炭花却有着感情，成年后，每每遇见上好的炭掉在路边无人拾，总是心疼地多看上几眼。

经年累月，一杭家屋檐下的炭花越积越多。一杭说，炭花烧不完，还不是石头一堆。母亲就像一个预言家说，等她死的时候，就会派上用场了。

房门半开着，一杭双手执门，探进半个身子。本来想给母亲一个惊喜，但不见她的身影。卧室里，母亲躺在床上，瘦得皮包骨头。一杭突然跪在床前，握着母亲的手，哭了。"妈，你怎么成这样了？你是不是病了？为什么不告诉我。"

母亲早就病了，所以，当一杭从范坚强那里得到六千元稿费，兴致勃勃地邀请她去成都时，她根本没有打算去，也不可能去，为了不让一杭挂念，便向他撒了个谎。

一杭感慨不已，在这个钩心斗角的社会，唯有母亲，才是那么全心全意地、无私无畏地关爱着他，理解着他，信任着他，期待着他。看着母亲一头白发，那个曾经年轻的母亲却在眼前活跃起来。

一杭从小没见过父亲，母亲一手把他带大。童年是在苦难中度过的，长到七八岁，还没尝过冰糕什么滋味。有一天突然下雨，母亲买了一支降价处理的冰糕给他送到学校来。因为还在上课，母亲在屋檐下等着，冰糕用一片芋头叶托着，已经开始融化了，在芋头叶上滴答作响。终于，下课了，母亲慈爱地叫着一杭，把只剩下一层薄冰裹着的木棍递到他面前，同学们围过来，"轰"的一声全笑了。一杭的脸像天空一样阴，一言不发，猛地将母亲手上的芋头叶打落在地，芋头叶碎了，叶柄还握着，冰糕水泼了母亲一脸一身。母亲惊讶地看着他，他已经转身跑回了教室。

　　读中学的时候，一杭凌晨四点就要出门，走二十里山路去学校。那些大雾弥漫的冬天早晨，母亲总是点一盏自制的风灯送他去上学。风灯的骨架是竹篾条编制的，呈纺锤形，上端用四根细麻绳吊在一根竹竿上。为了防风，母亲在四周糊了一层透明的塑料布。风灯上方开着小窗，下方套一块小木板，上面固定了一盏油灯。所谓油灯，不过是一个盛煤油的方形墨水瓶，外加作为灯芯的置于铁皮管内的一股白线。这个简单的装置，连同母亲的背影，驱散了他童年时的恐惧与寒冷。

　　一杭的眼圈红了，往事如昨，母亲怎么就老了呢？和母亲比起来，喜忧爱恨，成败生死，都不重要了。才高八斗，到头来也只留下一些八十岁老太牙齿一样残缺零落的文字，或许什么也留不下。也许你曾幻想过，让你的学识、观念像基因一样代代相沿并且累积。这样，你的子孙猪一样躺着就可以借着你储备的精神驼峰而轻易获得成功。但是，当他们失去了学习的能力，失去了精神上的造血功能，会不会退化为只能消化吸收高等动物排泄产品的寄生虫？而且，你所谓的学识，你此时的观念，在未来难道一定就不是糟粕？你拼命为了自己精神不死而强加给后代的行为，对他们来说，是不公平的。你剥夺了他们学习的权利，也阉割了他们阅读的快感。你不能改变他们的基因，你只能把你认为有价值的东西，通过书本之类的载体附加在他们身上，而不是让这些所谓的营养素流进他们的血液。

第 四 章

1

苦根出车祸死了，那个寡言少语的哥哥逐渐在雪莹的内心复活——她这才想起，她不和哥哥联系，已经快两年了，但感觉就像是昨天。

事情还得从三年前秋天说起。

那天，在核桃脸安在厕所里的家中，苦根多喝了几口酒，抬头见厕所外一个女人正在垃圾筒里扒东西吃，这是个傻姑，出现在这里已经好几天了。白天她一个垃圾一个垃圾地挨着翻找东西吃，晚上就随便依着一个垃圾桶睡觉，有时甚至钻在垃圾桶里。一天晚上，一个老太太拿了一袋垃圾出来扔，突然发现刚扔进去的垃圾飞了出来，吓得她以为遇见了鬼，原来是她打搅了傻姑睡觉，傻姑又把一包垃圾扔了出来。

傻姑再一次出现时，核桃脸和苦根正在喝酒。核桃脸"滋"地抿了一口酒，独眼充血地打量苦根，问："你敢不敢把她干了？"

致命的爱

Zhimingde'ai

苦根脑袋就"轰"一声热了，说："怎么不敢？"

核桃脸兴奋得眼睛里分泌出浑浊的液体，咬着牙说："那你去呀，你去呀。"那些字眼像茅坑里扔出来的石头，又臭又硬。

苦根霍地站起来，把盘子里剩下的几粒花生米倒在手心里，偏偏倒倒地走近傻姑。核桃脸瞪大眼睛，看着傻姑伸手去抓苦根手上的花生米，苦根趁机把她拉到怀里，拖进厕所。

深秋季节，天凉了，核桃脸坐在厕所门口，看着道路边上的树枝上，掉了一片黄叶下来，又掉了一片。他分不清是掉下了两片，还是只掉下一片，他试图从地上寻找叶片的痕迹，但什么也没有，一切都是幻觉？他把手伸向盛花生的盘子，却发现吃完了，便把带着盐味的手指在嘴里吮着，吮得"嗞嗞"有声，竟然忘了喝酒。

以后，苦根和房东磨破嘴皮，终于得到允许，晚上在屋檐下拉一张塑料布，隔出一间屋子来，铺上干草，算是有了一个固定的家。傻姑白天还是钻垃圾桶，晚上就回到这间塑料屋睡觉。

不久，傻姑的肚子一天天大起来，眼看就要生了。苦根又喜又忧。没想到自己这辈子还能有后，再苦的生活也成甜的了。却又担心傻姑生下个怪胎来，再说，自己的温饱还没有解决，一下子多出两张嘴来，日子可怎么过。

听说买彩票可以中五百万，苦根就把自己逼成了彩迷。

每天晚上七点钟，他准时收摊，走两里路到附近的一个彩票投注点买彩票。这个世界，人人都在做一本万利的发财梦，彩票店常常被挤得水泄不通。苦根不知道怎么下注，开始的时候，每天花两元钱，机选一注。一个星期下来，一次也没中，就有些灰心，在彩票机前唉声叹气，说自己把一家人一个星期的菜钱挥霍掉了。

一个彩迷给苦根传授经验，买彩票哪能机选呢，要自己分

64

析，你看那球的走势图，刚开了 6 号蓝球，下期开 6 号的可能性小，13 号已经三十六期没开了，该开了。今天我全买 13 号蓝球。苦根被说得一愣一愣的，也不知道对不对，将信将疑地买了一张，他把自己的生日拆了一下，组成了六个数字，蓝球他没有多想，选定 13。

第二天一大早，彩票店还没开门他就到了，蹲在门口等开奖信息。核桃脸有一台从二手市场淘回来的黑白电视机，本来头天晚上可以到那里看现场开奖情况的，但苦根不想让核桃脸知道自己买彩票，更担心自己如果中了五百万，核桃脸会不会把自己谋杀了？事实证明，这种假设是可能的，当他第一次出车祸时，核桃脸顺理成章就接管了他的家庭。

也就是在认识傻姑之后，苦根就不太愿意把自己的事情告诉雪萤了。他的个人意识开始觉醒。一个男人，他有权保持必要的沉默。哥哥怨妹妹不理解他，妹妹对哥哥恨铁不成钢。两个人在争吵几次之后，就再也不吵了。于是，在同一座城市里，他们成了两个互不相干的人。

但是，现在苦根死了。那种血缘关系，让雪萤感到，她其实和哥哥并没有分开，她其实也一直关心哥哥的。现在哥哥却不在了。雪萤感到内疚，恨自己怎么会这么久也不跟苦根联系，毕竟那是自己的亲人哪。在成都，她只有一个亲人，那就是苦根。在这个社会，她只有两个亲人，爸爸和哥哥。

似乎都是这样的，人一死，所有的隔阂在瞬间被击穿了，那些曾经的温暖连绵不断地输送过来。这些温暖，把不快都裹了起来，温暖也就更加强大。后悔成为一味催化剂。

别人的失误都是不可原谅的，自己的过错总会得到上帝的宽恕。雪萤的内疚很快就转化为一种仇恨，焦点集中到那个逃逸的肇事司机身上。

然而，一度时间里，她都不愿意相信，那个肇事司机，也是自己最亲爱的人。当警察再次把那张车祸现场的照片给她看时，她就发现肇事司机不是别人，正是她的恋人江一杭。不过，现在已经不是了。他撞死哥哥，却拒不承认，并且一再躲着自己，他只是一个懦夫。

她将不能原谅他！

但是，他是一杭。为什么是他？为什么会是他?! 无数个夜晚，雪萤躺在床上，不知何去何从。她恨他，但她也爱他。

她一次次想亲手杀了他，但一次次又流着泪否定了自己的决定。哥哥和一杭，他们交替地折磨她，以至于那几天，她整整瘦了一圈。不能再这样了，必须做一个了断。在无法选择的时候，她想到了上苍。

她从抽屉的底部翻出一枚硬币，抚摸着硬币上的花纹，对自己说，如果是数字向上，那就杀了一杭；如果是图案向上，那就放过他，从此与他一刀两断。

雪萤举起硬币，心怦怦地跳着，手竟然发起抖来。她闭上眼睛，松开手，那一刻，就如同失重一样，心空了。"当啷"一声，硬币掉落地上，并在地上旋转着，滚动着，终于一歪，全部着地了。

雪萤缓缓地睁开眼，是数字！她怔住了，仔细再一看，的确是数字。上天让我杀了他吗？不，一次不算数，再扔两次定结果。雪萤又一次将硬币抛向空中，硬币在空中划出一道银亮的弧线，往下落的时候，她想伸手去接，但最终任由硬币落到地上。硬币静止时显示是图案。雪萤似乎松了一口气。她停下来，准备第三次抛硬币，手中的硬币却有千斤重，真希望那一刻永远往后推延。

时间一分一秒地过去，雪萤越发紧张起来。这将是决定命运的时刻。她双手掌心相对，让硬币在掌心摇晃，好一阵。双手一分，硬币平平地落在地上。她急切一看，是数字。

天意，她想。一切都是天意。

2

雪萤告诉一杭，她决定回自贡度国庆节。一杭曾经说自己要回老家搞创作，如今的确回了老家，倒也不算欺骗她，但心里仍觉有愧。他已经感觉出，在他和雪萤之间，有那么一点点变化。也许，他应该利用这次机会，把真相告诉雪萤。

有了这个打算，一杭给雪萤去了电话，两人约定到三多寨看梨花。其时，并没有梨花，只有光秃秃的梨树而已。但雪萤说，不在于看什么风景，而在于你眼里有什么，在于和谁一起看。何况，梨花有什么好看的？跟大家一起凑什么热闹呢？一杭便点头称是。

虽说是自贡人，却并没有去过三多寨，多少是一种遗憾，也多少有一点儿期待。那天，上苍在灰白的柏油路面遗下斑驳水渍，形状像极了显微镜下的细胞组织。但两个人都不希望取消约定。一大早，他们坐35路车先到恐龙博物馆，随后叫了一辆火三轮，"突突突"地在泥泞的道路上飞驰。

秋天的田野有种收割后的荒凉，一些蚱蜢和水蜘蛛还恋恋不肯离去，赶鸭人挥动手中长长的竹竿，将成群的鸭子从一块田赶进另一块田，清理田里散落的稻谷，偶尔会有一两只鸭子伸长脖颈，去够再生枝上还青幽幽的稻穗。

半个小时后，他们到了三县交界处的三多寨镇牛口山。多子多福多寿的三多寨，据说是清末的自贡大盐商为避战乱而修，历时七年，耗银七万余两，分东南西北四道寨门，各门上均修有箭楼和炮台。三多寨内石墙周长一千三百丈，高三丈，厚八九尺。石墙围成一个封闭王国，地势险峻，易守难攻。内有农田四百亩，房屋数万间，自开水塘，广储粮草。只是，百年之后，曾经兴盛一时的盐商巨贾都已淹没无闻，古城墙只余几处断壁残垣。几处古堡成为细雨中的风景，其中一座已经废弛，房顶上长满青苔，砖缝里有顽强生长的野草迎风而动。墙上，用石灰写着：此房出售，电话××。这是唯一原汁原味的古堡，其余几座，都被粉刷一新，倒像是仿建之作。

风景无所谓，雪莹在乎的是那险要的地势，以及旅游淡季几无游人的冷寂。

高速路一侧的峭壁上，凿了一道寨门。寨门之上，是一座雄伟的古堡，两只巨鹰在古堡上空盘旋。古堡前是一块未经料理的平台，保持着坑坑洼洼的原始状态。平台上枯萎的杂草间，扔着瓜子皮和易拉罐。平台之下，是刀砍斧削般的悬崖，出人意料地没有栏杆。雪莹向平台边缘移过去。乳白色薄雾向脚下的谷底退去，蓬松的体积收缩着，凝重起来，低低地伏在地表，像长时间曝光的溪水照片，丝一般缓缓地流。

一杭说："别过去，那里太危险。"

谷底一块荒地，长着浑身是刺的花椒树。树下有几座荒坟，坟头乱石排空。雪莹冷冷一笑，向一杭招手，让他也过去。她心里寻思，只要轻轻一推，一杭就将在那堆乱石间脑浆迸裂，而且，没有人知道，这是一个阴谋。

一杭有恐高症，不敢过去。这是雪莹没有料到的。她不能强求，以免露出破绽。看来，只能重新寻找机会。一杭提议到寨门外去看看。那里有一条上千级的石梯小路，弯弯曲曲地伸向远方。雪莹却提不起半点儿兴致。"路太滑了，你自己去吧。我在前面等你。"她淡淡地说。

后来，他们穿过一片梨树林，到了寨子的最高峰。那里有一间石砌小屋，并未住人。小屋旁边，有一道栅栏门，上挂一木板，用红漆写着：此处危险，禁止翻越，后果自负。字迹已经陈旧而模糊。门上挂着一把锁，却没有锁。雪萤好奇地提议出去看看。一杭说："今天你怎么专往险处走？"雪萤一怔，说："我喜欢刺激。"

一杭只好上前把门打开。走出去探看。一条狭窄陡峭的小路，在树丛中向山下延伸。"没什么好看的，是一条'连云栈'，估计幽通山谷。"一杭回头说。"是吗？咱们下去看看，看究竟通向哪里。"雪萤的情绪好转起来，指间顶着栅栏门，轻轻穿过去。"可是——"一杭还有些犹豫。雪萤已跟出来，把一杭往旁边一拨，说："你要害怕就在这里等我吧，我下去看看。""算了，我陪你下去。"说完，一杭小心地在前面探路。

小路估计很少人走，野草已经把路面侵占了，两侧树枝也伸过来，交叉互抱。一杭一边注意将挡在前面的树枝折断，一边拿脚试探路面，还不时回头提醒雪萤小心。雪萤紧随其后，心"突突突"跳起来，她平稳了一下呼吸，悄悄地抬起了手。

"哗哗哗"——一杭脚下一块风化的石头酥裂成细碎的石粒纷纷滚了下去。他眼疾手快，抓住路边一棵杉树，才没有掉下去。他惊魂未定地对雪萤说："我们还是回去吧。"雪萤放下手臂，说："无限风光在险峰，再走一段吧。"于是，一杭再往前走。雪萤跟上去，再一次抬起手。

一杭回过身来，雪萤的手尴尬地伸在空中。一杭却盯着来路转弯处一片密林，声音略微颤抖地问："谁？"没有人回答，却见那里树叶晃动。雪萤笑嘻嘻地说："别自己吓唬自己了，可能是野兔吧。"一杭使劲眨了眨眼睛："可是，我明明看见是一个人呀。真是奇怪了。"雪萤也一脸严肃起来。一杭说："来，我牵着你走吧，这段路很危险。"雪萤却淡淡地说："我们回去吧。"

经过那片密林时，雪萤装作不经意地看了看，没有人。但是，湿滑的地上，隐隐现出一个人的脚印，但她什么也没说。

天越发阴了，雨下大起来，在池塘浑浊的水面踩出一面网筛。两人躲在一丛芭蕉下。一杭看着雨"滴滴答答"在旁边的芭蕉叶上织出银花，终于汇成一条水线沿着叶缘坠落，倏忽扎进土壤不见了。一杭看得正入神，雪萤却催着回去了。那就回去吧。

颠簸的路上，为了不被打扰，雪萤坐在车厢里闭着眼睛。可是，那一片晃动的树叶，以及那个神秘的脚印，却顽强地钻到她的面前。

雪萤的注意力不在一杭这里，一杭也就不打算说什么了，那个压在心上的真相，暂且让它继续压着吧。一杭失神地望着窗外。两车交错会车，车厢内光线稍暗，那片摇曳的树叶，那个神秘的人影，突然出现在了窗玻璃上。

3

从三多寨回来，雪萤便失踪了。打手机，关机。打到一风公司，说是还在休假。一杭决定去雪萤家看看。读初中时，雪萤一家卖掉老家两层楼房，从乡下搬到了学校，后来，又搬去了老街。

河边粗壮的黄桷树把老街瘦身为一条小巷。从一家小油坊里溜出来的菜油香一年四季在老街上蜿蜒徘徊，像是凝固了一样。一进老街，一杭就被这味儿征服，像是梦回从前，那些逢场赶集的日子里，在母亲的背上，从各色表情的人脸中穿行，炸油条的香味儿，炒蒜苗的清香，小贩毫无感情的吆喝，被一键激活。

老街越发地老了，青石板路被岁月咬出马蹄样的窝坑，深灰色的衣物像被炮火撕碎的旗帜，挂在光秃秃的树枝上，高低错落的平房像半年不洗澡的傻姑蓬首垢面。深褐色的木门黑洞洞地敞开着，却看不到人影。一个穿粉红睡袍、打着哈欠的妖艳女人，一手西子捧心捂在胸前，一手提着写有红色喜字的夜壶，突然从幽深得像坟墓的门洞里钻出来，慵懒地踏着石阶去了屋后的公厕。

公厕墙角的砖柱被岁月蚀成了不规则的圆柱形，一些支棱出来，一些凹陷进去，露出熟蛋黄一样的内里。一苗孤单的瘦藤艰难地攀附在上面，像是牵牛花。一位老头儿正将淘米水浇在牵牛花的根部，一边与扶着厕所外墙抖鞋里沙子的另一老头儿闲话。那老头儿眼睛眯成一条缝，贴着鞋帮往里瞧。

公厕下面有一户人家正在翻修老屋，将一堆发黑的檩椽胡乱码在厕所旁边，还有一块明清雕花木窗，因破损而被随意扔在厕所旁的一丛杂草里。还不到开工时间，除了一堆插着铁铲的河沙外，只有一位老太太坐在窄窄的屋檐下打盹。她右手握着一串漆黑的佛珠，佛珠在她手上钟表一样精确地移动。左手将一只漆黑的宠物狗搂在怀里，脸上是做梦一样的表情，仿佛已经这样枯坐了十年。黑狗突然挣脱手臂跑了，她轻轻地张开眼，见一袭红衣飘过，撇了撇嘴，嘟囔了一句什么话，侧身便看见了一杭。

她警惕地看着这位陌生的外来者，一直拿长了吸盘的目光追着他，把一杭的后背都看出刺来了。浇花的老头儿忘记了手中的活计，淘米水倾到了鞋上。一会儿，黑洞洞的门里，蚂蚁一样涌出白发苍苍的老头老太，伸长脖子朝一个方向张望。自从被社会屏蔽而成贫民窟以后，这里似乎成了一块被遗忘的化石，任何一个异乡人的闯入，都将引来惊奇的目光。

菜油的香味儿攻击了一杭的大脑，几年过去，老街的房子更陈旧了，老街的年轻人都离开了，老街的面孔全被摄走了魂，变成同一张皱巴巴的、安静而呆滞的脸。但这股味儿还跟从前一样，香到人的骨头里去了。在明亮得不真实的阳光下，一切正在缓慢地融化，一杭突然感到自己掉进了一个亡灵的地宫，掉进一个软绵绵的时间黑洞。

一声凄厉的狗叫，让一杭从散发着腐臭味儿的淤泥般的恍惚里惊醒过来。回到阳光下，回到此时此刻。粉红女郎叉腰站在老街中央，夜壶在街上骨碌碌地滚，那只小黑狗嗥叫着，瘸腿跑向主人，老太太把佛珠扔到椅子里，颤巍巍地跑过来心疼她的小狗。粉红女郎冷笑一声，飞起一脚，夜壶擦着一脸惊愕的老太太射进远处的河里。

一杭沿河上行，弯几道弯，爬上缓坡，便见一座细细的灯塔，穿过屋檐伸向天空。灯塔似乎是坏了，只在屋檐底下固定了一盏灯在灯塔的铁柱上，并用一个反扣的旧脸盆当遮光罩。还是几年前那副样子，只是锈蚀得更厉害了。雪萤的家，距离灯塔不远。

一杭急切地抬起头来，便看到雪萤，雪萤并没有失踪，他一颗悬着的心放下来。但，为什么她要躲着自己，因为那场车祸吗？突然之间，他失去了勇气，担心被发现似的，闪身躲进了两处屋子间的一条小道，不时像蜗牛伸出触须一样从墙后探出一个脑袋，偷望坐在屋檐下发呆的雪萤。几天不见，怎么憔悴如斯?!

不知道是发现了一杭，还是想起了什么，雪萤进屋去了。一杭从屋后转出来，路过雪萤家时，放慢了脚步。屋檐下悬着两只略有些陈旧的红灯笼。屋子里并不见人，屋内光线不好，正门墙上贴着颜色泛黄、纸质发脆的主席像，主席像下是雪萤小时候的各种奖状，以及几幅扑满灰尘的《洪湖赤卫队》的连环画。

　　这时，一个汉子推着装满水泥的铁制鸡公车，"咯吱咯吱"地从坡上下来了，一杭抬腿上了雪萤家的檐坎，匆忙中，险些碰翻了一盆种在破脸盆里的蒜苗。等鸡公车过去，一杭跳回青石板路上，又装作漫不经心的样子望了敞开的大门一眼，走了过去。

　　没走几步，便见一片高于路面米许的台地。台地身后是一棵巨大的黄桷树，树身骑在一片青灰色的残墙上，庞大有力的树根如同巨型海星贴附着墙壁。据说那里曾是大盐商的私家花园，后来废弃不存。如果不是这棵树以身相卫，这段残墙也成为人们口耳相传的历史故事了。这堵高大坚实的围墙曾是幼树的依靠，当它垂垂老去时，已然叶茂根深的大树开始反哺恩人誓与其共存亡了。

　　台地前沿用乱石砌成一面石壁，石壁上长满青苔和蕨类植物。成带状的台地里草木葳蕤，一股清泉从草木间一块石头下冒出。这里终年滴水，细流被一片扁竹根叶引导入下面一个脸盆大的圆形石槽里，石槽内壁光滑如镜，周遭绿苔丛生。可以想象，这股清泉曾经成为多少挑盐运卤的脚夫的惊喜。他们在这里卸下货担，围着石槽坐成一圈，把搭在肩上的毛巾取下来抹抹汗，擦擦手，伸手到石槽里捧水喝，然后摸出一杆烟点燃，在树下说些闲话，尽情享受一番，又力量充沛地负重而去。一杭走过去，掬一捧清泉在手里，看了半日，待水都从指缝间漏掉，才感到口干舌燥起来。

　　雪萤的身影又出现在屋檐下，一杭忍不住，兴奋地叫了一声："雪萤！"雪萤朝他望了一眼，低头转过身去。一杭忙跟过去。

　　雪萤已经走到门口，一杭低声叫她，她冷冷地丢下一句"骗子"，进屋去了。一杭想跟进去，门却"吱呀"一声关上了。

　　树与石之间尚有反哺之义，人和人之间却这般隔膜。雪萤究竟出了什么事？为什么躲着自己？一杭想不明白自己究竟哪里做错了，或者什么地方欺骗了她，以至于她要这样无情地对待他。

那天，一杭在那棵树下徘徊，直到夜深方才离去。

1

千树染黄韵，万顷荡秋声。雪萤坐在夕阳里。

曾经无数个傍晚，她也这样坐在窗前。风在河面卷动一千朵闪光的玫瑰，翻卷着，打着旋儿，簇拥着在雪萤的脚下停住。这是一杭送给我的礼物吗？他在远方定会想着我的吧？

太阳升起来，又落下去。花开了，又谢了。雪萤像一幅剪影，每天准时出现在阁楼的窗前，目光从流动的河面越过，停留在河的远方。傍晚时分，从老街木楼窗口望出去，远山如镜，一湾河水在眼前摇摆展开，烟霞交映，几只小船泊在树荫笼罩的岸边。偶尔会有一两只小船，披着夕阳打捞浮萍和污物，惊动一河止水。

蓝天上的白云，在河面流淌而去，那些说好不分手的人已经天各一方了。

一杭走的时候，给她写了一封简短的信：地域的局限对一个作家来说，影响是致命的，在自贡出名，也就是一个小作者，在成都出名，方可列为作家，在北京出名，那就是全国知名作家了。扩展到世界范围内亦是如此，很多作家因为他所生活的国家而被埋没。米兰·昆德拉就断言：假如卡夫卡是捷克人，今天没有人知道卡夫卡是谁。以米兰·昆德拉为例，如果他一直用捷克语写作，很难说今天我们还能在中国的书市上看到他的《不能承受的生命之轻》，他最终获得世界性的荣誉，一方面由于他的文学造诣，一方面也缘于法语在文学领域的霸权地位。我喜欢法国，那是文学的圣殿。如果把法国比作一双淡蓝色的深情的眼睛，那么，中国就是黄土高坡上一个老农写满沧桑的脸。流亡生活，对米兰·昆德拉既是一种灾难，也是上帝为他打开的另一扇窗，是历史给他的补偿。我希望，在成都，可以让我的文学创作获得更多的滋养。如果一定要背井离乡，才能换取缪斯女神的眷顾，那么，就让我无家可归吧。随信还附了一篇他刚完成的短文：

　　自贡是一座浮在盐卤之上的城市，兴衰系之于盐，其一千八百年的井盐生产史，让许多同类城市望尘莫及。自贡在唐、宋时期即成为四川盐业中心，清朝末年，其盐业更是盛极一时，既满足本地及四川的需求，还通过釜溪河—沱江—长江水道，惠泽重庆、湖南、湖北和江西等地。

　　从档案馆那些业已发黄的老照片中，我们不难还原当年釜溪河上的繁忙景象。这条穿城而过的河流，并不十分宽阔，却是自贡井盐出川的重要通道。河上频繁往来的盐船和两岸的隐隐青山，不仅让釜溪河青春勃发，更让它具有了某种不可言传的诗情画意。而在自贡沙湾码头上，那些穿梭忙碌的挑夫，那些谈笑自若的盐商，同样构成了釜溪河上最生动的画面。

　　然而，半个世纪后的今天，当自贡井盐的辉煌无可奈何花落去的时候，釜溪河作为内陆航运的功能已经废弛，这条曾经千帆竞发的河流上再也看不到往昔的热闹，只偶尔会有一两只作为娱乐象征的游艇划过寂寞的河面，沙湾也成为一个徒有其表的地名。

洗尽铅华的釜溪河到底还保存了它最原始的灌溉功能，还在哺育着三百多万盐都儿女，而那些同样作为盐业辉煌见证的天车，却已淡出了历史的舞台。

遍布城乡的天车，曾经是这个城市最别致的风景。这些由上等杉木制成的木架，高高矗立于盐井之上，发挥着汲取卤水的重要作用。在自贡所开凿的一万余口井盐之上，几乎都能看到它们曾经挺拔的身影。不过，在历史前进的滚滚车轮中，在高科技润物无声的渗透中，土法制盐如同一条后继乏力的河流，变得越来越脆弱。真空制盐开创了自贡盐业的新纪元，也为天车的时代画上了一个干净利落的句号。

在一个功利化的时代，失去了实际意义的天车注定要被拆除，只有极少数在专家学者的据理力争中幸存下来，作为历史的旁证，也是基于一种满足现代人好奇心的观赏价值。试图与时代合拍的天车，不得不与竹片、铁钻、锉头等共同书写过自贡盐业繁华历史的难兄难弟委身于博物馆，以锈迹斑斑的表情犹自诉说着当年的幸福与忧伤。作为历史陈列室的博物馆本身，也经历了自贡盐业那段风生水起的岁月——博物馆叫"自贡盐业历史博物馆"，它的前身是西秦会馆。

井盐滋养了一座城市，也致富了城里南腔北调的盐商。那些在自贡暴富的陕西盐商们，在1736年开始了长达十六年的西秦会馆的建造工程。他们没有想到，两百多年后的今天，当遍地开花的盐井大都废弃，当雄姿勃发的天车也已风干成历史的标本，这座雕梁画栋的建筑，却继续承载着一份褪色的记忆，并坚守着一份历史的厚度。

　　每当看到这篇文章的时候，雪萤就相信一杭是有才华的，是可以走出自贡的，自己不应该把他限制在这座业已衰落的城市里。

　　这篇题为《历史旁证》的文章，后来发表在《成都早报》的副刊上，发表时，题目改成了《盐都自贡，曾经咸淡天下人的饭碗》，雪萤无意中看到这篇文章，如同见到了久不联系的情人，兴奋得心都化了。她准备花钱把这张皱巴巴的报纸从一个屠夫手里买下来，屠夫奇怪地看了看她，把正准备用来包肉的废报纸送给了她。她把那份报纸小心地将平，将一杭的文章剪下来，和她的满腹心事放在一起——它们共享着一个红梅软面抄笔记本。

　　有时候，雪萤偷偷地把笔记本从箱子底拿出来，打开看一杭变成铅字的名字，看着看着，脸就羞得像七月的毛桃，毛茸茸的，却红得透了。一杭的影子就潜伏在她的四周，在她吃饭的碗里，在她整妆的穿衣镜里，在她发呆的天花板上。一杭无处不在，却又远得没有一点儿气息。

　　三个月过去，雪萤天天站在阁楼远望。远方什么也没有。他却像一阵风，消失在河的尽头。他会回来的，他说过，他到成都一旦稳定下来，就会回来接自己，他会娶我的。

　　然而，他没有回来，连个信儿也没有。她到成都去找他。可是，茫茫人海，到哪里去找人呢？没办法，她就一边找工作，一边寻一杭的下落。有一天，她在天府广场发现一个人很像一杭。雪萤高兴地追上去，又怕认错人，不敢叫。因为人多，很快那个人就消失了。雪萤懊悔不已，真该大叫一声的，那样，或许一杭就会看到她了。

　　从那以后，每到休息日，雪萤都到天府广场转悠，希望在那里可以邂逅一杭。终于有一天，他们真的遇见了。那天，一杭紧紧地搂着她，一遍一遍摩挲着她的长发。然后，他们躺在草坪上，静静地享受这相聚的时光。天空海一样湛蓝、透明、宽广，天地之间的他们，如同两粒交叠在一起的芝麻。

他们终于又在一起了。像从前一样。

然而，到底和从前不一样了。他开车撞死了哥哥。他是凶手，凶手！这两个字似乎从哥哥的嘴里喊出，浪涛一样撞击着雪萤的心房。

天空驶过一架喷汽式飞机，在天上犁出一道直直的线。在云朵翻滚中，将中天一剖为二。犁线还在向天边一寸一寸地牵去。尾巴已经开始膨大、洇开，从一条细线变成一架恐龙的化石，横贯蓝天，最后消失于无形。远处，炊烟升起来了，渔翁拖着银光闪闪的网立在船头。夕阳带着金黄色的旋律在河面舞蹈。

金银花柔韧的藤蔓爬上了窗台，参差披拂的枝条在空中随风摇曳。金银花比往年更加繁茂。雪萤坐在了窗前。窗外，正有一钩月牙升起，而那些往事，却渐渐远去，渐渐失去了真实的色彩。她忧伤地望着远方。远方是一河乱银，而她的心，比浪花还要乱。

他走了吗？她看不见他，但他在她心里。一边是哥哥，一边是恋人。雪萤不明白，为什么会让她做这样困难的选择。

她决定在心里绞杀一杭。她烧掉了日记，烧掉了情书，烧掉了那带着油污的剪报，烧掉了所有与一杭有关的记忆。一杭在她成了一个陌生人，一个不存在的人，一个已经死去的人。而她，将开始新的生活。

5

在老街待了几天，雪萤发现这里的一切都让她生厌。这里像一潭死水，时间就像静止一样，缓慢得让人恐怖。她决定回到成都，回到一风公司。

上班第一天，雪莹收到一束玫瑰花。这让她多日不见阳光的脸上，泛起了红晕。玫瑰花没有署名。雪莹感到好生奇怪。这个世上，她想不出还有谁会给她送玫瑰花。也许是有人送错了吧？

第二天，又收到一束。雪莹便有些奇怪了。她把身边可能给自己送花的人，一一想象，又一一排除。最后得出一个结论，一定是某个人想戏弄自己。

记得前年情人节，她刚到一风公司，财务室一位姓吴的大姐便让她给年轻的前台陈美丽送一束玫瑰花。吴姐曾经是范坚强的模特，据说她和范坚强之间有那么一点儿暧昧关系，后来就到一风公司销售部打打杂，做点儿开单、发货之类的事情。不过，据后来雪莹观察，两人之间并没有什么私人关系。当然，也许他们隐藏得深呢，这个社会，谁能说自己就看得清呢？虽然来自小地方，但雪莹还是知道情人节的。给女性送花，那是男人的事，怎么会落到自己身上呢？她问吴姐是怎么回事。吴姐只是笑，说："你只管送就是了，而且不要留名字。"既然如此，她便不好多问，到花店订了一束花。那天，雪莹悄悄留意陈前台。陈前台收到玫瑰的时候，开始有些狐疑。吴姐装出不知情的样子，走到陈前台身边，夸她的花漂亮。然后就问她："这么漂亮的花，谁送的呀？"陈前台不明就里，老实说："不知道。""恐怕是你男朋友吧？"吴姐依旧满面春风。"人家还没男朋友呢。"陈前台脸红了。"肯定是有人暗恋你！"吴姐提醒她。陈前台不言语了，一副深思的样子。后来，就有了一个传说，说是那玫瑰是范坚强送的。陈前台不相信，但大家都这么说，最后也就开心地信以为真。范坚强也没有站出来解释，或许这些传言并没有传到他耳朵里。总之，陈前台那一段时间走路都带风，对范坚强特别殷勤，对同事也很和气。似乎得到了老板的青睐，就应该保持宽容的风度。雪萤几次想告诉她真相，又不敢。这个秘密一直到现在，陈前台都蒙在鼓里。

莫不是有人以同样的方式来对付我？想到这里，雪萤便把那束花随手扔进了垃圾桶。陈前台似乎想起了两年前的事情，脸上有些怅然。好事的吴姐走过，停下来，看看那水灵灵的玫瑰花，"啧啧"两声，说："多漂亮的花，扔了可惜，你不要不如送给我们吧。人家说，送人玫瑰，手有余香呢。"说着，弯下腰，把那束玫瑰拾起来，解开包装，用剪子修掉底端多余的枝条，分插在几个盛水的矿泉水瓶里，每个人的办公桌上都摆了一枝。

第三天，雪萤又收到一束玫瑰。以后每天她都收到一束玫瑰花。办公室里轰动了，纷纷猜测那个神秘的送花人。就连那个送花的黑脸小伙子，都羡慕地说："美女，我从来没见过这么痴情的人，你真幸福啊。"

可是，幸福从何而来？她连那个人是谁都不知道呢。

有人说是范坚强，别看他平时板着脸，一副不近女色的样子，骨子里却是一个色狼。当初，可不就是因为某些原因才坐的牢吗？有人悄悄地、含沙射影地议论着。雪萤分辩说，范总不过是画了几次裸体女模而已，要怪就怪那个时代，要换了现在，谁还管你画什么呢。吴姐吐了一口痰，冷笑一声，不阴不阳地说："送花的人还不一定就是范总呢，就开始替他说话了。"雪萤脸红到了耳根，知道越解释越说不清，索性保持沉默。

也有人猜是夏冰。这小子风流倜傥，最爱勾引年轻漂亮的女孩子，一直对雪萤垂涎三尺，而且不择手段，什么事情都干得出来。恰好夏冰进来，大家便叽叽喳喳要他老实交代。夏冰"呵呵呵"地笑着，不承认，却也不反对，眼神里有种心照不宣的神情。越发把大家的兴致调动起来了。

范坚强一进办公室，就见一群人闹闹嚷嚷的，待明白是怎么一回事后，颇为生气，大声说："干什么干什么？这是办公室，不是风月场！"雪萤还没见过老板发这么大的火，悄悄把那束鲜花藏到办公桌下，寻思待会儿抽空拿出去扔了。其余各人也都悄悄伸舌头耸肩膀扮怪相，回到自己的座位，开始故作认真地工作。

雪萤心不在焉，暗暗地想，那个送花的人究竟是谁？是范坚强吗？她想起在范坚强画室里看到的自己的画像。可是，范坚强从来没有向她表白过，甚至连暗示一下也没有啊。有几次，她觉得身后有人跟着，回头看见一个人影突然闪到障碍物背后去了，背影看上去有点儿像范坚强，但也许不是。送玫瑰，不太像他的风格。

是不是夏冰呢？他一直明里暗里地追求自己，尽管知道自己和一杭的关系，仍是不死心。但他从来一副嘻嘻哈哈的样子，没见他正正经经过，他会做出送花这样浪漫的事情来吗？雪萤不敢确定。

似乎总是有一个人，影子一样咬住她不放，突然在某个意想不到的地方冒出来，定定地看着她，也不打招呼，也不说话。当雪萤意识到他存在时，他又立刻调转了身。既抓不住，又挣不脱。有时候，雪萤在租住的房子附近，却分明感到有双眼睛在暗中盯着自己，那个影子是谁呢？

送花的人，和盯着自己的人，会不会是同一个人？他究竟是谁？他想干什么？

第 五 章

1

米拉突然给一杭打电话，说想到自贡看恐龙。

恐龙是亿万年前地球上的霸主，但沧海桑田，如今，我们只能通过一些化石来了解那个时代了。那些貌似普通的恐龙化石，隐藏着大自然的密码，它带给我们的，不仅是穿越亿万年的神奇造化，更是人类探索大自然的重要线索。

作为中国南方最早发现恐龙化石并有科学记录的地区，近百年来，自贡已累积发现恐龙化石埋藏点近二百处，采集到的恐龙化石几乎包括了恐龙生活最为鼎盛的侏罗纪时期所有的恐龙种类，占四川盆地已知恐龙属种的三分之二，占中国已知恐龙属种的六分之一。自贡恐龙博物馆现有藏品近九千件，其中珍贵藏品达三千六百余件。自贡因此成为"世界古生物学的圣地"。

就算是普通人，也对自贡的恐龙化石王国充满了向往。米拉想来自贡，也就很正常了。

那个时候，一杭正在医院照顾生病的母亲。母亲有胃病，吃不下东西，人瘦得像根藤。一杭回自贡后，逼着她到自贡市第四人民医院住院治疗。

米拉在电话里说："那我先来看望伯母，完了我一个人去看就是了。"

米拉是那种女子，长得不漂亮，甚至有点儿脏——自贡人不说丑，说脏，但属于气质型女人，好比是谢无量的书法，初看不入眼，再看觉得还行，越看就越有味道。尤其是她的青春性感，让你不由得想起《阳光灿烂的日子》里那个在泳池里水母一样闪闪发光的红衣少女。缺点是性格太泼辣，走路都像在打仗，凡事喜欢按自己的意志去做，哪怕是别人家的家具摆得不合她的意，也要立即帮着主人改过来。你喜欢把床挨着窗吧，她觉得窗下好看风景，得预留出一个空间来。于是向你招招手，示意去帮她把床挪下位置，那感觉她才是这间屋子的主人。见她一副为你着想的样子，你也只好遂她所愿。她又四处看看，觉得书应该这么摆，而不是那样摆，字台上应该放一盆花，而不是鱼缸，她这么说着，立即就付诸行动。还站在远处换着视角欣赏一番，直到满意为止。不过，这完全是她的审美，不一定符合你的喜好。等她一走，你得一个人费劲地把所有东西都搬回原位。

所以，一杭对米拉有点儿爱理不理的。不过，如果曾经的救命恩人来自贡，自己一点地主之谊也不尽，似乎说不过去，便说："你到自贡后跟我联系吧，我带你去看，我有个朋友在恐龙馆工作，应该可以免票。"

米拉高兴地说："我已经到自贡了，在车站，刚下车。"

一杭又有些犹豫起来。母亲问："朋友来了？"

一杭便捂着话筒小声给母亲简单做了解释，母亲说："那你应该陪陪人家。"说着，把一杭往外推，"你去吧，我没事。"

一杭看了看母亲，感觉她精神挺好，便把手机拿到嘴边，对米拉说："你就在车站等我，我一会儿过来，咱们坐 35 路车，一车就到。"

"零度没跟你一起来？"刚见面，一杭便有些煞风景地问。米拉毫不在意地说："分了。"一杭倒不知道该怎么接茬了。米拉很容易把气氛造起来，本来这段时间一杭心情一直不太好，但米拉喜鹊一样，一路上叽叽喳喳，讲发生在医院的笑话给一杭听。一杭却想着上次同雪萤一起坐 35 路到三多寨的情景。不知道雪萤现在怎样了，一直联系不上她。

米拉很兴奋，完全不像失恋的样子，见一杭不作声，便摇他的胳膊，指着窗外，问："你看，那高高的木架是什么。"

一杭告诉她那是天车，以前人工汲卤时用的，相当于滑轮的支架。米拉点点头，似懂非懂："卤是什么啊？"

"就是制盐的原材料，自贡是著名的井盐产区，以前到处都是天车，现在只有很少一部分，作为文物保存下来。"

米拉赶紧拿出手机拍照。一杭模仿着公交报站小姐的普通话说："头手不要伸出窗外。"米拉返身捏一杭的脖子，一杭便也开心地笑了。

看到恐龙博物馆那恐龙一样造型的建筑，米拉就兴奋起来了，拉着一杭的手，快步走上前去。一杭故意磨磨蹭蹭落在后面，担心遇见熟人不好解释。米拉走了两步，又倒回去拉他，"快过来，来，给我拍一张照片。"说着，把手机塞到一杭手里，站在博物馆前，摆好了姿势。拍完一张，米拉又硬要给一杭拍一张。一杭耸耸肩，任她摆布。他太了解米拉了，对此也习以为常。

米拉四下张望，见一位年轻小伙子走过来，便说："帅哥，麻烦你给我们拍张照。"便拽着一杭的胳膊，做出亲密的样子。一杭不自然地让了让，她又靠过去，说："怕我吃你豆腐啊？我都不怕你怕啥?"一杭乐了。快门就在这一刻按下。

米拉看着手机上的照片,很兴奋:"哇,你看,你笑起来多可爱!"

一杭象征性地凑过去看了一眼,反问道:"可爱吗?"

米拉夺过手机,说:"那当然,这张照片拍得好,我要把它发到微博上去。"

一杭说:"我看算了吧,让人看见多不好。"

"没办法,已经发了!"米拉扮了个怪相。

"走吧,还没看到恐龙就兴奋成这样了。"一杭走向检票口。

看恐龙化石的人多,一个小女孩从米拉身后跑过来,不小心把米拉的左脚鞋后跟踩掉了。她还没明白怎么一回事,那个小女孩已经跑远。一个年轻女子,大约是她的妈妈,紧跟着也跑了过去。她刚想蹲下身拉鞋后跟,见一杭已经进门了,便趿拉着鞋、踮着左脚,边追边喊:"哎,等等我,等等我!"

2

周六是雪萤的生日。早上醒来,雪萤懒懒地坐在床上,看着天花板发呆。"咚咚咚",有人敲门。雪萤把门拉开一道缝,手捧一束玫瑰的夏冰嬉皮笑脸地挤进来,脸上一块黑,一块白,特别扎眼。一小撮又细又黄的头发,软软地搭在光秃秃的前额,像是泥石流后,侥幸残留在崖壁上的一蓬杂草。

"你来做什么?"雪萤有些失望,那个神秘送花人已经有了答案,尽管她曾猜到这个答案,但当答案揭晓时,仍不免失望。夏冰抬手把乱发往后梳了一下,神秘地说:"请你帮个忙。"

雪萤淡淡地说:"帮忙?我可没这个本事。"说着退到屋子里，开始随意整理客厅里的盆栽植物。

夏冰跟在她身后，说："只要你愿意。"

雪萤抬起头，不看夏冰，说："可惜今天我有事。"

夏冰绕到她面前，一本正经地说："有什么事也不行，今天你必须帮我这个忙。"

雪萤反倒乐了："没见过你这么求人帮忙的，态度这样蛮横。"

夏冰笑了，说："那你算是同意了？"

雪萤简单地收拾了一下，换了衣服下楼。在等夏冰发动汽车时，对着车窗玻璃理了一下头发，随即坐了上去。

夏冰说："今天你生日，我们去看《金沙》吧？"雪萤犹豫着。夏冰担心她突然改变主意哪里也不去了，便说："算了，也没什么可看的，你说去哪里吧，只要有你在，哪里都无所谓。"雪萤想了想，决定去彭州的回龙沟，上次单位组织去要，她因为有事没去成。听同事们回来说那里很好玩儿，便觉得有些遗憾。虽然觉得回龙沟的胜景不在冬季，但只要自己没看到过，便是新鲜的，值得期待。

回龙沟距成都近八十公里。一路上，雪萤出神地看着窗外闪过的绿油油的麦田，事实上，她什么也没有看到，只看到有东西掠过去了，又有东西掠过去了。这时，一条小花狗横穿公路，夏冰忙拿手掌拍响喇叭，不想走到中途的狗又退了回去，眼看要撞上，夏冰不得不边踩刹车边猛打方向盘。毫无防备的雪萤头撞在车窗上。从那只受惊的狗身旁经过时，夏冰随手从驾驶室抓起一瓶矿泉水朝它掷过去："找死。"

越往山沟里走，空气越冷，草木萧瑟，叶尖闪着晶亮的露珠。夏冰专心致志地开车，这次居然一路沉默，也许是刚才那一幕让他后怕，也许是不想破坏雪萤的心情。

早已过了枫叶流丹的日子，却还不到雪舞山林的时候，沟里便有些冷清，除了一道浅水经年累月地绕石而走，生命的热情在这里似乎被禁锢着。夏冰把车停在路边，和雪萤沿着河谷走了一里路，遇到个往回走的小伙子。金发碧眼的小伙子看到他们，拿出相机比画一阵交给雪萤，然后蜻蜓点水，几步跳到河心的一块巨石上，双手举到头侧，做出胜利的姿势。雪萤按下快门，一道闪光照亮了河谷。

不知走了多久，眼前的峭壁上出现一座铁索桥，桥只一米宽，栏杆是锈蚀的铁条，桥面铺着木板。几只猴子原本在桥上踱步，见了来人，便爬上栏杆，偏着头瞧着赶过来的夏冰和雪萤，却并不逃走。雪萤高兴极了，她最喜欢猴子，早就说去动物园看猴子，却一直没有时间。她加快步子走过去。夏冰在后面跟着，从包里取出一个面包，递给她。雪萤把面包撕碎扔到地上，猴子便松开爪子下来抢食，一只胆大的，还走到雪萤面前，跳起来够雪萤的手。

猴子做出各种各样的表情，雪萤脸上的阴霾消失了，清脆的笑声惊醒了山谷里几只野鸟。直到两个面包都进了猴子的嘴巴，雪萤才一步一回头地走到大路上去。猴子们又爬上栏杆，做出各种造型，看着两人走远。

绕过一个山嘴，眼前一亮。远处高天之上，一道飞瀑在两岸绿树的夹拥下奔泻而出，直跃入深谷，水花乱溅，烟尘四生，恰如一条悬空的哈达。他们开始爬山，想绕到山之巅，水之源。沿途，或荒草下，或枯木上，偶尔能见到疏淡的雪迹，这些迫不及待的雪花，承受不了早到的孤单，很快也就化为水，重归于大地了。山林间，原本没有路的地方，铺了一块一块的乱石，一级一级往上爬，像是巨人的脚印。山路曲曲弯弯，在某个山垭口分出两条，甚或三条路来，过不多久，又合在一处。走一阵，有些累了。正好，半山腰有一个缓坡，坡上建有一处亭台。四周有几棵小灌木鹤立鸡群地长在一蓬杂草中，树上爬着一些藤蔓植物。两人停下来休息。

"啪"，一棵松果落在雪萤脚边，紧接着，一只猴子从树上跳下来，追着松果跑，见了雪萤，向她龇牙咧嘴做怪动作。夏冰赶跑了猴子，从巨大的包里取出一块坐垫放在石墩上，取出一个小方盒，里面是一只小小的生日蛋糕。又掏出干粮、卤菜、红酒，把小小的石桌铺满了。"祝你生日快乐!"在寂静的山林里，歌声穿云破雾，震落一团树上的残雪。雪萤沉默了，晶莹的泪光闪动。"这是我一生中最难忘的生日了。"她想。

天色向晚，有些疲惫的雪萤提议回家了。两岸青山壁立，河谷被夹得又细又弯，人在其间，像是河水里流淌的鹅卵石。风从河谷吹来，把两个人变成一个影子。

3

雪萤以为自己不会再关心一杭的任何事情，但陈前台把一杭和米拉在一起的照片发给她的时候，她还是难过了。原来，陈前台上周去自贡看恐龙化石，无意中看见一杭和米拉在一起。她知道雪萤和一杭的关系，见一杭和一个陌生女子这么亲热，很替雪萤抱不平，便偷拍了几张照片回去。

雪萤第一眼见到这些照片时，眼睛被刺痛了。她没有想到，一杭会和米拉在一起，以前也听一杭谈过米拉，但他只是说米拉曾经救过他而已，他们两人并没有交往。但是，今天看来，自己还是太单纯了。"你看，他们两个拉拉扯扯的，算怎么回事儿啊?"陈前台见雪萤脸色不好看，在旁边煽风点火。

"看样子，他们俩早就勾搭在一起了。"陈前台继续愤愤地说，"像这种男人，根本不值得交往！"不知道是替雪萤抱不平，还是想到了自己的什么伤心事。

雪萤苦笑了一下，把照片递还陈前台说："谢谢你，我和他已经一刀两断了。他的事儿，与我无关。"

陈前台一怔，原以为雪萤会痛哭流涕，没想到她却什么事也没发生似的，便有些怀疑地看着她，似乎不相信她说的话。

雪萤看着远处，似乎想起往事来，幽幽地说："是真的，他在我心里已经死了。"

陈前台见她不像赌气的样子，便有些悻悻地说："噢，对不起。"接过照片，奔自己的办公桌去了，边走边低声说："这年头，男人都他妈靠不住。"

那天晚上，雪萤去了酒吧。那是她第一次去，喝到大醉。她隐隐记得身边群魔乱舞，却都那么虚幻，像是以一分钟的快门拍摄下来的夜景，缺少囵囵的景象，只一些丝丝缕缕断断续续的运动轨迹。后来，连这些轨迹都消失了，变得黑沉沉一片。

醒来的时候，却不是躺在自己的床上，周围一切都很陌生。雪萤赶紧起床，开门，客厅里，夏冰和衣睡在沙发上，正打着呼噜。雪萤这才放心下来，想必是昨晚自己喝多了给夏冰打过电话，被他送到这里来的吧。这样一想，她突然一惊，夏冰怎么就在无意之间替换掉一杭了呢？自己在潜意识中，怎么就想到夏冰了呢？

雪萤第一次认真地打量这个熟悉而陌生的男人，第一次认真地思考他们两个人的关系。以前，一杭像是一道屏障，把夏冰都遮盖了。当这道屏障消失的时候，一些曾经忽视的风景都开始浮出水面。

说起来，夏冰去一风公司还是因为雪萤。那个时候，他儿子死于非命，妻子也被人拐跑了，父亲出现了精神障碍。父亲不是生父，所以，他们之间并没有多少感情。童年是在父亲的棍棒下远去的。据说，他小时候特别贪吃。每次，家里的鸡下了蛋，便嚷着要父亲煮给他吃。父亲却要拿到集上换油盐酱醋。鸡下了蛋，他便悄悄把鸡蛋敲破一个小洞，开始父亲还以为是母鸡不小心踩坏了，便煮给他吃。但是，鸡蛋老是被踩坏，不是裂一道缝，就是破一个洞。父亲觉得奇怪，偷偷观察，发现他在捣乱。父亲气急败坏，抓起屋角一根赶鸡的响竿就往他屁股上抽。还有一次，一个卖冰糕的少年提着打狗棍在村里吆喝，那天天气炎热，他想吃一根冰棍，便拉着父亲的衣袖，说他渴。父亲瞪了他一眼，让他把嘴张开。他果真张开嘴，父亲却将一泡痰水吐进了他的嘴。这件事也给他留下了永生难忘的印象。此后，他不再向父亲要求什么，发奋读书，以优异的成绩考上了大学，他申请了助学贷款，毕业后便留在成都工作。父亲却让他回自贡，理由是他老了。毕竟二十多年的养育之恩，他回到了自贡，并在当地娶妻生子。孩子一岁的时候，他脸上开始长白癜风，妻子便有些嫌弃，他负气出走。不久，他接到父亲的电话：孩子没了。处理完儿子的后事，他又去了成都。有一天晚上，他在驷马桥附近溜达，突然看到河边上一个女子的背影，他被这个背影吸引了，便上前搭讪。这女子正是雪萤。雪萤起先还礼貌地答应几句，后来便懒得理他，加快步子赶路。夏冰紧追不舍，将雪萤拉到附近一家小摊吃夜宵。雪萤见纠缠不过，只好勉强答应。一坐下来，雪萤便想法灌他的酒，然后躲到厕所里打电话求救。哥哥苦根风尘仆仆赶过来，却和他谈得十分投机，两个人喝了酒便称兄道弟起来。苦根还向他出卖了雪萤的个人信息。于是，他应聘到一风公司当了片区销售经理。

夏冰睁开眼来，见雪萤在打量自己，便笑了。雪萤有种当小偷被抓现场的尴尬，脸立即红了，忙转身，说："昨天晚上，我喝多了。"

夏冰翻身坐起来，笑嘻嘻地说："你喝多了的样子很迷人，我喜欢。"这个人，在女人面前总是没有正经样，不过，倒也可爱。可爱才是男人最优秀的品质，因为可爱往往能制造情趣，容易让人开心。

"我……"雪萤一时找不到话。夏冰见雪萤一脸严肃样，便也收敛了不正经的表情，默默地看着她。两个人如同两个木偶，沉默着，僵持着。雪萤快速地瞟了一眼夏冰，说："谢谢你，我走了。"

"等等我，咱们一起走，上班快迟到了。"夏冰从冰箱里拿了两个面包和两盒牛奶，递给雪萤一份。

车到公司楼下的小巷，车多人也多。老吴远远看见夏冰的车，忙冲他大喊："夏销售，好久没见你了，你说要给我搞些词典来的哈。"

夏冰装作没听见，大声摁喇叭。老吴不死心，跑过来，身子趴在窗玻璃上，说："夏销售，我不会亏待你的，我可以把价钱给你算高一点儿。"

夏冰冲他吼道："让开！"说完便把车窗摇起来，一踩油门开远了。老吴冲夏冰的车吐了两泡口水，骂骂咧咧地回去了，"你才有车吗，老子也有。"说着，拼命地按他三轮车的铃子，边按边说："老子也有。"

1

从医院回来，母亲的精神明显好转，身体也长胖了些。她把随意扔在椅子上的一大堆衣服给一杭洗了，一杭依着厕所的门看着母亲用力搓洗衣服的背影，心里热浪翻涌。他的衣服，从小就是母亲给洗的，即便是在几十里外的中学读书时，他也在周末把脏衣服带回家。一杭常常呆呆地坐着，看母亲劳作。

一天，母亲抚摸着一杭长长的乱发和疯长的胡须，慈爱地看着他。一杭用手指梳了梳油油的长发，这才意识到，一个月的时间已经悄悄流走了。

"孩子，我这把老骨头没事的，你还是回成都去吧。"母亲见他神不守舍，询问似的说。

"不，我不想去，还是老家好。在城市里，每天都听汽笛的喧嚣，闻尘埃的腥味。在乡下多安静，天一黑，就只听见狗叫了。白天也不过是鸡鸣鸭叫，多和谐多自然的声音啊。"一杭不为所动。

"孩子，在一个地方待久了，就会生出厌倦来，你要是多待一段时间，又会说这乡下蚊子多、鸡屎臭了。"

一杭似乎在思考母亲的话，没有应声。这也是真的，当初，自己不是觉得乡下沉闷才要离开的吗？几年时间，自己的立场又变了。不过，谁能说得准这一次的想法就不会变呢？

母亲知道他心动了，她也不必再说什么。这么多年，她已经习惯了儿子对她的埋怨，只要她稍微多说些话，一杭便觉得她啰唆，哪怕她是对的，他也不从了。所以，她总是小心翼翼地点到为止。于是转了一个话题，说："这段时间，你好像有什么心事？"

一杭忙抬起头，矢口否认。母亲笑了："没有就好。"过了一会儿，又说："雪萤呢？好久没她的消息了。你去了成都，她经常来看我。她到成都找你之前，还特地给我买了好多水果和菜来呢。"

一杭沉默着。

母亲试探着问："她还好吧？"

只有在这个问题上，母亲的话才会多一些，虽然一杭有时候也流露出不愿多听的表情，但她仍然冒着被抢白的危险不依不饶地关心这个事情。也许是年龄渐渐大了，对人生的思考有所不同，也许是其他什么原因，这次，一杭没有和母亲打嘴仗。他失神地摇摇头，但那摇头的意义却似乎不那么明显，是不好吗？还是他不知道？这连他自己也不甚明了。

母亲已经从他的表情中读出了一些隐忧："给她打个电话吧，人家是女孩子，你要主动些。"

一杭叹了一口气，说："总是关机。"语气中流露出无奈与不甘。

母亲干脆挑明了，问："你们之间到底发生什么了？"

一杭有些不知所措起来。这么多年，母亲为他的婚事操碎了心，而他却一直没能让母亲真正踏实过，他觉得无法面对母亲，垂着头，说："我也不知道。"

母亲总是往好的方面想，或者说，她是想重新鼓起儿子的勇气，她说："是不是出差不方便接？你再打一下试试。"

一杭说："怎么可能呢？我都打了很多次了。"话虽这么说，他其实是希望母亲继续劝他的。母亲果然遂了他的愿。母亲说："再打打看嘛，打电话又不掉你二两肉。"

一杭有些赌气似的说："我不打，为什么是我给她打？"不过，他还是走到院子里，拨了雪萤的手机号码。事实上，他一直都想再打这个电话的，只是，有时候他内心需要一个理由罢了。既然是母亲让他打的，便不是他自己要主动打的，内心似乎就平衡了。

电话通了！一杭的心怦怦乱跳。"嘟嘟嘟——"一杭心里焦急而难受。他希望她立刻就接电话，又担心她接电话后无言以对。

终于，电话接起来了，却是夏冰的声音。一杭的第一反应是打错了，但仔细看手机上的号码，确实是雪萤的。

夏冰"喂"了两声，说："你找我们雪萤吗？她在洗头，你待会儿打过来吧。"

一杭刚想挂断电话，夏冰说："是一杭吧？跟你说个好消息，我和雪萤准备元旦结婚，到时你一定要来捧场哦。"一杭脑袋里"轰"的一声，不可能，心里这么想着，但嘴上却无力地回答："好，一定，祝福你们。"

"有了你的祝福，我们一定会更幸福的。"一杭听得出夏冰语气中的得意来，他到底赢了，以前看来根本不可能的事情，就这样发生了。一杭匆匆挂断了电话，半天没有回过神来，仿佛做了一个梦。梦里的一切，都没有逻辑可言。一切都那么跳跃，那么遥远，那么不可思议。

以前，雪萤也在他面前提起过夏冰，但都是以一个小丑形象出现的。雪萤说他特别逗，总是把办公室的气氛搞得很轻松。就算如此，一杭也不愿意从雪萤的口中听到关于他的一切。因为一杭知道，他是因为雪萤才去的一风公司。所以，他不允许雪萤提到夏冰，除了工作也不准有其他接触。他一度相信自己，也相信雪萤。只是，万物总在变化之中，感情也如此。现在，他们竟然要结婚了。

女人就是女人，太容易上当受骗了，分不清是非好坏。嘴巴抹了蜜的人，怎么靠得住呢？那也是她自找的，让她为自己的行为负责吧。一杭恨恨地想。不过，代价也太大了，如果是那样，他和雪萤就彻底完了，这对雪萤和自己都没有好处。不行，他得采取积极的行动，他要揭露夏冰的丑恶嘴脸。

　　一杭给雪萤打电话，但每次雪萤都不接。而只要接通了，电话那头必定是夏冰。一杭感到事态的严重性，这么短的时间，何以就变得这么糟糕呢？他和雪萤之间一定发生了某种严重的误会。

　　车祸！一定是车祸！

　　难道她怪我没有把这件事告诉她？

　　难道警察找过她谈话？

　　难道她也看到了那张照片？

　　一杭的脑海里，各种想象蜂拥而来，最后又都归于一种声音，"我和雪萤准备元旦结婚。""我和雪萤准备元旦结婚。"一杭突然觉得这个声音好熟悉——他当然熟悉夏冰的声音，他改编的几本童话就是夏冰负责销售的，他们还在一起喝过几次酒。但那个声音，似乎是存在于记忆之中的一个声音，只是一时想不起出处。他没有过多地纠缠那个声音，他的注意力完全被雪萤的婚事吸引了。

　　他只有一个目标，阻止这一切。这就意味着，他必须重返成都。而那里，或许警察正张网以待，说不定一下火车就落入警察手中。然而，他别无选择。

5

　　那是十一月的一天，母亲拄着拐杖跟在一杭身后。走过那个已经废弃的渡口时，一杭下意识地停了一下，那位手捧罐头瓶的老汉，身后拖着一条脏兮兮的末梢磨成耗子尾巴的麻绳。他坐在竹丛下，呆呆地望着河对面，像是在等待谁归来。那样子，仿佛一直就在那里，一直不曾挪动。一杭觉得有些好奇，便停下脚步。

95

"真可怜，孙子死了，儿媳跑了，儿子也不管他，一个人就疯疯癫癫起来。"母亲感叹着。

老汉是附近一个姓夏的村民，单身，后来收养了一个儿子。几年前，儿子去了成都，他和儿媳还有一岁多的孙子住在一起。儿子离开不久，儿媳就和邻村一个退伍军人勾搭上了。一天，儿媳正在蜂窝煤炉子上烧水给儿子洗澡。情人来约她，她把孩子放在正热着水的锅里，让另一间屋子里的老人照顾他，便匆匆幽会去了。耳背的老人以为孩子在睡觉，后来去床前看孩子，却没人。屋里屋外到处找，最后发现孙子已经在锅里煮熟了。儿媳当天收拾东西跟着情人到广东打工去了。儿子接到电话，回来了一趟，以后也没了消息。老人后来就疯了，拿一根粗绳套在刚出生的小狗脖子上，拴在腰间，无论去哪里，都把小狗带着："孙儿嘞，你不要乱跑，来，爷爷牵着你……"现在，那根绳子还拴在他腰间，他还叫着他的孙儿，但狗的尸骨已经不存。

一杭慢慢地走着，不时回头看一眼，当那个老汉儿只剩下一个小黑点时，他把肩上的包袱放下来，说："妈，你回去吧。"母亲却不停脚步。他摇了摇头，拎起包袱，慢慢地在前面走着。走一阵，又歇一阵，他知道，母亲病刚好，身体差。

我还能回来吗？一杭的脑子里突然跳出这个念头来，眼眶不禁湿润了。小河边的废弃码头旁，会增添一个痴痴等待的身影么？这么想着，他真希望就永远这么走下去，母亲和他隔得那么近。他感觉母亲就像一阵风，或许自己就像一阵风，随时都可能被吹得无影无踪。

但他不得不催母亲回去了。母亲刚出院，身体不好，不能让她太劳累了。母亲说："我把你送到桥头吧。"于是，他们在渡口下游那座简易的石桥分手。他们隔着河，都往上游走。

一杭一直望着河对岸的母亲，母亲一直望着河对岸的儿子。

他们慢慢地向前走着，就像刚才那样并排着走，毕竟不是刚才了，他们之间隔着一条河。走一程，一杭就朝对岸喊一声："妈，你回去吧。"

"哎！"母亲总是这样回答，却仍是跟着走。已经过了回家的那条岔路了，母亲仍是不肯停下脚步。转过一个弯儿，一杭要离开河滩往另一条道路走了。他停下来，说："妈，你回去吧。"

母亲拄着拐杖停下来，还说："哎！"

一杭含着眼泪走远了，走到远处的一块坡地里，他回头望去，母亲还站在河滩上，河风吹乱了她一头银发。她佝着腰，正朝一杭挥手。

村里的广播里，隐隐约约传来一阵歌声，是满文军的《懂你》："多想靠近你，告诉你我其实一直都懂你。把爱全给了我，把世界给了我，从此不知你心中苦与乐……"

一杭倒退着走，走了好一段才转过身，头也不回地快步离开。

第 六 章

1

对于心灵的创伤，劳动是唯一的良药。

很多过着优裕生活的人，却这也不是那也不是的甚至出现心理问题。在农村，从来没听说有人患抑郁症的，劳动是万能的药方。那些天，雪萤把自己沉在工作的深海里，沉得足够忘掉一杭。但有时候，作用力越大，反作用力也越大。

那段时间，每天夏冰都开车来接雪萤上班。夏冰出差后，雪萤便骑自行车上班。这天，她骑车转进惜字宫南街时，停住了。

惜字宫南街通公交车后，这条不是太当道的街热闹起来，曾经藏于深闺的平民建筑也暴露在更多人面前。总会看到街侧一堵光秃秃的围墙，看到围墙下一个烧烤摊。成都每一条稍有人气的街上，似乎都少不了这一特殊风景，这差不多成了成都人幸福指数的另一种表达。不过，雪萤对此向来不感兴趣，每次目光都匆匆掠过，聚光于旁边一个小推车。车上是冒着腾腾热气的蒸屉，馒头、包子，让人垂涎三尺。

出于好奇，雪萤把目光越过小推车投向了围墙里面。红砖青瓦，居然是一处农家小院式的平房。随意码在屋檐下的破旧家具，透出主人的勤俭持家。养花是老成都人共有的情趣，散布在坝子四周的花盆成为这个小院最生动的点缀。刚刚浣洗的衣服还在滴水，水渍在坝子里流成一幅老树图，粗壮的树干长在屋檐处，向外斜斜地抽出几条枝丫，直到坝子边界处与一片浅浅的青苔相遇。脸盆、扫帚、水龙头，一切都透着家常化的亲切，透出成都人的平和。

小院的背后是一条小街，是正在消失的惜字宫南街的一个影子。在那窄窄的街道两边，低矮的房顶上晾晒着萝卜干或者布鞋。几盆不知名的花在窗台上绿着。一个年轻的女子站在屋檐下梳洗她瀑布一样的黑发，水珠四溅。亦有人坐在阳光里，就着几粒花生米有滋有味地品烧酒。三两孩童，一路嬉笑走向小街深处。虽然没有落英缤纷，没有鸡犬相闻，但来来往往、进进出出的人，都像在桃花源一样怡然自乐。

以前和一杭骑自行车路过时，一杭告诉她，惜字宫是供奉仓颉的庙宇。"敬字如敬圣，惜字如惜金"，很多地方都建有一种类似亭或塔的炉体，以焚化废弃的字纸。这条街也因此得名。据说，在蒲江县西来古镇有一座百年历史的文风塔，塔正面建有焚字库，两旁有联曰："废墨收经史，遗文着汉唐。"雪萤回想起两人结伴而行的感觉，一种苍凉的感觉浮了上来。这时，前方一人盯着她。不是别人，正是一杭。

雪萤看了一杭一眼，腿一蹬，想骑车冲过去。但一杭比她更快，他三步并作两步走过来，从前面执住车头，雪萤被迫下了车。"你想做什么？"她冷冷地问。

一杭有些激动，把她拉到路边一僻静处，说："雪萤，我爱你，我真的很爱你！"

雪萤扭动身子，努力摆脱他的手，把自行车作为天然屏障，与一杭隔着距离："请你放尊重点儿。"语气里，带着冬日的寒意。

"我真的爱你，你要怎样才相信我呢？"一杭不死心，去抓雪萤的手，"警察一直在找我，昨天我妈打电话给我，说有警察去老家问我的情况，我冒着巨大的危险来找你，就是因为我爱你。"

雪萤甩开一杭的手，看也不看他，"哼"了一声，讥笑道："你也配谈爱？"

一杭绕过来拦着她，突然跪了下去："我知道你为什么生我的气，我对不起你，我不该骗你，但是，我不是凶手。我到车祸现场时，你哥已经死了，那时我还不知道他是你哥，就算是一个陌生人，哪怕他还有一口气在，我也会拨打急救电话的。"

对于一杭的解释，雪萤似乎并不感兴趣，好像那件事情与她并没有关系，而一杭也成了一个与她无关的人。"对不起，请你离开，你是不是凶手请你去和警察解释吧。"雪萤准备推车从旁边过去。

"雪萤，你哥哥真不是我撞的。我去的时候，他已经没气儿了。"一杭见雪萤一副心如止水的样子，越发地痛苦起来，但他显然知道这不是三言两语能够解释的，而他与她之间的关系也绝不可能在短时间内修复。但一杭还是希望能够抓住一根稻草，迫不及待地想要解释。

"你承认也好，不承认也好，都无所谓了。"雪萤冷漠地说。当一个人的心被伤害了，又怎么能够恢复到以往的状况呢？一杭承认这一点，又不甘心受冤枉。他是一个心气很高的人，什么事情都不愿意解释，不屑于解释。对的也好，错的也好，用不着自己来解释，时间会帮他完成这个工作，而且效果会更好。如果自己去解释的话，便成狡辩了。

但在雪萤面前，他丧失了这一份冷静和自信，他正是缺乏沟通和解释才致陷入今天这种解释不清的泥淖，他后悔自己应该早一点儿做些澄清工作，越主动越好。现在，好像已经晚了。"我告诉你，你可能不相信，但这是真的——"一杭还想解释，但雪萤毫无兴趣，把身子让开了，"你走吧，再不走我叫警察了。"

这时候，远处正走来一名巡警，一杭面露怯色。"好吧，我一定会让真相大白的。"一杭转身匆匆离去。他也生气了，生雪萤的气，生自己的气，生这个世界的气，总之，一切都不对劲起来。巡警向另一条街走去了，一杭也放慢了脚步，心里却堵得慌，见路边一个果皮箱上放着一个空可乐瓶，他愤愤地朝果皮箱一蹬。不想可乐瓶翻滚下来，四溅的残汁洒在他的衣服上，他狠狠地擦了擦衣服，用脚把可乐瓶踩得"啪啪"响，直到把瓶子踩扁才作罢。路人都拿一种异样的眼光看着他，他一个个地瞪将过去，所有的人就像从暂停状态恢复常态，别过脸轻轻地走过去了。

街上熙来攘往，一杭渐渐汇入人流，消失了作为个体的特征，成为无数灰色背影中的一个。

2

报纸上说康平街车祸现场旁有一家公厕，守厕所的老头儿自称看见了肇事司机。只是他却把骑摩托车的一杭当成了真凶。一杭决定去找那个老头儿，在一杭看来，现在他是唯一可能破解真相的人证了。

一杭去了康平街。公厕外墙上顽固地生长着不少根治性病、白癜风之类的牛皮癣广告，以及广告单被撕去后残留的白色"伤

101

口"。墙壁上端的白瓷砖已经掉了好几块，瓷砖落处，疯长着青苔和已经凋败的野草。坑坑洼洼的路上积着泥浆，车一驶过，便从车胎下飙出一股黑汤汤的水箭，激射到厕所斑驳的墙上。年深日久，土墙上已经积了一层泥皮。

而此时，路上并没有多少车往来，一杭横穿公路，在路中央停下来，以最快的速度寻找车祸现场。然而，那个地方什么痕迹也没有。甚至，连那个地方在哪里，也不怎么确切了。

一杭担心被人猜出心思，便匆匆走进厕所。窗内，一位皱纹密得像核桃的老人手指头在木桌上轻轻地敲击着，说："入厕五毛，要纸一元。"核桃脸一说话，黑洞洞的嘴里便冒出一股死水一样的酸臭来。

一杭打量着核桃脸那只瞎掉的左眼，说："我不上厕所。"

那人觑着眼睛瞟了一眼一杭，似乎有点生气地说："又来问车祸的事是吧？上次装成警察，这次又装成武警，装神弄鬼，我才不会上你的当呢。"

一杭有些惊讶地看了一下自己的衣服，是军绿色的迷彩，难怪老人会说他化装成武警了。但警察是指的谁？听他口气，好像有人化装成警察来了解过车祸的事情。

一杭盯着核桃脸琢磨着，核桃脸这时也戴上了老花镜，与一杭对望了一眼，像磁石的正极遇上正极，立即就弹开了。

一杭有点儿尴尬地咳嗽了一声，见四周比较安静，便把头凑过去，悄声说："老人家，我想向您打听个事。"

核桃脸顾左右而言他："我成天守在这又窄又臭的厕所里，大门不出，二门不迈，能知道什么事？"说着咧嘴笑了笑，牙缝间塞满了食物残屑。

"9月9日早上那场车祸，您看到了？"一杭盯着核桃脸问。

核桃脸一张一张地清理一个漆黑木匣中的零钱，手突然凝住了，他抬起头来，迟钝地摇了摇头："我什么也没有看到。"

据此一杭已经知道，他一定看到了事情的真相。既然如此，他怎么能昧着良心说话呢？一杭提高声音说："既然什么也没看到，那您怎么跟记者说是摩托车司机撞了人。您为什么要这样做？"

老人看着一只苍蝇在屋子里飞来飞去，他瞟了一眼旁边椅子上粘满苍蝇的灭蝇纸，说："那都是记者乱写的，我可没有这么告诉他，我只说，当时有个人骑着摩托车经过。"老人是在撒谎吗？或者事情的确如此，是某个记者的笔误？如果是后者，核桃脸无疑可以证明自己的清白。

一杭说："我就是那个摩托车司机，但是，当我到达现场的时候，车祸已经发生了，我下车去看那个人的鼻息，这是事实，我只是想确认一下他还有没有救，可是，现在人人都说我是凶手。老人家，您一定知道那个真正的凶手是谁，你要给我做证啊。"

核桃脸把清理到一半的钱扔回木匣，"砰"地合上，说："你快走吧，别来缠我，我什么也不知道，我什么也没看见，我一个黄土快埋到颈子的人了，只想安安生生过日子。"

"那么，你能告诉我那个化装成警察来了解车祸的人是谁吗？"一杭对这个人颇为好奇，便退而求其次想知道点儿关于他的事情。但老人仍是摇头，甚至从里面把窗帘拉上了，任一杭怎么叫，也不应声。

他一定目睹了整个过程，他之所以不肯说出实情，一定是那个真正的凶手，要么收买了他，要么威胁过他。而那个来了解车祸真相的人，又会是谁？是警察还是冒充的？一杭心事重重地离开公厕。

9

一杭之前，已经有两个人来找过核桃脸了。

早上五点钟，核桃脸像钟摆一样准时醒来。"吱呀"一声，他推开设在窗户上的一方小洞，露出一张核桃一样皱纹密布的脸。照例打开黑油油的小木匣，借着昏暗的灯光清点已经理得整整齐齐的零钱。

"你好！"一个影子将室内的灯光挡在了门口。他继续清点那些皱得不成人样的小额钞票，说："入厕五毛，要纸一元。"半天没见动静，一抬头，"呀"的一声，从那把"吱吱吱"发声的藤椅里弹起身，一手按着木匣的边沿，一手执着木头盖子。

来人的头罩在一顶宽大的呢帽里，只看到半张脸，他低沉地问："最近，可有人来找过你？"

他本能地后退一步："没，没有。"但自己也听出是在撒谎。

"嗯？"那人一皱眉，眼睛从帽子的阴影里射出一道寒光。

他不知道为什么，瘫坐在椅子上，不敢正视对方，"……是有人来过，一个警察。"

来人面露一丝惊讶，低声自语："警察？"

"是的，警察。"他缓过劲来，重复道。

"你先把门打开。"来人冷冰冰地说，语气不容分辩。

他坐着不动，"你又不是警察，我不开，马上就会有人来上厕所，你要是敢乱来，我就叫人。"嘴上这么说，心里却担心，这个人眼里有一股杀气，他想。

来人在身上摸了一阵。他担心他摸枪或者刀之类的凶器，赶紧退到床边的角落里。过了一会儿，只见来人拿着一叠百元钞票在小洞口轻轻一晃，问："开不开？"

这是他做梦也没有想到的，双眼放光，一个箭步冲过来把门打开，又回身拿起枕巾整整齐齐地铺在那张藤椅上，"老板请坐！"

来人看了看那张残留着唾液的枕巾，用手指轻轻拨了一下，坐了。天降财神，不能得罪了，他赔着笑问："老板，要不要喝茶？"来人摆了摆手，"你说来了个警察？什么样的警察？"

他一脸疑惑，问："警察就是警察，警察之间还有什么区别吗？"

来人右手握着钱的一端，另一端在左手掌上轻轻地拍着，核桃脸的眼睛一直盯着他的手不动，就像狗盯着一块骨头。来人问："我是问，他长什么样？"

他转动眼睛，拼命回忆的样子，以博取对方好感，"人比较瘦……"

来人看着他，等着他继续往下说。他一拍大腿，"对了，他脸上有白癜风！我看到他的脸一块白一块黑！"

来人"哦"了一声，轻声道："你都跟他说了些什么？"

他沉默了，低头噘嘴，做错事的样子。他知道接下来的话会让对方不高兴。

来人问："你什么都说了？"

他回答："在手铐面前，我只好，招了。"

来人轻轻地拍了拍他的肩，"这么说来，那天早上的事情你都看见了。"他点了点头。

来人把手上那叠钱放在桌上，"这些钱是你的了。"

他强忍着兴奋，却不敢立即过去拿，一脸不信地看着来人。似要掂量这是不是一个陷阱。

来人指指天，指指地，又指指他们两个人，不紧不慢地说：

"那天早上的事，天知地知，你知我知，你说是什么就是什么。你说你看见摩托车撞伤了苦根，那么就是摩托车伤了人，你说骑摩托的人脸上一块白一块黑，那么白癜风就是凶手……"

核桃脸苦笑了一下，把钱推到来人面前，说："老板，钱你还是收着吧。诬陷警察，我还有命消受这些钱哪？"

来人放声大笑，取下呢帽，盖在桌上那一叠钱上。核桃脸眼睛盯着那顶呢帽，嘴上却问："老板，你笑什么？"

来人说："我说我是警察，你信不信呢？"

核桃脸说："不信！"

"为什么？"

"因为我认识你呀，你就是……"核桃脸突然截住了话头。

"那，你认识那个人吗？"来人一脸轻松地问。

核桃脸摇头，"不认识，可他穿了警服呀？"

来人说："一件衣服而已，如果我需要，也能搞到。现在，文凭可以造假，合同可以造假，人民币可以造假，甚至男人都可以变成女人，你说还有什么不能造假？"

"你的意思是我遇上了一个骗子？"核桃脸不相信地问。

"就我的了解是这样。"

"你凭什么这样说？"核桃脸问。

"因为我认识他呀。就像你认识我一样。"他站起身，抓起桌上的呢帽，说，"如果有人来，你只要说什么也没看见，这一万块钱就是你的。如果你愿意按我说的做，你会得到更多。"

"真的?!"核桃脸走过去，抚摸着那一摞钱，心激动得怦怦直跳。

"当然！"来人满意地说。

"一切全听老板吩咐。"他怕对方反悔似的，将钱紧紧抱在胸前。来人附在他耳边小声说了几句，拍拍他的肩，起身走了。他赶紧把钱放进抽屉，用锁锁上，想想觉得不妥，越是锁着的地方，越是被关照的对象。他又把钱捂在被子下，把席子翻过来扣在上面，还是不妥，万一谁不小心翻开被子看到这么多钱怎么办？他在屋子里踱来踱去，不停地拍打满是头皮屑的头。终于，他开心起来，从床下拖出一双破鞋，把钱塞了进去，又把鞋掩盖在一堆废旧物品里。把钱放好，他走出门，看着那个人走去。

那人在一盏路灯前停住了，右手一扬，"啪"的一声，路灯应声而碎。走几步，停下，扬手，"啪"，又灭一盏。核桃脸吃惊地望着他的背影。突然，那人一个迅速转身，下蹲抬手，朝他做了一个抛手球的姿势。他抱头蹲在地上，却是虚惊一场。那人一阵坏笑，将最后一颗石子扔到了街心，拍拍手，登上路边停着的一辆车，发动引擎烟一样消失了。

核桃脸知道，接下来他应该怎么做，他必须那么做。那个人的话，就是对他的命令。

4

一杭感到，暗中有一只毒箭，正向自己的心脏瞄准，他似乎听到弓被拉满时发出的咯吱声，只是不知道什么时候箭会再次射过来。在真相大白之前，他的心就像拉成锐角的弦，永远绷着。

如果不能从守公厕的老头儿那里找到线索，又从哪里入手呢？一杭躺在床上，把事情的前前后后想了一遍。那个寄信的人，那个威胁他的人，这是一个切入点。

谁会把"罪证"寄给他呢？雪莹吗？如果她知道我是凶手，显然不会把罪证寄给我，只会把它寄给警察，或者暗中收留着，不动声色地报复我。那么，这个人会是谁呢？他为什么要把照片寄给我？他从哪里搞到这张照片？一杭的心像被猫抓一样，左一处疼，右一处痒，挠又挠不到。一杭想从照片入手寻找那个诬陷自己的人，找到他，就离真正的肇事司机近了一步，或许两个人其实是一个人。

照片上的字迹潦草而陌生。是否能从快递公司找突破口呢，或许接件员会知道一点儿有用的信息。他庆幸自己当初没有把快递公司的信封扔掉，他按信封上的电话打过去问了公司地址，立即戴了一顶鸭舌帽，过街鼠一般溜下了楼。

快递公司竟然在高硐医院对面。医院正对面是一家丧葬服务公司，门口摆着几个花圈，一个又矮又黑的花发老头儿坐在门前，双眼紧盯着医院大门。花圈店挨着一个垃圾库，两扇绿漆铁门紧锁着，但下方已经被污水严重锈蚀，一股股污水流了出来，顺着倾斜的路面向下流去，恶臭也就随之漫延到空中。两个穿蓝工装的工人正抬了一大筐垃圾沿着垃圾库旁边的台阶爬上去，爬到顶点，"轰"一声把废物倒进垃圾库，吓跑了几只正在觅食的黄毛大鼠。垃圾库门前一只全身像淋了胶水的流浪猫，并不慌忙，只回头看了看，继续用脏兮兮的前腿抹脸。

快递公司在垃圾库的下方，一间门面较小、纵深较大的店，里面堆满了各种纸箱。在店铺最里面，有一张矩形柜台，柜台上放着一把计算器，还有一束色泽暗淡的假花。柜台后没有人。一杭站在门口，掩着鼻子，瓮声瓮气地问："有人吗？"没有人应，一杭又往里走了几步，四下探看，希望从某堆纸箱后面钻出人来，但是，没有。

也许，店主人上厕所去了吧，也许在里间屋子里忙别的事。一杭决定留下来等一等。闲得无聊，一杭的眼睛便四处看，墙壁上挂着一幅中国地图，一幅四川地图。显然是摆设，在地图褶皱处，已经布满了灰尘，离褶皱越近，灰尘越密集，颜色越深。一杭回头鬼使神差地朝柜台里看了一下，一时呆了。一对男女倏忽分开，女子整理着自己的头发，男子一脸横肉，盯着一杭。

一杭歉意地冲他笑，男子视而不见地说："今天不营业！"

一杭说："我想打听一件事……"

"我说，今天不营业！"男子提高了声音。

一杭扬了扬手中的快递信封，怯怯地问："你知道这信是谁寄的吗？"

男子看也不看，说："我们只管接件，不管其他，现在，我要关门盘点，请你出去！"

一杭还想再问什么，那男子已经站了起来，在高大的柜台后面，那男子显得很渺小，即便是站着，也只见一小撮头发而已。一杭看着那一撮头发，转身走出快递公司。

回去的时候，他一直在回想那个有几分熟悉的声音，那个威胁他的声音。他不时掏出快递信封看上一眼，似乎上面写着答案。这个人会是谁呢？

"哎哟！"一杭不小心与一个迎面走来的高个男子撞到一起。男子的脸上长满白癜风，黑白分明，像一头奶牛。头发又细又黄，前额已经秃了，光溜溜的，只在脑门位置剩一小撮头发，软软地搭在额前。这不是夏冰吗？一杭眼睛里充满了怒气。

"你的眼睛是拿着走的吗——"夏冰嘎着嗓子道，他抬头见是一杭，不自然地笑了笑，"是你啊，作家。对不起，对不起。有事，先走了。"说着，钻到密集的人群中去了。

"你的眼睛是拿着走的吗——"这声音在一杭听来是那么熟悉，那么熟悉。"我寄给你的剪报和照片你收到了吧？""你的眼睛是拿着走的吗——"这两个声音交织在一起，终于重合了。灵光乍现，是他，就是他。那个打电话威胁他的人，是夏冰。

难道这是一个事先设计好的阴谋？一杭的心跳加速，目光拼命去捕捉夏冰的背影，但他已经消失了。

5

元旦越来越近了。一杭感觉时间就像野马一般从自己身边跑过，他多么希望时间暂停啊。但这是不可能的，他可以做的，就是把自己也变成一匹马，或者一头豹子，去追赶时间。必须要让雪萤知道真相，她和夏冰的婚礼才可能中止。他要把自己的怀疑，悄悄告诉雪萤。

那天下午，太阳暖烘烘地照着。老吴斜靠着一棵大树，坐在一堆报纸上打盹儿。生意不好做，他已经卖掉了三轮车，换成了一辆破旧的自行车。这辆自行车据说还是他收荒收来的。

一杭走过去拍拍他的肩。老吴惊醒过来，伸手抹了抹嘴角的涎水，打了个哈欠，站起身，眯缝着眼睛，说："卖报纸吗？报纸价钱降了哟。"一杭笑眯眯地说："不卖报纸。"

"那卖啥子呢？"老吴揉了揉眼睛，也不看一杭，从包里掏出一支烟来。一杭只是看着他，老吴点着了烟，这才打量了一杭一眼，"原来是作家，好久不见你了。"说着，给一杭递了一支烟，一杭礼貌地拒绝了。

一杭以前来接雪萤，要经过老吴的小摊，见面多了，有时也打打招呼。一杭摆摆手，掏出一封信交给老吴，让他务必亲手交给雪萤。说完，又掏出五十元钱塞到老吴衣兜里，说是辛苦费。老吴眼睛一亮，客气道："老熟人了，不就是交封信吗？要什么钱？要什么钱哦？"作势要把钱掏出来，一杭按住了他的手，他便不再坚持。

老吴把嘴里的烟扔到地上用脚碾灭了，说："我马上去送，

110

马上！一秒钟都不耽误。"一杭拉住他，说不能去公司，要等雪萤一个人路过时才能给她。老吴若有所思地连声说好。"最近，我常看见她坐夏销售的车。"说完瞥见一杭脸色不太好看，便不吱声了。

为了缓和气氛，一杭开玩笑说："你千万别把它当成废纸卖了哦。"老吴就"哈哈哈"地笑了，意味深长地看了他一眼，把信对着太阳光照了一下，说："没事儿，你一百个放心。"

"对了，你不要告诉她是我交给她的。"一杭说。老吴满口答应，并告诉一杭，这几天夏冰出差，雪萤一般比别的同事走得晚一些，等会儿下班的时候，他就把这封信交到她手上。一杭说了声"谢谢"便离开了。

真相已经越来越近，曙光即将来临，雪萤不可能永远蒙在鼓里，终有一天，她会为自己的糊涂感到惭愧，她将再次回到自己的身边。这样想着，一杭脸上便也和天空一样，有了些太阳的暖色。

6

如果一个人还能做美梦，那也是一件幸福的事情。在天回镇附近一家位于二楼的茶房里，核桃脸倚窗而坐，头斜靠在窗玻璃上，鼻梁上架着一副深色圆框老花镜，像旧社会的师爷打扮。他把手中的拐杖靠在身边，嘴角浮起一丝浅浅的笑意。等拿到这一笔钱，他就回老家，修一座漂亮的小洋楼，再娶一个年轻的寡妇，至于傻姑，嘿嘿，人都是自私的。核桃脸抬起手腕看了看表，又望了望窗外。他不知道，这个梦想永远也只是一个梦想而已。

111

又等了一刻钟，核桃脸还一个人坐着，神情便有些焦躁起来，拿拐杖在地上画来画去，仿佛要学神笔马良画出一堆金山银山来。金山没画好，他把拐杖愤愤地钩在藤椅扶手上。他把墨镜摘下来，立即露出瞎掉后深陷的左眼，像被谁一拳打出的凹痕。他用衣服的下摆擦了擦眼镜，装模作样戴上，又往上推了推。

依然无人到来，为了掩饰内心的焦虑，核桃脸从上衣胸兜里摸出一包烟，弹出一支，将过滤嘴向下在茶几上顿了几下，齐整整的烟丝便明显内陷。"奸商！"核桃脸一边低声骂，一边又从过滤嘴粘接处向外捋了捋纸烟，空空的前端便长出些烟丝，只是不太平整。把玩一阵，摸出一把外壳上印有半裸女体的塑料打火机，试了好几下才打燃。前端明火晃了一下熄了，在纸烟上留下几缕烟痕。核桃脸两腮深陷地吸起来，把自己隐身在一片烟雾之中。抽完一支，又接着抽第二支。茶房大厅里人很少，只有墙角有三个人在打扑克牌，根本没注意他。核桃脸挥手把烟雾赶走，又朝窗外望了一阵。

核桃脸皱眉去了一趟厕所，回来的时候，见自己的座位上坐了一个戴墨镜的瘦高个儿，他吃了一惊，问："你是谁？"那人拍了拍放在茶几上的一个黑色皮包，说："老板让我来送东西。"核桃脸的脸上一下子堆满笑容："怎么这么晚才来？是不是路上遇到堵车。"那人没接他的话茬，把皮包推向核桃脸，脸却侧向一边，尽量避开核桃脸的口臭，说："你点一下。"核桃脸说："不用了，不用了，我还信不过你们老板吗？"

核桃脸坐下来，把刚洗过的手狠狠地在腿上擦干，赔着笑，去拿那个鼓鼓的皮包。那人按住皮包，他一怔："怎么啦？"那人还是面无表情，说："老板让我带句话给你。"说完，把嘴凑到核桃脸耳边，低语一阵。核桃脸呵呵笑着："一定，一定！兄弟要不要来一杯茶？"那人却站起来，头也不回地下楼了。

核桃脸高兴得心都要跳出来了，他一把抓过皮包，又用眼角余光瞟了一眼墙角那一桌人。一个人背着他，看不见长相，另一个捏着一张牌，抽出来又按回去，按回去又抽出来，一副焦虑的思考状。坐他下首的人将一把散开的牌盖在鼻子上，紧紧地盯着他，等他出牌。核桃脸又看了一下楼梯，没有人上来，便轻轻将皮包拉开一条缝。他倒吸一口气，迅速将皮包拉链拉上，紧紧捂在胸前。平息了一下呼吸，把皮包夹在腋下，却又觉得不妥，忙到厕所里，把皮包塞进裤裆里，将左边裤兜撕开，把手伸进去提着，又按了按。好在冬天的裤子宽大，不是特别显眼。

核桃脸出了厕所，转身下楼，走了几步，又匆匆回去，不想绊到不知何时滚落一边的拐杖，人"噗"地倒在地上，手一松，皮包卡在裤管里。桌上茶杯倾倒，茶水淋在脖子上。核桃脸忙站起，抹了一把脖子，然后把茶杯扶正，悄悄看那桌打牌的茶客，竟无人留意他，这才放了心。把裤管卷起来，好不容易取出皮包，又背过身塞进裤裆里，一手提着，另一手抓起地上的拐杖，夹在腋下，趾高气扬出了茶房。

核桃脸本来想走回去，又担心路上不安全，于是，叫了一辆出租车。刚上车，就发现有个人盯着他看，当他注意到那人时，那人便隐到一棵大树后面去了。他暗暗庆幸，如果走路，说不定今天就遭到打劫了。现在一车就到家，放心。不过，他还是多了个心眼，先去了另外一个地方，绕了一圈才回到厕所。

7

"你看到我的手表没有？手表哪里去了？"雪萤一边问客厅里的夏冰，一边拉开梳妆台左边的一个抽屉，在里面翻找起来。一张照片进入她的视线，她轻轻地拿起来，竟然是那张车祸的照片。照片上，哥哥血肉模糊地倒在地上，一杭正拿手去试他的鼻息。雪萤怔了半晌，拿着照片冲出卧室。"这张照片是哪里来的？"他死死地盯着夏冰的眼睛。

正在打领带的夏冰一怔，手还按在领结上，说："我从警方那里搞到的。"

"警方？"雪萤皱了皱眉，眼睛盯住夏冰不放，说："我看是你把照片泄露给警方的吧？"

夏冰紧了紧领结，尴尬地笑笑："你说什么呢？我也是才得到这张照片，怎么会是我泄露的呢？"

雪萤还是有点儿疑惑，右手捏着照片，在左手心轻轻拍打着，突然，她问："9月9日车祸当天中午，给一杭打电话的人是不是你？"

夏冰像在思考的样子，说："雪萤，你什么意思啊？我一点儿不明白你在说什么。"想了一会儿，又说："你不会认为那照片是我拍的吧？"

雪萤盯着他，似乎要从他脸上找到答案。

"你去了那家公厕吧？别听那老头儿胡说。一杭的话更是信不得。"夏冰急于分辩道，"你应该知道，我没有时间去拍那张照片呀？"

雪萤"哦"了一声，听不出她是相信了还是心存怀疑。

"雪萤，我知道，你哥哥去世了你很伤心，一直想寻找那个肇事司机，我也一直想帮你，这不，刚刚好不容易才搞到这张照片，你却疑神疑鬼，以后可不许这样对我。"说着拿指尖去戳雪萤的鼻子。

雪萤轻轻一让，夏冰又凑过来，在她额上吻了一下，"如果你听到什么风言风语，那一定是有人想陷害我。"

　　雪莹不说话。夏冰推了推她说："别愣着了，该去试婚纱了。总不能让你穿得随随便便的就嫁人吧？我要把你从头到脚都打扮得漂漂亮亮的。"说着，变戏法似的，掏出一块崭新的手表戴在雪莹手上，"你原来那块我送人了。"

　　"喜欢这款表吗？"夏冰把车停在一家叫作"伊甸有约"的婚纱店前，这家婚纱店又大又豪华，店里挤满了人。他牵着雪莹的手走下车，继续问道："喜欢吗？"雪莹微笑着点了点头，见婚纱店里人满为患便说："换一家吧。"又步行了一段路，在一家名为"四季恋情"的婚纱店停下了脚步。

　　这家店不大，不知什么原因，顾客很少，而这反而吸引了雪莹。她喜欢清静的地方，顾客少，倒可以随心所欲地选择。极会察言观色的服务员已经热情地迎出门来，不断地夸雪莹的身材好，随便穿哪一款婚纱都好看，但还是重点推荐了几款，说更适合雪莹。雪莹一件一件地在自己身上比了比，甚至连试也没试，便摇摇头。

　　尽管如此，服务员对于好不容易到来的顾客，仍是极尽耐心，一边询问雪莹有什么喜好，一边向对方灌输自己的审美理念，试图说服雪莹，偶尔还会冲夏冰笑一笑，征求意见似的说："对吧？是不是很好看。"夏冰只是笑，"关键是要她喜欢。"服务员便不再注意夏冰了。

　　两个女人交换着对于美的感受，对于色彩和样式的喜好。趁着服务员和雪莹说得上劲，夏冰躲到厕所里抽烟去了。服务员根据雪莹的陈述，又找了几款新样式的婚纱，请她试穿。

　　正比较着，雪莹的手机响起来。"帮我接一下。"回头才见夏冰没在，便放下婚纱，拉开提包拉链。雪莹看了看手机屏幕，犹豫了一下，问："喂？"一个陌生的低沉的男音传过来："你要小心夏冰这个人。"雪莹本能地看了看透明玻璃窗外熙熙攘攘的大街，汽车飞速驶过，发出苍蝇乱撞般的"嗡嗡"声，一个墨镜男影子一样飘过，但她并不能确定就是这个人在和她通话。她感到自己就像生活在透明的空间里，自己的一切都在别人的监视之下，想到这里，不禁一阵寒意袭来，问："你是谁?"

对方依然压着嗓子，低声说："你不要管我是谁，你只管记住我的忠告。"

"我为什么要听你的? 可笑!"说完挂断了电话。心里想，肯定是一杭玩的把戏，他也会玩这个了，真是讽刺。在她的心里，一杭已经不再是一杭了，是一个凡事都惹她生气的存在。他越是阻止的，就是她越要去做的，这样，就是对一杭最大的报复，她也只能用这种方式来发泄一下自己的情感了。说起来，她这么快就同意夏冰的求婚，很难说不是这种心理在作祟。

夏冰一边用纸巾擦手，一边走了过来，望着雪萤一头雾水的脸和忘记放回包的手机，问："你和谁打电话?"

"打错了，"雪萤收好手机，重新打量起服务员手中的婚纱来，"不如就定这一款吧。"雪萤接过服务员手中一件胸前点缀几粒带亮片的婚纱说。

夏冰耸耸肩说："你说这一款就这一款。"眼睛却盯着窗外看。窗外人来人往，远远的，有汽笛声传来，太阳明晃晃的，照在窗玻璃上，似乎有那么一点儿不真实起来。

"那我给您打包了。"服务员的话把夏冰拉回现实，他赶紧付了钱。服务员像一只燕子，轻捷地取来一个纸袋，把整理好的婚纱小心地放进去，然后递给雪萤。夏冰抢先把纸袋接了过去，把手伸给雪萤说："亲爱的女王陛下，请!"

8

街灯亮起来，附近的居民开始了灯下的生活。核桃脸关了小方窗，从写字台上摸出一个酒瓶，倒在一个粗瓷碗里。突然，一个人影出现在面前，他脸上的表情僵住了，酒瓶摔在地上，但很快便笑嘻嘻地说："警察先生，这次来有何贵干？"

夏冰回头看了看四周，挤进那道半掩的小门，道："你不要故意装傻，你做了什么你还不清楚？"

核桃脸戴上眼镜，故作镇定地说："警察先生……"

"不要叫我警察，我不是警察！"夏冰生气地说。

"哦？难道警察就是一身衣服吗？脱了就不认了？"核桃脸已经知道他上次是假扮警察，却故意不点破。

"你老实说，你跟一杭和雪萤他们都说了什么？你是不是被人收买了？"夏冰想来抓他，核桃脸让开了，"你胡说什么呀？"他一脸无辜地说，眼镜松垮垮地架在鼻梁上，露出半只眼睛。

"独眼龙，你他妈的别以为我是傻瓜！"夏冰口无遮拦地叫起了对方的外号。

核桃脸不高兴了："什么，你说什么？你这个奶牛！"双方都揭对方身体的短，拣最恶毒的话刺激对方，"我又没犯法，别说你不是警察，就算你是警察我也不怕！"

夏冰最不愿意别人拿他的白癜风说事，他气鼓鼓地说："做伪证就是犯法！"

核桃脸还是一副极不认真的样子："奶牛先生，你有什么证据证明我做了伪证？"

夏冰说："我知道真正的凶手是谁。可是，你却冤枉好人，现在还散布谣言说我撞了苦根。"

核桃脸笑道："可不就是你撞了苦根吗？干脆你自己到警察局招认算了。"

夏冰恨恨地说："上苍有眼，坏事做绝是没有好报的！"

核桃脸的脸再次阴了下来，说："你先问问你自己吧，你以为我不知道，你威胁那个骑摩托车的，还敲诈了他一万块钱，你是好人？你是好人里挑出来的。"

"你、你、你……"夏冰圆睁眼睛，一步步逼近核桃脸。

核桃脸一边退一边喊："救命哪，有人想杀人灭口哇！"夏冰脸色都绿了，回头偷看四下有无人，又忙着拿手去捂核桃脸的嘴："你他妈到底想怎样！你要再敢胡说八道，我一刀捅死你！"说着，从腰间掏出一把匕首。

核桃脸瞪大眼睛，求饶道："兄弟，别，别激动，一切都好、好说，你把刀子先、先拿开……先拿开，先拿开……"

夏冰一手举着匕首，一手扼住核桃脸的脖子。核桃脸喘着粗气，一步一步往后退着。他身子往下缩，脸色越来越难看，似乎是要窒息了。夏冰松开手。突然，核桃脸从枕头底下摸出一把菜刀，双手举着，反扑上来，叫嚣道："妈的，滚！"

夏冰往后退，侧身欲走，核桃脸看着他，慢慢放下手中的菜刀，松了一口气。说时迟，那时快，夏冰一个箭步，用尽全力撞向核桃脸。"当啷"一声，菜刀落地，核桃脸被撞得像一只扔出去的公鸡，"蹬蹬蹬"地后退，"砰！"头撞在床沿上，眼镜也飞了。他哼了两声，软在地上，闭上眼无声地蹬腿。血流了出来，把头发黏在一起。夏冰上去，想看一下他的伤情。核桃脸突然睁开眼来，独眼瞪着夏冰，夏冰一惊，以为他会像坟墓里爬出来的幽灵，伸出双手掐自己的脖子。

夏冰举起匕首，对着核桃脸的腹部猛地刺了一刀，悄悄掩上屋门，融进街灯的世界。远远地，他听到一个女人的尖叫。那是傻姑，她白天与垃圾为伍，晚上去厕所里睡觉。接着，有人嘶声大叫："杀人了，杀人了！"脚步杂沓。一片惊慌。

夏冰竖起衣领，缩着脖子，低头紧走，迅速消失在一条黑暗的小巷里。在他身后，警笛声划破夜空。

寒夜沸腾。

第 七 章

1

12 月底的冷风在平原上打着旋儿，一杭的心也越来越冷了。还有不到一周的时间，他的灾难就要到来了。他不敢想象，如果雪莹嫁给夏冰，他会怎样。

他再一次去了康平街。那家公厕的门关着。等了好一阵，也不见人来。一位上厕所的附近居民疑惑地看着他："你找人？"一杭点点头。那人一边急急往厕所里面走，一边说："你不知道吗？他被人杀了。"一杭的脑袋"嗡"的一声，有一片刻完全忘记了运转。

一杭追进厕所，也装作上厕所的样子："他怎么了？"那人嘴里"嘶嘶"有声，半闭着眼睛，说："谁知道呢，被人用匕首刺了一刀，现在在高碉医院里。"

"没死？"一杭有点儿紧张地问。

那人奇怪地看了他一眼，仰着身子提了提裤子，从他身边走了出去。"他没死吧？"一杭追上去，与他平行着走，边走边问。

"好像死不了……"一辆汽车开过，一股黑色的水线激射过来，那人赶紧退一步，不经意地躲到一杭的身后去了。

一杭立即给米拉打电话，核桃脸的确住在医院里。事发当天，核桃脸被送进高硐医院急诊科后，被紧急收到普外科，当即做了剖腹探查手术，缝合了破裂的脾脏，已脱离了生命危险，目前正在恢复中。

一杭立即去了高硐医院，走到楼下时，才想到应该带点儿什么东西，便到院门口的水果店里买了一个果篮。他想，人心都是肉长的，自己诚心去看他，或许能感化他。这么一想，又觉得自己太势利，如果不是因为有求于他，自己还会想到给他买果篮吗？

"你来干什么，连住个院也不得清静。"核桃脸看了看一杭手中的果篮，也不伸手去接。一杭看了一眼堆放着杂物的床头柜，有些尴尬地把果篮放在床边的地上。

"你不要来烦我了，就为了车祸这个事情，我差点儿连命都没有了，我哪里敢跟你说真话？"核桃脸仰躺在床上，偷看了一杭一眼，愤愤地说。

见核桃脸如此，一杭倒真不好说什么了，就算说了，他能告诉我真相吗？他能为我做证吗？这么想着，便说："我也没别的意思，就是来看看你。"

核桃脸似乎有些感动，指着一边的陪伴椅说："你坐吧，反正椅子空着也是空着。"

一杭坐了，为了避免尴尬，便打量起这间病房来。这是一个单人间病房，收拾整洁，但病房里弥漫着一股酒精的味道，和一种怪怪的说不出感觉的味儿，像是枯井里的死水散发出来的。

"其实，告诉你真相也并不是不可以，我主要是怕有人报复，这次还好，受了点儿伤，下次就不好说了。"核桃脸叹了一口气，空气中立即弥漫起一股死水般的酸臭味。一杭紧紧盯着核桃脸的眼睛，不知道他究竟想说什么。"不过，我打算伤好后，就回老家去了，这地方不适合我待，早晚要出事儿。所以，告诉你也无所谓。"

一杭高兴得心都要蹦出来了："真的吗？那太好了，谢谢您。"

核桃脸又叹息了一声，抱怨自己倒霉，遇上了这事儿，被人要挟。受伤受痛不说，还损失了一大笔医疗费。一杭大约听出了弦外之音，但他上次受人威胁被骗了一万元之后，已经没有什么积蓄了，便不好表态。

核桃脸进一步暗示他："老弟呀，现在这医疗费，好贵哟，没有一两万怕是走不了人。我守着厕所一个月挣多少点儿钱嘛，你看……"一脸苦相，眉头皱得像被揉乱的纸。

一杭沉默着，他在想，要不要承诺给他一笔钱，如果给，给多少为好？这钱又从哪里来？见一杭犹豫，核桃脸有些不高兴，便说："都是因为你我才出的这事儿，如果我要是顺着他昧着良心说话，哪里还会落到今天这个地步？"

一杭没想到核桃脸还有这分骨气，对他也渐增了一些好感。核桃脸凑过来，说："这样好不好，你先借我一万块钱，等我交了出院费，以后回老家给你寄过来。"

一杭往后仰了仰，咬咬牙说，"好！"

核桃脸立刻坐了起来，独眼放光："身上带钱了吗？"

一杭低着头，有些歉意地说："没有，你先给我讲事情的经过，我过两天给你筹钱来。"

核桃脸又躺了下去，看着被子一团陈旧的血迹，拿手去抠，边抠，边懒洋洋地说："你还是把钱先准备好吧，我累了，医生说要好好休息。"说完咕着黑洞洞的嘴打了个哈欠。

一杭的脸红了，仿佛被核桃脸看穿了内心的阴谋，便悻悻地退了出来。

2

黑暗中，透出一缕光线，但一杭抓不住。到哪里找一万元钱呢？问母亲要吗？她上次生病，已经把积蓄花光了。那么，谁会借钱给他呢？谁有能力借一万元钱给他呢？

一杭第一个想到范坚强，他是一风公司的老板，借一万元钱，对于他来说应该是小菜一碟。范坚强问："你借钱做什么？"一杭不好明说，便撒了个谎，说母亲病了，急须用钱治病。范坚强在电话中告诉他，他现在手上没有现金。

一杭的心便凉了。他以为范坚强担心他还不上钱，故意找借口，便说："上次你说过我们要合作一部小说的，我已经写了几万字了，你就当是预付我的稿费吧。"

范坚强在电话里笑着解释："我最近出版了两本小说，还出版了一些教辅资料，现在货倒是铺出去了，但资金还没开始回笼。要不然，别说一万，十万也不成问题。你给我三五个月，等收了货款，我亲自给大作家送过来。"

三五个月，一切都晚了。不管他说的是事实还是借口，这个希望无疑破灭了。

另一个希望是三毛。对于三毛来说，一万元钱是有点儿多，但也不至于多到拿不出来。想到三毛，他才想起，自己回成都一个多月了，竟然没想到过要去看看他，在自己需要帮助的时候，才想起他。这也太势利了一些，人与人之间的关系，真的就退化到只有利用了吗？一杭在心里检讨自己。不过，他的心思全部被车祸和雪莹的婚事占满了，三毛会理解的。

去到三毛家里，才知三毛被打了，躺在医院里。

一个外地老板到天回镇投资开办皮具制造厂，三毛的家及周围一大片土地被征用了。老板答应给三毛家一套一百平方米的房子，并且按原住房面积，每平方米补贴三千元。本来是喜事，但三毛的老婆为了多得到一些赔偿，把屋后做猪圈用的小拖房也刷了涂料，铺了地砖。三毛虽然不赞成妻子这么做，却也并不阻止。最后丈量房屋的时候，对方却只算室内面积，甚至连以前搭在楼顶的那间屋也不算在内。三毛夫妇不依，不愿搬迁。此后，便有人偷偷往其家门上泼粪，夜深人静时，突然来敲门。三毛很窝火，下一次谈判时，和对方发生了摩擦，愤怒中将一个茶杯盖扔在了对方谈判者的额头上，三个保安立即上前把三毛按在地上一顿暴打。

三毛的脸成了一块发涨的泡粑，在染缸里滚了几圈似的，一块红，一块青，还蠕动着几条红褐色的"千足虫"。头部缠着纱布，如同刚从前线抬下来的重伤员。一杭去时，米拉和姐姐刚走出病房，一杭张了张嘴，想打招呼，见她们似乎并没有注意自己，也就作罢，做贼似的闪进了病房。

"一杭，你怎么来了？"三毛看到一杭很是高兴，挣扎着坐了起来。

一杭忙过去搀扶他，说："你躺着，不碍事。"

三毛笑了："我就是脸上有些伤，身上还好，还好。"虽然此前已经对事情的经过有一个大致了解，但三毛还是又绘声绘色地给他叙说了一回，当然没忘了把自己的英勇气概夸张一番。

"真是太没有人性了。"一杭感慨说。

三毛一边从床头柜上给一杭挑了一个个儿大的红彤彤的苹果，在床头的毛巾上擦了两下，说："别只顾说话了。来，吃一个，吃一个。米拉买的。"

一杭也不客气，把苹果放在嘴里，边吃边安慰三毛："我看还是算了，胳膊拧不过大腿，有几十万算几十万，何苦呢。"三毛叹息一声："主要是我咽不下这口气！咽不下这口气！"牙缝里一片残留的韭菜叶也同唾沫星子一起飞溅出来。三毛自己找了一个个儿小的苹果，在衣服上擦了擦，也"咔咔咔"地咬得脆响，他看了一杭一眼，说："你……还好吧？还好吧？"一杭正要咬苹果，听到这话，便又把手放了下去。

"你怎么了？"三毛敏感地问。他担心嘴里的苹果屑喷到一杭脸上，说话时便用手捂着嘴。

一杭的眼睛便有些湿润，见三毛这副样子，借钱的话也说不太好出口了。

三毛下床，偷偷看了看病房外，轻轻掩上房门，回来从枕头下摸出一瓶二锅头："来，咱们喝一杯，边喝边聊，边喝边聊。"示意一杭在床边的陪伴椅上坐下。又打开床头柜上一个食盒，说："你嫂子买的卤牛肉，准备晚上吃的，你来了咱们就把它消灭了，把它消灭了。"

一杭哭笑不得，说："你怎么住院还喝酒？"

三毛不以为然，说："住院才喝酒嘛，一个人无聊，来，陪老哥喝几口，喝几口。"

一杭担心地说："万一被嫂子发现，我可就吃不了兜着走啦！"

三毛蛮有把握地说："她刚走，一时半会儿不会回来的，不会回来的。"一副狡黠的样子。说着，拧开瓶盖，递给一杭让他先喝。

一杭想找个纸杯之类的分一下酒，遍寻不着。三毛说："你放心，我没得毛病，没得毛病。"

一杭便喝了一口，三毛也接过去喝一口。

"来，吃菜，看你瘦成什么样子了。"三毛把卤菜往一杭那边推了推。一杭也不客气，直接拿手抓了狼吞虎咽起来，也不去管三毛异样的眼神。

三毛停下筷子，突然问："这段时间你都干什么去了？干什么去了？"

一杭咬了咬嘴唇："我回老家去了，回去发现母亲病了……我也是才到成都不久，我一定要查出真正的肇事司机。"三毛问一杭现在住哪里。一杭说住附近的五心旅馆。三毛就埋怨他不应该住旅馆："反正我那房子现在还没拆，你不如搬过来住吧。"一杭摇了摇头。

这时，一杭的手机响起来。"范坚强？"一杭自言自语着，走到窗边接电话去了。

三毛觉得一边嚼东西一边听别人说话不礼貌，除了喝酒，一直未吃菜。趁一杭接听电话，忙把筷子伸向盘子，把剩下的两块卤牛肉夹进嘴里，一口吞了下去，结果给噎住了，他不好意思地偷看了一眼一杭。一杭却根本没注意到他。于是，赶紧就着酒把食物咽了下去。

回来后，一杭便沉默了。当三毛把酒瓶再次递过去的时候，他突然仰头一连喝了几口。三毛着急地来夺酒瓶："就一瓶酒，你得给我留点儿，给我留点儿。"

一杭却背转身，"咕噜咕噜"把一瓶酒喝光了。三毛瞪大眼睛看着他："你怎么了？有什么不开心的事？"一杭似乎没有听到他说什么，目光飘到窗外去了。

"有事你跟我说嘛，跟我说，咱们两兄弟，有什么不可以说的？有什么不可以说？"三毛撸了撸袖子，圆睁着眼睛，一副随时赴汤蹈火的样子。

一杭便把见核桃脸的事说了。又说，过两天雪萤就要和夏冰结婚了。刚才范坚强打电话就是说这事儿。三毛紧紧地咬着嘴唇，直直地看着光光的食盒，一句话也没有说。过了好一会儿，他说："要是你中了五百万就好了。"

一杭淡淡地一笑，看来三毛并不愿意帮自己，他想。

三毛惋惜地说："前不久，有人买了一张彩票，中了五百万，可惜一直没人去认领。你没买过尾数是 29 的彩票吧？"

一杭突然想起发生车祸那天，在电视里看到的开奖信息，莫不是那一期，一问，果然。不过，他并没有买那一期彩票。准确点儿说，他一次彩票也没买过。

感叹了一回，一杭起身说："你好好养伤，我走了。"

三毛挥挥手："那空了再喝，空了再喝，麻烦你把酒瓶带出去扔了，带出去扔了。"当他说那最后的重复时，一杭已经转身出了病房。空酒瓶立在床头柜上。三毛默默地起身，把酒瓶藏在床员服里面，悄悄带到公用厕所旁边的垃圾桶扔了。

3

明天，雪萤就要和夏冰结婚。一杭曾经极力想阻止这场婚礼，但他想得太简单了，他没有办法查出真相，也没有办法让心爱的女人不投入他人的怀抱。躺在天回镇一家小旅馆的床上，他又一次陷入了初上成都那种孤苦无依的绝望之中。

"咚咚咚！"天快黑的时候，有人敲门，是那个寄照片的人吗？还是那个林中黑影？或者两者根本就是一个人？又或者，是嗅觉敏锐的警察？一杭的心开始收缩。怎么办？是逃跑还是开门？可是，从哪里逃呢？他磨蹭了半天，颤巍巍起床开了门。

头上还缠着绷带的三毛说:"走,我请你喝酒,请你喝酒。"

一杭冷笑一声,淡淡地说:"明天雪萤就要跟别的男人结婚了,还喝什么酒?"

三毛来拉他:"天掉不下来的,掉不下来的。先喝酒,我有好事告诉你,有好事告诉你。"

"你家的赔偿要求得到满足了?"一杭揶揄地问,语气中略有一丝不悦。

三毛没心没肺地含笑摇头。

"你,出院了?"一杭看了看他头上的绷带。

三毛还是摇头。

"什么好事?"

三毛只是笑:"走,喝酒,边喝边说,边喝边说。"

一杭的意志开始让步了,对他来说,也许醉了比醒着好。

两人下楼,来到附近一家新疆人开的羊肉馆。生意很好,小小的餐馆坐满了人,伙计便在店门口的路边支了一张桌子。三毛要了一盘孜然羊肉,一份炒羊肝,一份炒羊血,还有一盘花生米。后来又增加了十串肥油油的烤羊肉串。没有酒,店小二到隔壁商店买了一件雪花啤酒。

优哉游哉地喝了六瓶啤酒,一杭开始频频跑厕所。店小,上厕所要到附近的公厕,麻烦,还得掏钱。一杭便歪歪倒倒走到十步开外的一座小桥上,对着阴沟一样的死水撒尿。为防止行人跌坠,桥边设置有拇指粗的铁链,由两头的石桩固定着。水泥桥面边上,因年深日久而被拓下一条锈红色的珠串,此时,迷离灯光下,还有几条幻象般的珠串投影。一杭笑了,恶作剧地对着铁链撒尿。

还有一次,他忍不住了,就近奔到几尺远的道旁树下,尚未摆好姿势,胸中一股激流便喷射而出。先是扶着树干,继而蹲在地上，捶胸顿足地呕吐不止。吐完了，恹恹地站起来，偏着头拿尿淋自己的呕吐物。一杭平日低到尘埃里，此时却有一种天地间唯我一人的豪情和快感。

三毛看着走回来的一杭，给自己满上酒，喷着唾沫星子说："你这种行为，要在1983年，那可是要坐牢的，至少以流氓罪发配新疆，发配新疆。"

一杭学乖了，现在喝酒都离三毛远远的，三毛的唾沫星子基本上溅不到自己脸上，他苦笑道："此一时，彼一时，发配新疆倒好了，天天有绿色羊肉吃，还能喝到上好的葡萄酒。"

"不许动！"一把枪顶在一杭的脑袋上，一杭浑身一激灵。三毛却笑了，笑完，大声说："狗子，你怎么找来了？快把你那玩意儿拿开，不准对江老师无礼，不准无礼。"原来是三毛的儿子奉母亲之命来找三毛，见两人正在路边喝酒，便拿手中自制的木头假枪吓唬一杭。一杭恨不得甩他一耳光，但看了一眼三毛，又看了一眼狗子，独自灌了一杯酒。

狗子又来缠一杭："叔叔，你给我买支玩具枪吧，雪萤阿姨答应给我买，却一直没见她来。"一杭一听雪萤的名字，心里就有气，不说话。狗子还要缠他，三毛在狗子屁股上一拍，说："快回去了，跟你妈说我在喝酒，别找了，死不了，死不了。"狗子趁父亲不注意，伸手抓了两块牛肉，嘟囔着快步走了。

"雪萤明天真的要和夏冰结婚？"三毛试探着问。一杭痛苦地点了点头，"她认为我是肇事司机，以为我骗了她，所以才不肯理我了。本来这次想来成都查出真凶，谁知道，唉！知道真相的人不肯说，想从那张照片入手，又一直毫无头绪。"一杭自己喝了一杯。三毛紧跟着也喝了一杯。

"你将来要把这故事写成小说吧？"三毛突然没头没脑地问。

一杭想起跟范坚强的合作，说："谁知道呢，也许要写，也许不写。"

三毛急了，捂着嘴凑过来："一定要写，一定要写，记住，还要把我写进去哈，把我也写进去。"

一杭苦笑着摇摇头。"也许没有机会了呢，警察说不定正到处抓我呢。"

"你又不是真正的肇事司机，怕什么？核桃脸不是知道真相吗？"三毛安慰他。

"他是知道，可是他不愿意说啊，更不愿意为我做证，除非——"一杭突然不说话了。

三毛从兜里摸出一包东西，用报纸裹着，放在桌上，轻轻地推到一杭面前。

一杭紧张地看着他，问："什么东西？"

三毛把手拢在嘴前，说："打开就知道了，打开就知道了。"

一杭把那包东西抓在手上，掂了掂，突然伏在三毛肩上哭了。

三毛摇了摇他，说："兄弟，有条件的。"

一杭一愣，抬起头，问："什么条件？什么条件都答应你。"

"以后你写小说的时候，一定要把我写进去，而且要写得高大点儿，高大点儿。"一杭重重地拍了一下三毛的肩，"高大，一定高大。"

夜深了，路上已少有行人。对面，挂羊头卖狗肉的按摩店里，不时有一两个衣着暴露的浓妆女子在店门前晃荡。再后来，连这些夜店也开始寂静下来。牛肉馆的店主和伙计都回家了，只留下一个守门的店小二在一旁流着涎水瞌睡。许久，他打着哈欠醒过来，见两个人还在劝酒，看了看时间，皱着眉头说："大哥，下次再来吧，我要关门了。"

一杭多数时候是极好说话的，但有时候却极难伺候。当时的心情决定他的态度，他生气了："没听说赶顾客的，我偏不走！"店小二以一副打量酒鬼的讥笑神情看着他，但语气还带着职业的隐忍与礼节："我明天还要起早，实在不好意思，请谅解。"

三毛把酒杯重重摔在地上，"什么不好意思？又不是不付你钱！"

店小二大怒，一拍桌子道："老子不做你这个生意，咋地？"

这是什么年头啊，他妈一个店小二也敢跟顾客吹胡子瞪眼，真是欺人太甚。一杭趁着酒劲，"噌"地一下冲过去，双手卡住店小二的脖子。店小二想摆脱他，没有成功。三毛用力地眨眼睛。"一杭，一杭，你干什么！干什么！"跌跌撞撞去拉一杭的手。好不容易才分开来。然后扔了两百块钱在饭桌上，搂着一杭的肩就走。

没走两步，店小二扬着一把菜刀追上来。一杭一激灵，定在那里。三毛四下寻找，从路边花台边上抠起一片断砖，作势要一砖敲碎对方脑袋的样子，故作强大地说："你想怎样？不准乱来！"店小二骂了几句，掉转身回去了。三毛和一杭互相搀扶着，走了好远，才把砖头扔掉。

分手的时候，一杭还想喝，三毛知道一杭已经醉了，直摆手，"明天你还有正事儿要办，今晚早点儿睡……记住哈，把我写进小说，写进小说。"

那天晚上，一杭梦见有人追自己，总也逃不掉。梦里，他幻想自己可以飞起来，但身体却沉重得像块石头，终于被抓住了，他有种坠入深渊的失重感。醒了，枕头上全是汗。天已大亮。

一杭突然觉得牙疼。也许是烤羊肉串放多了香料，也许是酒的缘故，急火攻心。他感到右腮就像装了一根发条，时间在那里匀速前进。然而，却在牙根部位遇到阻碍。于是，秒针以西西弗斯的执念一次次想冲过去，又一次次以失败告终。每冲锋一次，就在一杭的痛神经上撞击一次。神经都快被敲碎了。

一看时间，已经过九点。一杭翻身起床，简单梳洗一番，跑到楼下，拦住一辆车："快，去高硐医院。"

1

在高硐医院普外科病房，医生分成若干组，每组的下级医生都抱着厚厚的病历牌，各自到自己管理的病床查房，从一间又到另一间。护士飞快地推着治疗车，测体温、量血压、挂液体，病房里打仗一样忙乱。

一杭快步走进核桃脸的病房。门开着，灯也亮着，但病床上没有人。一杭心里一凉，不会出院了吧？他蹲下身看病床上的病人信息。卡片上写着：康旺财，男，五十八岁。他不敢确定这就是核桃脸，匆匆往护士站跑去。

床房进门处是厕所，一个瘦弱的老者突然打开厕所门提着裤子出来，两人重重地撞在一起。那人一边叫骂着，一边拉起滑到小腿的裤子。"你着鬼撵了啊？冒冒失失的？"正是核桃脸。一杭反倒笑了。

核桃脸见是一杭，揉揉腹部，说："刚换了药，不会撞出血了吧？好疼。"说完，佝着腰爬上病床。一杭连声道歉。

核桃脸看了他一眼，问："钱凑齐了？"

一杭赶紧从身上掏出一包钱递给核桃脸，焦急地说："你快告诉我真相，我要去阻止那场婚礼。"

"你真的那么爱她？"核桃脸感兴趣地坐了起来，一边拿右手小指指甲抠卡在牙缝间的面包屑。一杭坚定地点头。核桃脸把抠出来的面包屑摊在左手掌心，看着那一团白色物质，问："她也爱你吗?"一杭犹豫了一下,说:"爱,只是现在有点儿小小的误会。"

"那好吧。"核桃脸弹掉手上的面包屑,从床头柜上拿了茶杯喝了一口,在嘴里漱了几下,"咕噜"一声全吞下去,"不过,在讲之前,你还得帮我一个忙。"

一杭的心提了起来,有点儿不高兴地问:"什么忙?"

"有一个谜语,我想了几十年,一直没想出答案,心里老想着,听说你是个作家,说不定能解开这个迷,你要是答得满意,我就告诉你。"一杭的心凉了。想了几十年没想出来的问题,我在短短的时间内能想出来吗? 不过,总得试试看,"您说来听听。"

"好!"核桃脸一拳捶在床上,说:"你听好,天知我有,地知我无,你知我有,我知我无,是什么东西?"

据说,这是核桃脸年轻时,一个游方和尚考他的,这么多年,一直没有琢磨出结果。有时候,他一见到戴眼镜的客人,就把脸从公厕那方小洞里探出来,向他们"请教",答对了,可以免费上三次厕所。一直以来,居然没有符合他心意的答案。一些客人老实摇头表示不知,一些则认为冒犯了自己尊贵的身份,厕所也不上了,愤怒地甩手而去。

一杭眼睛一转,想了一会儿,笑了:"这么简单的问题,你居然一直想不出答案。"核桃脸肃穆地看着他:"你快说说,答案是什么。"

一杭慢条斯理地推推鼻梁上的眼镜,说:"您先把车祸的真相告诉我。"

"你先把答案告诉我。"核桃脸红着脖子说。

"先说车祸。"

"先说答案!"

"车祸!"

核桃脸把眉毛皱成一团，"好！"

一杭暗松一口气，把手伸进裤兜里。

"9月9日，早上五点钟。我准时醒来，然后穿上上衣，然后穿上裤子，然后又穿上拖鞋去上厕所。我推开窗户上那个小洞。为了便于递取钱物，我找人将窗户右下角的铁条切割断一根，焊成一个六寸见方的小洞，又在里面焊了一块可以上锁的活动铁门。突然，我听到'砰'的一声巨响，接着是镔铁桶滚动的声音，我从那个小洞看出去，外面灯光很暗，只见一辆黑色桑塔纳撞上了一个人。车子撞人后，立即退到旁边一条小巷里。这时，你骑着摩托车经过。你下车探看，一会儿，你就悄悄离开了。这一切，被躲在小巷的那个人拍了下来。"

"您看清楚车牌号了吗？"一杭着急地问。

"车牌号被蒙上了。"核桃脸突然打了一个喷嚏。

"看清楚司机了吗？"

"看不太清，那个人比较瘦，比较高，前面的额头光秃秃的，只有一小撮头发，因为头发长得怪，一下子就记住了。"核桃脸吸了吸鼻子，拿手抹掉嘴角的唾沫说。

"是他，果然是他！"一杭恨恨地说，"这个卑鄙小人，为了得到雪莹，竟然不择手段！"

"好了，快把答案告诉我。"核桃脸急切地说。

一杭"呵呵"一笑，从兜里掏出录音笔朝他晃了晃，说："对不起，老人家，我也不知道，哪天我想出来了，一定给您来个电话。"说完转身就跑。

5

婚礼在成都市区一家酒店举行。

为了这一天，夏冰做了很久的准备。本来雪莹是想找个朋友来主持婚礼的，夏冰却说这么重要的事情，还是交给婚庆公司保险，而且省却了不少心思。物理学和人类学是相通的，省力就要费功，请婚庆公司用了不小一笔花费，雪莹颇为心疼。想，要是用这笔钱去旅行结婚，多浪漫啊。雪莹就希望去西班牙，去看看卡纳雷斯喷泉。传说喝了那里的水，就能和心爱的人一起再次回到那里。夏冰取笑她说"不可能"。雪莹说她也不信，她就是去证实自己的想法是对的。夏冰告诉她有些东西不用身体去实践，而要用大脑来思考。雪莹才没提要去西班牙的事了。不过，去海南啊西藏啊，倒还是现实的。不过，最终哪里都没有去，他们屈服于传统的方式。

元旦这天一大早，雪莹的同事们便来帮忙。准备签到处，在茶房里摆糖果和香烟。酒店门口，雪莹双瞳剪水，身材曼妙，一手提着裙摆，一手拉着夏冰，满脸幸福。夏冰化了妆，看不出脸上有白癜风，额前的头发却还是留了那么一小撮，有点儿滑稽。他在脖子上套了一条领带，颇为不适，不时去松领带结。他真不明白，这世界上怎会有人穿两件衬衣，打两条领带，如何受得了？

新郎、新娘及伴郎、伴娘在门口迎宾，递烟散糖，引导来宾。范坚强作为新郎、新娘的老板，也来了，脸上挂着笑，四处打着哈哈。雪莹的父亲龙老先生，像个客人一样抱着小孙女坐在一堆陌生人中间。

先到的客人往往是住得远的，熟悉的，便凑成一桌，稀里哗啦打起了麻将。陌生的，东拉西扯也攀上了关系，互相递烟，频频点火，开着窗也烟雾腾腾。女人们不是靠在丈夫身边看其玩牌，就是几个钻到一堆聊家常。小孩子们一边嗑着瓜子一边在茶房里追逐嬉戏，奔跑中，还能忙里偷闲，从桌上抓一把糖果悄悄放在兜里。也有失手打碎茶杯的，父母便笑盈盈地骂他一回。

看看天近晌午，该来的都来了，一对新人也就放松下来。夏冰去了茶房，半天下来，口干舌燥，他准备给自己和雪萤倒杯水。雪萤长长地出了一口气，在签到处挨着工作人员坐了下来，悄悄脱下高跟鞋，赤脚踩在一张香烟外包装盒上，好在婚纱宽大而奇长，根本看不出来。她面若桃花，发际沁出丝丝汗意，顺手拿起记账的笔记本扇起风来。

突然，雪萤脸上的笑意僵住了，笔记本掉在地上。夏冰回来见她神情沮丧，问她是不是太累了，她轻轻摇头。过了半晌，才轻轻地说："有个人盯着我，我一发现他他就消失了。"

"谁？"夏冰问。

雪萤咬着嘴唇，一丝不安掠过她的面颊，低声说："没看清，但可能是那个人。"

"哪个？"夏冰有些奇怪地问。雪萤想到订婚纱那天接到的神秘电话，但又不想多给夏冰解释，便说："可能是一杭吧。"

"他呀，哼，谅他也做不了什么！"夏冰毫不在意地说。雪萤还是深感不安。夏冰看了她一眼，搂着她的双肩，说："有我，没事。"

雪萤把脸埋在夏冰胸前，说："我的心跳得厉害，却又说不清为什么。"

夏冰轻拍她的背，说："今天是我们的大喜日子，不要想那么多，一切有我在，我不会让你受伤害的。"雪萤抬着莹莹泪眼，望着他，迟疑地点了点头。

她不知道等待她的，将是人间天堂还是世界末日。

6

上楼出电梯口时，雪萤突然拽着夏冰的衣袖停了下来。夏冰握着她的手，冰凉，手心冒汗，便捏了她一下以示安慰。雪莹看着餐厅一侧音控室的枣红木门，楚楚可怜说："我看到他的背影了。"夏冰却只见到一扇虚掩的门，不以为然道："你不要胡思乱想了，什么也没有！可能最近忙婚礼的事，累得眼花了。"说着，拉着她走进餐厅。

先到的人已经坐了下来，继续着茶房里的话题。刚来的则东看西看，以寻找熟悉的面孔，隔着人头左摇右晃踮脚尖地远远招手。熟人的身旁都坐满了人，也就不再挑拣，见到空位便分开人群钻过去，担心晚了就没地儿了。也有小孩东蹿西蹿的，三三两两在席间奔跑呼号，叽叽喳喳不停。性急的已经倒了果汁饮料在喝，边喝边东张西望。几个年轻人挤挤挨挨地候在地毯两边，手捧玫瑰花瓣，等着新娘入场。

仪式很简单。因陋就简，在餐厅中间，将餐桌往旁边一挪，腾出块空地，铺了红地毯。起始处做了一个气球拱门。尽头是一个略高于地面的舞台，靠墙。灯光暗下来，一束光打在餐厅高处的悬梯上。掌声四起。美丽的新娘在父亲的搀扶下款款走下来，长裙在梯上拖出老远，像孔雀的尾巴，扫着地板。

走几步，望见恭敬地等在那里的夏冰，父亲停下脚步。有一瞬间，他的眼前晃动的似乎是一杭。他使劲儿地眨了眨眼，一脸严肃，将女儿交到夏冰手上时，眼睛红了。一对新人，从拱门步入红地毯，象征着走进了幸福之门。礼花"砰砰"，频频炸响，碎屑落了满头满身。夏冰轻轻抚掉挂在眼镜上的一条纸屑，在轻柔的音乐声中，牵着雪莹缓步走向舞台。两边的同事们尖叫着，把花瓣纷纷往他们身上抛。夏冰面带微笑，昂首挺胸，雪莹一脸羞涩，略略颔首。

司仪正在煽情："今天是一个喜庆的日子，今天是元旦佳节，更是夏冰先生、龙雪莹小姐的大喜之日。我相信，一月的阳光，将因他们的笑脸而灿烂，一月的梅花，将因他们的付出而芬芳。在经过了漫长的耕耘之后，他们终于迎来了收获的季节。现在，他们正带着新婚的甜蜜，带着对明天的期待，走向我们，走向崭新的生活。祝福他们！"

掌声此起彼伏，镁光灯闪烁不止。夏冰和雪萤在灯光的照射下，在一群笑脸的包围中，感觉世界变得缥缈起来，所有来宾都抽象为一片人影，所有音响都抽象为一种祝福，雪萤有种不真实的眩晕和陶醉。主婚人致辞，证婚人展示结婚证，以搞笑的表情故意拖长腔调念完了证书内容。随后，新人交换戒指。在一片尖叫中，司仪问："夏冰先生，今天你和龙雪萤小姐喜结连理，请问你有什么话要说？"

夏冰拉着雪萤，向来宾鞠躬道："感谢大家的到来，更要感谢一位朋友，他就是雪萤的哥哥，龙友根先生。大家可能知道，当初我在路上看到雪萤，便对她一见钟情，强拉她去吃夜宵。她想法灌我的酒，然后躲到厕所里打电话给哥哥求助。没想到，哥哥赶来却和我十分投缘，还把雪萤所在的单位告诉了我，以后我才追着她到了一风公司。我要感谢哥哥，遗憾的是，他在一场车祸中去世，如果他泉下有知，也会为我们感到高兴！"掌声。叫好声。夏冰与雪萤相对而望，她眼圈红了。

接着，雪萤的父亲代表家长讲话，老头子唾沫横飞，动了感情。最后，他哽咽道："我曾经失去了一个儿子，我以为我又将失去一个女儿。但是，现在我感觉到，我不但没有失去女儿，上天又赐给我一个儿子。从今往后，雪萤是我的亲人，夏冰也是我的亲人。我不求他们大富大贵，我只希望他们平平安安……"老头子抹了抹眼泪，几次想继续说话却泣不成声，只好退回自己的座位，从身旁一位来宾手中接过一个大眼小女孩，那是苦根和傻姑的孩子。

司仪动情地说："多么朴实而感人的祝福啊，我们也祝福这对新人，不仅要平平安安，也要大富大贵。现在，到了最激动人心的时刻了，让我们共同见证这一对新人的幸福时光。"

舞台背后的大屏幕上，开始播放两人的婚纱照和幻灯片。新人开始喝交杯酒。突然，一个人分开人群冲了上来，上气不接下气地大声叫着："等等——！"

7

蓬头垢面的一杭跳上主席台，指着夏冰说："今天，我要揭穿这个骗子！是他，开车撞死了雪萤的哥哥。"夏冰来扭他，说："你胡说什么啊？保安，保安！"

"你不要拉我，你做贼心虚了？你要是清白的还怕我说？"一杭努力挣脱夏冰的手。夏冰默默地看着雪萤，去安慰泪如雨下的她。一杭得意地说："他制造了车祸，然后嫁祸于我，就是想把雪萤从我手上抢走，他确实做到了。但是，真相不会永远被掩盖。那个守厕所的老人，目睹了车祸发生的过程，今天早上，他终于说出了真相，他现在躺在医院里，就是被夏冰这个禽兽不如的东西刺伤的。"

雪萤浑身颤抖，酒杯"砰"地摔碎一地，血红的葡萄酒在舞台上洇开来，她指着一杭，恨恨地说："你走，你走！"

一杭看见她情绪激动，说："雪萤，我今天一定要说出真相。我受委屈不要紧，但我不能让坏人蒙蔽你的眼睛。"说着，掏出一支录音笔，放在麦克风前，录音里播放着核桃脸苍老的声音：

"9月9日，早上五点钟。我准时醒来，穿上上衣，穿上裤子，穿上拖鞋去上厕所。我推开窗户上那个小洞……突然，我听到'砰'的一声巨响，接着是镔铁桶滚动的声音，我从那个小洞看出去，外面灯光很暗，只见一辆黑色桑塔纳撞上了一个人。车子撞人后，立即退到旁边一条小巷里。这时，你骑着摩托车经过。你下车探看，一会儿，你就悄悄离开了。这一切，被躲在小巷的那个人拍了下来……那个人比较瘦，比较高，前面的额头光秃秃的，只有一小撮头发……"

"这个人就是夏冰，大家看看吧，看看他的头发，是不是和那个守厕所的老人所说的一样？"一杭得意地看着来宾们，大声说。

"胡说，胡说！"夏冰激动得语无伦次。

"你没话说了吧？我已经打电话报警了，你逃不掉的。"一杭像一个打了胜仗的将军，他这一生，还从来没有这样扬眉吐气过。

两个警察走过来。夏冰趁着慌乱，突然转身冲出餐厅，从一个女士头上抓过一顶帽子遮住脸，混在人群中出了酒店。这时，三个黑衣人盯上了他。夏冰往后一看，扔了手上的礼帽，拔腿朝酒店右边一条小街跑去。两个黑衣人迅速追上去，另一个人绕道打算从小街另一头截住他。

跑了一段，夏冰见前面有人拦着，后面有两人追来，情急之中，望见路边有一家大型超市，便冲了过去。没想到，玻璃门是关着的，"砰"的一声，玻璃门重重地往后弹，夏冰则捂着脑袋跌坐在地。三个黑衣人快速冲过来，将夏冰按倒在地。一个朝另一个耳语了几语，掏出手机拨了一个电话。另一个黑衣人则跑到街尽头，招了一辆出租车。

剩下两人将双手反剪的夏冰推搡着往前走，夏冰几次想冲到旁边的店铺里，一个黑衣人抬腿踢在他腘窝上，夏冰应声跪倒在地。另一个便将他提起来，拖着往前走。夏冰低下头，冲一个黑衣人的手腕咬下去，黑衣人疼得手像抽筋的猪蹄，不停地抖动。另一个黑衣人，一记响亮耳光抽在夏冰脸上。夏冰嘴角便垂落一条红丝线。

出租车已经叫好，叫车的黑衣人回来，手腕受伤的黑衣人去街口守出租车。司机大概看出来者不善，趁黑衣人尚未走近，发动汽车，卷起一柱尘土汇进了车流中。黑衣人跺脚骂娘，把怒气都发泄在夏冰身上。三个人轮流将夏冰当成一粒足球，踢来踢去。夏冰像待宰羔羊似的望着稀稀拉拉的行人，可怜巴巴地叫："救命啊！杀人哪！"并用力往后挣，屁股都快要坠到地上了。黑衣人不顾旁边悄悄围观的路人，对着他一阵拳打脚踢。

突然，两名巡警从另一条街上转进小街。夏冰落水者遇稻草般大叫救命。警察警惕地四下搜寻，发现了声音来源，一前一后跑过来。一个从腰间拔出警棍，命令三个黑衣男子将夏冰放下。一个通过对讲机向附近警察请求增援。三名黑衣男子互相对视一眼，扔下夏冰转身消失在人群中。

警察过来解开夏冰的手，问是怎么回事。夏冰如释重负地拍拍身上的灰土，揉着屁股和前胸，随口编了个理由，说自己赌博输了钱，向他们借了高利贷，一时没还清，便遭到报复。两个警察便笑了，那表情像是早知如此，就不该管这档子闲事。

一个警察恨铁不成钢地说："你怎么能赌博呢？就算赌博也不应该借高利贷呀，高利贷是什么？是饮鸩止渴！"警察因为想到一个贴切的成语而颇得意，夏冰鸡啄米般点头。另一个把警棍放回腰间，说："走吧。"

这警察刚走了两步，突然回过头来，看着夏冰，问："你叫什么名字？"夏冰抬起头，与警察锐利的目光撞到一起，立即低下头。"我呀，我呀，我叫江一杭。"警察眼睛一转，稍一犹豫，说："不对，你叫夏冰！"

夏冰大惊，瘸着腿跑进旁边一条卖日用品的老街。

8

出现在婚礼上的两个警察，和一杭一起追了上来，也往老街钻，边追边道："不准跑！"刚才把夏冰从黑衣人手上解救下来的两名警察也加入到追捕行动中。

窄窄的街道两边店铺林立，离地两三米的空中交织着如同阡陌般的绳子，绳子绑着塑料雨篷。这些塑料雨篷下，卖内衣内裤的，卖帽子手套的，卖香皂木梳的，卖眉笔发卡的，卖杯盘碗盏的，卖文具日历的，卖针头线脑的……应有尽有。并不宽敞的街边，还见缝插针地设了不少流动摊点。在这些小摊点前，常常看不到主人，但只要你在摊前驻足，不远处某个地方与人闲聊的摊主立刻像游出水面的鱼那样自然地冒了出来，恰到好处地站在你面前，不乏热情，却又保持着不卑不亢的派头，似乎并不急于出手，生意成与不成均无伤大雅。一家卖棉织品的小店，老板手里握一把零钞，高高坐在店门口的棚梯上，对着过往行人大叫："来挑来选，三元一件，一律三元一件。"慌不择路的夏冰冲过来，撞到棚梯，老板一个趔趄摔下来，正好挡住追上来的一名警察。警察掀开老板，继续分开人群追上去。

夏冰回头见警察紧追不舍，看样子是跑不掉了。抬头见小街尽头有一处公厕，异想天开以为警察文明执法，不会钻女厕所，推开正欲进厕所的一位老太，便冲了进去。抓人要紧，跑在前面的警察一前一后立即跟进去，把一个正在方便的少妇吓得当场晕在了蹲位上。

另一个跑得慢些的警察，不小心踩在一块香蕉皮上，滑冰表

142

演一样向后仰去，撞翻了路边一个卖糖人的挑子。长髯飘飘、仙风道骨的摊主忙要扶警察，口里连声道歉。警察横了他一眼，甩开他的手，忍着痛自己爬了起来，踢了一脚糖人挑子，说："这个地方不准摆摊！"摊主忙收拾摊子，挑起来颤巍巍地去了。

见三个警察已经将夏冰铐了，正从厕所里出来，落在后面的警察便有些悻悻然，嘟囔道："谁扔的香蕉皮？真他妈缺乏素质！"说这话似乎也不求得到回答。其实，这世上的话分很多种，有些是说给鬼神听的，有些是说给对方听的，有些是说给第三方听的，有些则是说给自己听的。若是后者，自己发泄也就畅快了，别人的回复只是点缀。他急步迎上搭档，推了一下垂头丧气的夏冰，说："谁叫你跑的？跑得了和尚跑不了庙！"

夏冰被反剪着双手从一杭身边走过。一杭低声说："天网恢恢，疏而不漏，多行不义必自毙！"

夏冰看也不看他一眼，仰天长笑，神情傲慢地走过去。

第 八 章

1

　　他在自我作践中，有一种报复社会的快感。这世界上，有两种人，一种是攻击型的，把灾难迅速转嫁给别人，同时自己也得到释放；一种是自伤型的，把痛苦紧紧地包裹在内心，独自消化那份不能承受之重。一杭属于后者。

　　他做梦也没想到，当他把真相公之于众之后，雪萤并没有回到他的身边。相反的，他们两人之间的隔阂似乎更深了，雪萤根本不理会他。难道说，她真希望自己是凶手？或者说，她不愿意正视她的错误？为了她的正确，他愿意自己是错误的。

　　那一段时间，他不吃饭，不洗澡，也不看书，当他对人的存在产生怀疑的时候，写作便显得无足轻重了。那么多人，就像堂吉诃德大战风车一样，把自己强行嫁给缪斯，但是，真正受到青睐的，不过沧海一粟。就算能成为这千万人中那一个幸运儿，像卡夫卡那样生前潦倒死后哀荣又有什么意思？就算能够像拜伦和莎士比亚那样在有生之年享受无尽的鲜花和掌声，时间也会轻轻抹去一切。"我见日光之下所做的一切事，都是虚空，都是捕风。"人死灯灭，今天，我们朗读拜伦的诗歌或者演出莎翁的戏剧，又与他们何干呢？

一杭成天躺在床上，像一具挂在木架上的风干的动物标本。零度来的时候，一杭也懒得为他开门。零度将门撞开，看着侧卧在床的一杭，说："你这屋子有几天没有开窗了？我闻到一股地狱的味道。"

一杭心说，我正在地狱里流浪。

零度一边扇着鼻子，一边将窗口打开。一股冷风像涨潮的水一样漫过来，一杭打了个冷噤。零度拉过一张凳子摆在床前，变戏法似的从身上翻出一瓶二锅头和两份凉菜。他笑笑："晚来天欲雪，能饮一杯无？"一杭却掉过身去躺着了，把一个尖瘦的屁股对着他。

"嗒"的一声，零度旋开白酒的锡皮盖，把酒倾在一只大碗里，无聊地用右手食指和拇指对捏瓶盖，瓶盖被他捏成元宝形。有时候，手边的任何东西都可以作为一件填补空虚的道具。当他再一次想把元宝的两个尖捏掉时，锐利的尖角扎进了他的拇指，他"啊"了一声，端起酒杯吸了一口，鼓气，全部喷洒在伤口上。

零度开始背诗："对酒当歌，人生几何？譬如朝露，去日苦多，慨当以慷，忧思难忘，何以解忧？唯有杜康。"一杭定定地看着天花板，硬硬地应了一句："酒可浇胸中暂时块垒，又岂能消我百结愁肠？"

"徐渭说得好，'乐难顿断，得乐时零碎乐些；苦无尽头，到苦处休言苦极'，你那点屁事儿能叫苦？抛下吧，喝酒才是正道！"

"人活着，乐趣在于有亲人，有朋友，有牵挂，有寄托，有希望。然而，当这些都消失的时候，生命不过是一条橡皮筋，长也是它，短也是它，存在与寂灭，都无关紧要了。"一杭如枯木一段，毫无生气。

"你呀，枉称读书人，头顶一片乌云就把你世界的整个光亮挡住了？"零度有些怒其不争地摇着头，"人生得意须尽欢，莫使金樽空对月。"自顾把酒喝得有滋有味儿，不时偷看床上的一杭。

人在孤独的时候，酒就是朋友，一杭被酒的撒旦引诱着，昏昏沉沉爬起来，从零度手上夺过酒瓶，瓶口对着嘴饮起来，颇有"但叫生前荣华富贵，哪管死后洪水滔天"的放纵。母亲消失了，雪萤消失了，世界只剩下一颗跳动的心。

在酒精里，一杭觉得走进了东山魁夷的画幅，在一片片葱郁的绿树间，在一蓬蓬洁白的雪花里，在静谧的月光下，他感到自己是一个孤独的迷路的孩子，他嗅到一种死亡的至美。在大自然面前，他的纷乱的思绪都消解了。《圣经》上说，"你本是尘土，仍要归于尘土"。大地是灵魂的理想归宿。他沉醉在东山魁夷的世界里，不想醒来。

突然，鼓锣齐鸣，一杭又走进了贝多芬澎湃的音乐里，听见了贝多芬在命运面前的顽强抗争，听到他洪钟大吕般的生命强音，听到他饱经苦难后雄壮的悲歌。贝多芬以悲剧式的战斗英雄形象告诉他，一颗伟大的灵魂，是不会屈服于外界的。

此时，万千种声音在一杭体内交织，他感到大脑快要爆炸了，他想睡过去，在痛苦中安静地睡去。不，他不能这样，他的写作还没有完，他人生最大的理想还没有实现。他要活着。

零度，零度呢？也许喝醉了，也许中途有事走了，也许他根本就不曾来过。零度像一缕清风，来也无名，去也无形。

我要去医院。一杭痛苦地伛着腰，手在桌上抓来抓去，除了掀翻一地杯盘碗盏，什么也没有抓住。他想自己去医院，门还没打开，就摔倒在地……

他在摔倒的同时，给范坚强打通了电话。范坚强一听便猜出了个大概，只问他在哪里。二十分钟后，范坚强开车赶到，把一杭送到了就近的医院。

挂上输液瓶的一杭全身发抖，手脚冰凉，一动不动地躺在过道的加床上，只偶尔翻身呕吐。范坚强替他拍背，皱着眉用纸巾替他擦嘴。一杭刚刚躺下去，突然又翻身吐起来，胆汁都吐出来了。两包纸巾用完，一杭还在干呕。

范坚强看着脸色苍白的一杭，轻轻抚摸着他的头发。一杭想躲开，却没有力量，他呻吟着，直叫冷。范坚强又让护士找了两床被子来，一杭还是牙齿咯咯地打战。范坚强要求开空调，护士告诉他，已经开了空调了，过道里效果不好。范坚强便到附近买了一台电暖器，在一杭头顶烤起来，一杭这才不叫冷了，沉沉地睡去。

夜深了，输液瓶里的药液有条不紊地往下滴，一杭的手红肿起来，范坚强偏着头，仔细地替他揉着。过了一会儿，又叫来医生要求换一只手再输。一杭已经醒来，看着范坚强为自己忙碌，抓着他的手，突然就像抓住父亲的手，哭了。

2

除了雪萤，生活中还是充满了阳光。范坚强说他陆续收到了一些货款，并预付了他一万元订金，让他尽快完成《第三者》的写作。一杭从来没有见过这么多的稿费，这笔订金成了一根鞭子，抽出一杭体内那种名叫责任的情愫。一杭搬回了三毛楼顶上的小屋，把自己关在出租屋里，认认真真地写小说，或许这也是忘记过去的一种方法。

　　三毛家旁边的一条小街有一家纸火铺，散发出一股香火味，两个巨大的花圈把店门挤得只够一个人侧身进出。这片区域住着的大部分是老年人，三天两头便有哀乐响起，一股焚烧纸钱与香烛的味道，弥漫在周围的空气中。所以，这家纸火铺生意奇好。意外的是，这里还经营旧书。一到晚上，门口的街沿及台阶上便铺了塑料布，上面分区摆满了旧书刊，并靠墙放了两张纸板，分别用墨笔写着：两元一本，三元一本。

　　一杭有时候写作累了，也出门散散步，每次散步回来，便在昏暗的街灯下翻看这些旧书。他喜欢书，但又舍不得花钱买新书，便只好退而求其次了。他喜欢线装的，如果是繁体竖排版更好。事实上，有些旧书的品相并不差，甚至是刚从主人的书架上移居这里的。还有不少有价值却缺少市场的书，只能在旧书市场上找到了。不管买不买书，他都习惯在旧书摊前随便翻翻，直到把脚蹲麻，才拍拍手买下中意的。

　　那天，他买到一套《莫泊桑中短篇小说选》，郝运、赵少侯合译的。据说国内关于莫泊桑的小说，除了李青崖，他们的译本是比较权威的。那个面无表情的书摊老板告诉他，这是一个转业干部的藏书。一杭果然在书里翻出一张记载有某年春节单位慰问菜油、大米斤两的纸片。这位老人特别爱书，还收藏有大量字画，他瘫痪后，子女便背着他分批将字画和书籍卖了。也许是生命的神秘感，也许是人类天生的好奇心，一杭渐渐生出一种搜索书主人的欲望，尽管他与那个人毫不相干。有时候，想到那个瘫痪的老人，便有些同情他，甚至有点儿自恋地想，这本书，就为等着他到来。此前的主人，其存在的作用在于替他保管这本书，不过是一种过渡。但有时候他又悲伤地想，若干年以后，当他死去时，这些书的命运又将如何？今天，他还有兴趣了解它曾经的故事，那些后来者们，会关注书之外的附加信息吗？他们会为他精心呵护一本书而心怀感激吗？还有，那个时候，这本书还存在吗？即使存在，还有人愿意把流落的它带回家吗？一杭的许多时间，就这样被那些无限分叉的神经悠缓地浪费掉了。

回到家，一杭小心用橡皮擦掉了封面上的一点儿污迹，把书码到写字台上的一堆书籍上，并在上面盖了一张废报纸。

写字台上，换了一个方形的鱼缸，里面依然养了三只金鱼，他喜欢三这个数字，一只两只太孤单，四只五只太繁乱，似乎三只恰到好处。鱼缸旁边，是一个草编的小罐，一杭来之前就已经存在，不知道是三毛家的，还是以前的租客留下来的。

一杭很喜欢这个小罐，把它当作了笔筒。其实他并没有笔，里面装的，全是狗子用剩的铅笔头，每每看到狗子把还剩寸许的铅笔头扔得到处都是，他便怜惜地拾起来，悉数放在这个小罐里。有时候，需要记录什么，便随意捡出一截，用指甲剥一下即可以用。

一杭现在就是用这些铅笔头写小说，稿纸则是一风公司的废稿纸。他喜欢把废信封、废烟盒剪开，在背面写字。范坚强很奇怪，都二十一世纪了，还拒绝用电脑，这不是与时代为敌吗？一杭说他不用电脑是因为买不起电脑，而且，手稿的话，还可以看到修改的痕迹，看到一部作品是如何在摔打磨砺中成熟起来的，看到那四处牵伸、涂涂抹抹的修改痕迹，很有成就感。一个人决计抵制新生事物，怎样的劝说都无济于事。下回来，范坚强便给他带了几本稿纸，一杭却一个字也写不出。范坚强觉得很奇怪。

一杭说他穷惯了，舍不得用好稿纸。他对范坚强说："如果可以，就把您公司那些废弃的校稿送一些给我吧，我只有在废纸上才能找到感觉。"

范坚强不仅给一杭一摞废纸——虽说是废纸，但还是很整洁，范坚强总是给人一种干净的印象，还把公司的钥匙给了一杭一套，为了方便他查阅资料——一风公司有一个图书室，除了自己公司出的书以外，也有一些资料书。为了不浪费范总的一片盛情，偶尔，一杭也去一风公司，理由是查资料，实际上还有一个附加目的。有时候，附加的才是主要目的。

3

人的一生总要爱一些人，恨一些人，并从中找到自己存在的证明。爱他，就全力以赴去爱，恨他，就理直气壮去恨。且随它去，爱恨随心就是了。发生了婚礼上的那一段插曲之后，父亲想留下来陪陪雪萤。但她说她可以一个人应付。父亲沉默着，最后带孙女回老家去了。

父亲离去的时候，雪萤站在窗外，目送着他远去。看到父亲那一头的白发，她就想起了哥哥，想起苦根那一头蓬乱的头发，雪萤便同情起这位老牛一样辛勤劳动却从未享受过生活的哥哥，这种同情瞬间化成了一种爱。而这种爱，指向一杭时便是一种恨。

是他害死了哥哥。

现在，他又在自己的婚礼上制造事端，导致夏冰身陷囹圄。

她再也不能原谅他。她曾经给了他一次机会，算是对他们那一段感情的终结。但是，他再一次伤害了她。她已经没有理由再原谅他了，她也不会再原谅他。

但是，她想用自己的方式，来解决她和他之间的问题。这样想的时候，她有点儿吃惊，似乎他们之间还有点儿什么关系似的。但她马上告诉自己，他们之间没有关系了，除了是仇人之

150

外。现在，她需要一把匕首。

雪萤在家附近的一家杂货铺买了一把水果刀，刀子是不锈钢的。刀柄像腹部膨大的对虾，握上去很舒服。回去后，她找来一块磨石，将刀背那一面也磨成刀刃，水果刀成了一把雪亮的匕首，刀锋冰凉。她凝视着薄薄的刀刃，慢慢朝前刺出。不行，还不够凌厉快速。使用匕首的时候，既要保护自己，但又不能投鼠忌器。

那几天，雪萤一直在家里练习使用匕首。她将匕首扔到空中，让匕首翻跟斗，开始的时候，总是不敢去接，又担心匕首落到脚上，慌忙后退。有几次，匕首插在木地板上，颤巍巍地动。在手被划伤多处以后，她可以准确判断匕首的行进轨道了，并能迅速出手，准确地握到刀柄。

她已经几天没有做饭了，甚至连门也没出。饿了就叫一个外卖，或者泡一包方便面。垃圾就随意地扔在走道里，褐色的油汤和茶汤在地上留下奇形怪状的图案。一个未倒的纸杯中，残留着小半杯茶水，茶水在纸杯的内壁刻了一圈锈迹，略低于锈圈处是一层因隔夜而起的油绿的薄膜，一只不幸的蜘蛛掉了进去，在彩膜上绷出无数直直的皱纹，像破碎的钢化玻璃。听到响动，蜘蛛迅速爬上杯沿。这都是雪萤的杰作，她以为交了物管费，就理所当然有人来收拾垃圾，但是没有，只好自己捂着鼻子打扫"战场"了。

接下来的几天，她每天都到楼下吃碗面，回家就专心练习两种动作，第一是朝前刺，第二是往下刺。一连好几天过去了，雪萤感到那把匕首已经有了生命，和自己融为一体了，可以随心所欲地控制它。

雪萤把匕首放在手提包的内袋里。她躺在床上，将提包扔在床的另一头。右脚轻轻一勾，把提包挪到屁股下半压着，然后右手伸向提包，小心地、不出声地拉开拉链，准确地摸到匕首，迅速一挥。匕首闪着寒光"噗"的一声刺到枕头上，枕头里的填充鸭绒腾地飞出来，灰白的"蒲公英"在屋子里飘散。

雪萤又照着刚才的步骤做了一次。这一次，她开始在床上扭动，正在与人搏斗的样子，她用左手制住想象中的敌人，右手果断出击。又是"噗"的一声，饱满的枕头渐渐瘪了下去，就像被放干了血的死鸭子，扁扁地铺在床上。枕面留下一个又一个窟窿。雪萤翻身爬起来，将碎枕头卷在一起，扔进了垃圾桶。

雪萤躺回床上，一手玩着匕首，一手在床头柜上摸到手机，拨了一个号码。

"一杭，我想见你。"她在电话里出奇地温柔。一杭怔了好半天，才突然颤声说："你终于肯见我了，你终于肯见我了……"

4

雪萤取出那把匕首，看着匕首上的寒光。一杭打电话来催促她出门——他们约好一起去郊游，一杭已经到了楼下。挂断电话，雪萤将匕首放进提包。

一杭在楼下一棵大树下焦急地徘徊。听到楼道里的脚步声，立刻迎上来，要帮雪萤背包。雪萤脸上的肌肉跳了一下，但很快便恢复自然，说："也没带什么东西，挺轻的，我自己背就行了。"一杭也不勉强，毕竟他身上还背着两个人的干粮。

去城南的游人比较多，但去城北的比较少。雪萤一贯喜欢人少的地方，一杭便只好同意。两人在终点站下了车，开始步行。那天没有云，也没有风。冬天的成都平原，干冷干冷的。他们深入一片绿色的森林，毫无目的地往前走。起先还远远近近地看到

152

不少农家小院儿，掩映在茂林修竹之间。慢慢地，人烟少了，开阔的平原上，绿绿的油菜苗已经长起来，还有青幽幽的厚皮菜。在一条蚯蚓一样细小的泥路尽头，出现一条逶迤的小河。

两岸的草已经枯萎，一棵瘦瘦的枫树在岸边蜷缩着，叶已落光了。河水也已干涸，一块块石头或分散，或集中地嵌在淤泥里。淤泥很细腻，很自然，但不是水平的，是一块一块的，保留了水波的形状，似乎是水波的化石。浅浅的水在河中犁出一条条小沟，一些沟已经干了，最中间的位置，还有一条稍宽的沟，有河水亮亮地流淌。表面被泥沙涂了一层"防晒霜"的鹅卵石，一半坐在水里，一半露在水面，河水绕着它们缓慢向前流去，让人分不清是水在流，还是石在动。

雪萤在枫树下一块石头上坐了下来，一杭便解下背上的包袱，拿出一块饼干和一瓶矿泉水递过去。雪萤望着河心一片手掌样的红叶，叶面向下，叶背向上，可以想象从树上掉落时在风中翻动的样子，或者被流水带走时在水里摇曳的姿态。现在，它一半浮在淤泥上，一半漂在流水里，一颤一颤的，让人担心它时刻要被冲走。一杭不去打扰她，顺着她的目光，看落叶那尚清晰的叶脉纹路。

休息一阵，他们沿着小河往上游走去。没有什么风景，但他们相信会看到的。偶尔，一片高高的甘蔗林闪进眼睛。甘蔗已经成熟了，剑一样的叶已经染了霜一般，开始枯黄。雪萤说："咱们买根甘蔗吃吧？"一杭举目四望，远远的地方有一座嵌白瓷砖的农家小院，他把双手捧成喇叭："甘蔗要卖吗？我们要买甘蔗!"叫了几声，没人应。

一杭踩着地面上"哗哗"作响的枯叶，"啪"地折了一根甘蔗，把叶剥去，用刀子将甘蔗表面的灰刮去。然后看了看四周，对雪萤说："那里有一个窝棚，咱们过去歇歇脚。"窝棚搭在一条土埂边，他们就坐在土埂上吃甘蔗，随手把撕下来的蔗皮扔了满地。

看看已经晌午，他们在地上铺了一张报纸，就着矿泉水吃饼干。饭后，突然发现无事可做了。他们先是在小河沟里戏水，接着感觉累了。他们回去，同时把目光集中到了窝棚里。

一杭把目光转向雪萤，呼吸有点儿急促。雪萤低了头，突然身子倒过来，对着一杭的嘴狂吻。

两人紧紧地缠在一起。良久，一杭抱起雪萤，钻进窝棚。窝棚里，用木头扎了一张简易的单人床。雪萤手里拿着那个手提包，躺在床上后，用脚把提包踢到了床的另一头。

一杭开始疯狂地撕扯雪萤的衣服。雪萤反倒冷静下来，一动不动地躺在床上，眼睛盯着窝棚的草顶，任一杭摆布，既不笑，也不哭。一杭已经顾不得那么多了，也没有注意到雪萤冷却下来的热情，他只道沉默与被动是女人面对这一幕时，应有的反应。至少，她没有反抗，这就表示，她是鼓励这么做的。

雪萤终于有所表示了，身子左侧，双手搂紧了一杭的脖子。这样一来，一杭反倒束手束脚了，但他很快就抱紧了雪萤。他等待着瓜熟蒂落那一刻，他等这一刻很久了。

那一刻就要来了。

一杭的呼吸急促得像刚从角斗场下来的公牛。雪萤拿眼睛的余光瞟了他一眼，他的眼睛紧紧地闭着，已经进入了另一个世界。雪萤的心突突地跳起来，在反复的练习中，这一点是无法练习的。她轻轻地移开右腿。一杭没有察觉。她一点一点地用脚勾提包，这个过程太漫长了，几乎要让她窒息。

一杭突然说："雪萤，我爱你。"

雪萤把腿收回来，说："我也爱你……"她见一杭并不抬头，一边继续拿脚勾提包，一边说："假如有一天，我们不在一起了，也要像在一起时一样……"

"一定会的，不，我们要永远在一起！"一杭说完，在雪萤的脸上吻着，鸡啄米似的。

雪萤闪闪烁烁地应着他，不时拿舌头缠住他的舌头，一会儿又躲着他的嘴唇。一杭越发兴致高昂。雪萤在左摇右摆中，将提包移到了屁股下面。她平静了一下呼吸，小心地，小心地，把右手往后撤。不能让一杭有一丁点儿察觉。她左手把一杭的头揉到胸前，头不停地蹭着一杭的头。

一杭趴在雪萤的胸前安静了。雪萤感到大腿上有一点湿，但她没有多想，右手伸向提包的拉链，以咳嗽声掩盖拉链轻微的响声，迅速拿出匕首，高高地举起。

一杭轻轻地往上蹭了一下，满足地吻了吻雪萤。雪萤的目光迷离了，她想起几年前，在火车站送一杭去成都。火车进站时，一杭紧紧地捏了捏她的手，站起来，一步一回头地走向检票口。雪萤也站起来，跟着他走。一杭爬上车厢，在门口停了一下，想转过身来，后面的人推搡着，把他挤进了车厢。火车鸣着笛缓缓启动了。一杭隔着一个乘客，从玻璃窗控出头来，勉强地笑了一下，扭着身子向雪萤招手。雪萤趁工作人员不注意，突然冲进了车站，跟着火车跑了起来。边跑，边想把手伸给一杭。但车开得越来越快，两个人的指尖便越距越远。她终于停下来，佝偻着腰，大喘着粗气，但依然目不转睛地望着火车开去的方向。铁轨"哐当哐当"的声音，越来越急，像是从雪萤身体上碾过，她的心被碾碎了。

匕首举在空中，雪萤有些犹豫。就在这时——

"汪——"

一只狗在雪萤的脸部位置狂叫起来。一杭翻身坐起，想找个什么东西吓那只威猛的土狗，但什么东西也没有。雪萤已经把匕首刺进了床下的稻草里，但手还按在匕首的位置。她继续躺着，担心一坐起来，就会被一杭发现破绽。一杭冲狗挥动拳头，那狗便转身逃，但只跑了几步，便又掉转身，继续欺过来。

一杭出了窝棚，拾起地上一块土坷垃向狗扔去，正中狗头。狗嚎叫一声，跑了。雪萤趁机把匕首放回提包，整整衣服，心有余悸地出了窝棚，怀里紧紧抱着提包，仿佛抱着一团火。

5

一杭本来打算和雪萤说点儿亲热的话。但是，发生了那场意外，两人之间便失去了默契似的，不怎么说话了，各怀心事，什么风景也不成风景了。终于，雪萤说："我们回去吧。"一杭在路边摘了一片树叶，随手一扔，说："好吧。"

他们往回走，路过那株枫树时，一杭下意识地看了看河心。鹅卵石还是鹅卵石，流水也还潺潺流动，但那片红色的枫叶，却不见了。原来树叶陷落的地方，甚至连一点儿痕迹也没有留下。一杭的心，便越发沉重起来，心里忧郁着，也不刻意再照顾雪萤的情绪了。

雪萤心事重重地走在后面，紧紧地将手提包抱在胸前。一杭几次回头，发现雪萤怔怔地盯着自己的背，便奇怪地问："你怎么啦？"雪萤突然惊醒似的，赶紧把包放在身后，说："没什么，刚才、刚才那只狗，把我吓、吓坏了……"

一杭暗自笑了一下，心情有所好转，继续往前走。雪萤磨磨蹭蹭地跟在后面，不时停下来要求休息一下。一杭觉得，两个人之间如果出现了不和谐，总得有个人主动示好，他想，他应该主动承担这个角色，便关切地问："是不是累了？来，把包给我，我帮你拿。"说着伸过手来，雪萤一把将提包藏到身后，慌忙说：
"不用！我自己能拿。"

"哟，你包里有什么宝贝东西？让我看看！"说着，一杭绕到
雪萤身后，笑着去夺她的包。雪萤蹲在地上，把包紧紧护在胸
前，生气地说："你干什么?!"一杭自讨没趣，刚才鼓起的勇气
都泄掉了，他撇了撇嘴，走到离雪萤几米外的地方坐下来，拾起
土坷垃往远处扔。雪萤便也停下来，不说话。

过了一会儿，雪萤站起来，继续赶路，一杭犹豫了一下，也
站起来，跟在她后面。走着走着，雪萤又故意掉到后面去了。一
时两人都找不到话说，只顾赶路。

冬天的夜来得太早，平原上的房屋、树木渐渐暗了下来，像
是沉到一个黑色的泥淖去了。远处，不知谁点着了一堆荒草，草
噼噼啪啪地燃着，腾起人高的火苗，像一条倒栽在水里的锦鲤，
尾巴还不停地摆动，不时甩出点点晶亮的水珠。水珠其实是火
星，在火的推力下，一浪一浪地翻滚到高处，然后纷纷四散飘
荡。从大地深处孵出的烟，渐渐长大，飞起来，迷蒙了大片
田野。

路越来越平坦宽阔。农人的灯亮起来，遥遥在望的城市灯火
让一杭有种重新回家的亲切感。这时，迎面走过来三个青年男
子。戴蛤蟆镜，穿牛仔裤，一个红头发，脑后还扎个小鬏鬏，一
个光头，像未成年的野和尚，另一个除了瘦，特征不明显。一杭
本能地放慢脚步，与雪萤低着头并排前行，却能感觉到这一伙人
正在观察他们，心里有种不好的预感。

那伙人终于走过去，一杭心里松了一口气，突然一个声音
说："站住！"一杭装作没听到似的，加快了脚步，并暗中拉了拉
雪萤的衣袖，先前所有的不快都烟消云散了。那个矮个儿光头小
子跑上来，拦住他们，说："叫你们站住。"

一杭和雪萤同时两截木桩一样插在路边。

光头小子把一张油光光的脸伸到雪萤脸下，认真地看了看，又皱皱鼻子嗅了嗅，回头冲同伴说："是个美女！"另外两个人便松松散散地折回来，把雪萤围在人圈中，把一杭围在圈外。

光头伸手去捏雪萤的乳房，雪萤抬手重重地打下去，光头敏捷地一缩手，雪萤的手打在自己乳房上。红头发笑着欺上来，一手搭在雪萤的肩膀上，一手握住雪萤尖尖的下巴，略微向天空抬了抬，由衷感慨："不错！"雪萤想挣脱，但那双手却力大无比，她连吞口水也不能。

一杭站在旁边，手捏成铁拳，又松开来，又握成拳。他听到自己的心在狂跳。红头发把喷着酒气的嘴朝雪萤脸上啄了一下，雪萤喉咙里发出"呜呜呜"的声音，躲着红头发的嘴。红头发对光头说："来，把她弄走。"两人来扯雪萤，把她往路边那片林子里拉，瘦个子则跟在后面，留意着一杭的动静。

一杭听到雪萤的衣服被撕裂的声音，听到几个年轻男子的笑声。终于，他一声怒吼，冲上去，一头撞向走在后面的瘦个子。瘦子被撞，滚到路边一块水田里，水溅了他一脸。一杭又往前冲。那个水田里的瘦个子气呼呼地爬起来，从腰间拔出一把匕首，从腰际捅进了一杭的身体。

一杭惨叫一声倒在地上，雪萤疯狂地挣脱红头发，跑开了。红头发回过头，用皮鞋猛踢一杭的肚子。光头蹲下来，抽出还插在一杭身上的匕首，又朝他胸前扎了两下，把匕首扔进了池塘里，然后擦擦手，说了声："走！"三个人被夜色掩盖了。

雪萤在远处的一棵大树后躲着，隐隐约约见三个男子走远了，这才倒回来。一杭躺在地上呻吟，血流了一地。她站在那里，突然傻了一般，看着一杭在地上呻吟。

随着三个男子的消失，黑沉沉的原野，又陷入了黑沉沉。她犹豫片刻，轻轻地拉开了手提包的拉链，在狂乱的心跳中，一道寒光闪动。

雪萤举起了匕首。

仇恨暴风骤雨般入侵雪萤的大脑，瞬间破坏了正常程序，扼杀了她的思维。在没有理智之光的地狱里，魔鬼出动。她慢慢地，慢慢地将匕首举过头顶。

匕首的寒光探进了茫茫的黑色之渊，理智的种子在复苏。手开始颤抖，似有千斤重。天使在把她的手往上拉，魔鬼在帮着她向下刺。痛苦的僵持，匕首停在半空。她突然咬牙一用力，天平的平衡打破了，被囚禁的匕首解放了，像一颗流弹钻进了一杭的身体。

雪萤感觉手中的匕首就像扎进一堆陈年稻草里，没有任何阻力，她猛地抽出匕首。血沿着伤口，像一条蚯蚓爬出来，瞬间又黏附在衣服上。一杭躺在地上，圆睁了眼睛忘记了反抗。他惊讶地说：“雪萤，我是……一、一杭啊，我是……一杭，你、你疯了吗？”

雪萤冷笑道：“我很正常。”

“那，那你……”一滴眼泪从一杭的眼眶里游离出来。

“你撞死了我哥哥，又让我的丈夫坐了牢，这还不够吗？”她已经认定夏冰是她的丈夫了，这比在一杭身上戳一刀更让他伤心。

“夏冰才是……撞你哥哥的……真凶，我是被、被陷害的！”一杭喘着粗气。

“你撒谎，明明是你撞死了我哥哥，还想嫁祸夏冰，你还想欺骗我到什么时候？我最恨欺骗我的人。”说着，雪萤再一次举起匕首。

“冤枉啊，我到车祸现场时，你哥哥……已经死了，那天你也听、听到了，那、那个守公厕的……老人亲、亲口说……"一杭还没说话，话就被打断了。

"难道不是你收买了他吗？夏冰不可能撞人，因为那天早上，他还和我在从南京回成都的火车上！"雪萤直直地盯着一杭。一杭忘记了疼痛，他张大嘴，不敢相信，也无法解释这一切。

雪萤再次往一杭身上扎了一刀。一杭闭着眼睛，不动了，也不再呻吟。

我杀人了，我杀人了。天使和魔鬼都消失不见，把难题留给了雪萤，她看着一手黏糊糊的血迹，惊慌失措。当一直期待的那个结果如此出其不意地到来时，她才发现，自己远远没有做好准备。她低声啜泣起来，用尽全身力气将匕首扔到近旁的鱼塘中央去了。

6

现在，雪萤也不能确定一杭是否就是凶手了，一杭那种坚定的眼神和语气，让她不得不怀疑自己的判断。如果一杭真的不是凶手，自己不是伤害了最爱自己的人吗？雪萤瘫倒在地，浑身冰凉，周围的一切就像手机信号，突然被屏蔽了。

远处，一辆卡车的汽笛声才把她的意识唤了回来，她意识到，应该拨打急救电话。雪萤打完急救电话，拿手捂在一杭的伤口上，但血还在一点一点地往外渗透。

时间过得太漫长了，她又一次拨打了120。急救中心告诉她，救护车已经在到来的路上。

终于听到救护车的警笛了。她站起来，朝着救护车不停地招手，大声喊："在这儿，在这儿！"完全不顾救护车上的人其实听不到她的声音。但救护车却朝她开过来了。

医生打开门跳下救护车，迅速为一杭包扎止血。护士看见一杭，大吃一惊，迅速地为他输上了生理盐水。此时，一杭的血压已经测不出来了。护士带着哭腔说："帆哥，血压太低了，测不出来，怎么办啊？"

被唤作帆哥的医生想了想，果断地说："马上注射多巴安和肾上腺素！"护士犹豫地看着他，着急地说："可是，多巴安和肾上腺素虽然可以扩血管，但也会加快血液流失啊，现在他已经流了很多血，一旦失血过多……"她说不下去了。雪萤猜测，后果一定很严重。

医生吐了口气："只有这个办法了，先稳住血压，争取抢救时间。"为了维持血压，医生不得不给一杭注射了高剂量的多巴安和肾上腺素。雪萤只希望尽快赶到医院，似乎一到医院，就有了希望。

救护车呼啸着撕破流光溢彩的夜幕驰向医院。

医生一边密切监视一杭的病情，一边联系手术室做好一切准备。"你不要哭了，我们会尽力的。"医生皱眉看着雪萤。雪萤担心自己的情绪影响医生治疗，不敢再哭了，忍着。

护士一边给一杭吸氧，一边侧身问雪萤："你叫什么名字？你们怎么在这里？"

雪萤犹豫了一下，说："我们去郊游回来的路上，遇到流氓非礼我，他替我打抱不平，结果被、被流氓捅伤了。"她不敢说其实自己也往一杭胸部扎了匕首。

"你叫龙雪萤吧？"护士问。

"你怎么知道？"雪萤吃了一惊。

"我叫米拉，一杭给你说起过我吗？"护士望着她的眼睛。

雪萤摇摇头。但突然有些兴奋地说："我知道了，你是那个在自贡恐龙博物馆前和他合影的女子。你戴着帽子和口罩我还没认出来。"

护士点点头："是我。"

"到了，担架！"已经守在住院部大楼门口的担架工见救护车停了，立即推车上前。医务人员将一杭小心抬到担架上，快速推向手术专用电梯间。

一杭被直接送进了手术室。此时，胸心外科、普外科、肝胆科、骨科、麻醉科的专家已经全部到位并严阵以待。

手术过程中，不时见医务人员匆匆送来血浆，每次雪莹都试图了解一下手术的情况，医务人员只告诉她：正在全力抢救。雪莹的心一直如同心电图仪发出的嘀嘀声起伏着。手术钳放在不锈钢托盘的声音，止血纱布扔进废物盆里的声音，被放大了千百倍然后传进雪莹的耳朵，震得她神经生痛，其实，这些都不过是她的想象而已。

六个多小时以后，手术室的门打开了。双眼血红的雪莹走上前，呆呆地等着命运的宣判，她都不敢询问手术结果了。

一杭被直接送进了重症监护室。医生告诉追在后面的雪莹："手术还可以，但能否挺住，还要看病人自己。"一杭脸无血色，眼睛紧紧地闭着，雪莹担心他再也醒不过来了，那样，自己也成了杀人凶手，她感到害怕极了。

雪莹想去看看一杭。"砰！"重症监护室的大门关上了，雪莹被阻在门外。

夜深了，寒意袭来，雪莹疲惫地倒在病房外的长椅上，睡不着。脑海中浮想起那个春天，一粗一细两根并列的铁管，从盛开的油菜花地穿过，一根输天然气，一根输盐卤，与公路大体平行。她和一杭拂开金黄的油菜，摇摇晃晃地走在滑溜溜的铁管上，他们比赛谁走得快，谁走得远。雪莹总是胜利者，一杭不是被农人随手放在铁管上的已经沤烂的杂草绊得从铁管上摔下去，就是因为过于小心而远远落后于雪莹。两个黑乎乎的头顶西瓜皮一样浮在金黄的海面上，屁股后面的书包一起一落，扔一路响亮笑声。累了的时候，他们就骑在粗大的输卤管上，你看我，我看你，傻傻地笑。一杭会突然跳下铁管，给她捉从眼前飞过的蝴蝶。蝴蝶飞过油菜花丛，越过竹篱笆，立在菜地的花茎上，一杭便小心地爬进篱笆洞，双手一合，把蝴蝶捉住了，兴奋地回来给她看。

雪莹的眼睛模糊了，眼前似有万千蝴蝶狂舞。

7

雪莹买了些芝麻糊和苹果，轻轻推开一杭的病房。米拉正小心地给一杭喂药，雪莹看了一眼斜躺在床上的一杭，一杭也正抬头望她。她有些惊慌失措，苹果掉在了地上，滚得满地都是。她歉意地哈着腰，说："对不起……"把散落的苹果装进塑料袋，放在床头柜上，说："我先走了。"一杭从病床上挣扎着坐起来，张了张嘴，又低下了头。米拉轻轻地扶着他，说："好好养伤吧，别想那么多。"一杭闭着眼睛不答话。

米拉经常来看望一杭，每次都带着水果，饭菜也是她亲手做了送来的。普外科的护士常打趣她："哎，急诊科的护士服务真是周到啊，连普外科的病人都照顾上了。"米拉就故作娇嗔地捏那护士的腰。

每当听到类似的打趣时，一杭就装作没听见，他不知道如何面对米拉。米拉已经救过自己一次了。

刚上成都时，一杭举目无亲。唯一让他感到亲切的是省作

163

协，他慕名去找某位小有名气的诗人。那时候文学的光环还没有完全退却，一切与文学相关的，皆被视为神圣，不容半点儿怀疑。据说有一个流浪汉，自称是某某诗人的朋友，居然从南吃到北，走到哪里都有人好酒好菜地款待，谁也没想过质疑他的身份。那时候，就连作协的看门人都自觉高人一等，把四下打量的外省青年一杭阻在了门口。一杭就坐在门外人行道边一棵长满气生根的黄桷树下等诗人下班，一连等了几天总算把诗人堵住了。诗人听说了一杭的情况，先是很感动，但到底经不住一杭经常去找他。一杭每次去都希望能为他提供一份工作，并且赖到吃中午饭。后来，一听说一杭来访，诗人就惊慌失措地越窗而逃，甚至戴面具上班，以免被守在大门口的一杭认出来。

一杭所带的为数不多的钱很快花完了，只好搬到了一所桥洞里，和几个流浪汉挤在一处。但他不能永远这样，他毕竟不是流浪汉。一天，一杭去人才市场面试回去的路上，饿得晕倒在路边。

那天，高碉医院急诊科护士米拉出车。说是某村有一老年病人突发脑溢血，需要急救。当他们赶到指定地点时，病人已经死了。病人家属不依不饶，说医务人员来迟了，耽误了抢救时间。但据医生的经验，那个病人早就死了的，甚至在打急救电话之前，就已经死了。病人家属却矢口否认这一点，并唆使同村村民拦住救护车，并控制了米拉和另一名医务人员，直到警察赶来，她才被放了。

回来就遇上了晕倒在路边的一杭，顺便把他捎回了医院。一杭在医院输了液，情况稍有好转，便悄悄地想溜出医院。一名医务人员发现了，叫住他："喂，你还没结清费用和手续，不能走！"一杭脸腾地红了，他结结巴巴地说："我、我……想上厕所……"医生揶揄地说："没听说厕所搬到大门外去了。"旁边几位看热闹的病人"轰"地笑了，一杭一直低着头看脚尖。这时，一个女声说："他是我朋友，让他走吧，费用我来结。"一杭感激涕零，抬头看见一个年轻的女护士，正冲他眨眼睛。那个女护士就是米拉。

后来，米拉让他搬到她姐姐家。姐姐开始死活不同意，倒是姐夫三毛说："先收留着吧，看他戴副眼镜，像个文化人的样子，说不定哪天就用上了。"米拉连连点头。在她的游说下，三毛答应每月只象征性地收他两百元房租。米拉还答应帮他找份工作，经常一起与他交流一些阅读和写作的感受。因为一杭只有高中文凭，毕业证还搞丢了，米拉联系了几家单位也没成功。三毛就到九眼桥给一杭办了一张四川师范大学的假文凭，却被一杭恼怒地撕了。一杭何等骄傲之人，认为自己从来不靠文凭行走江湖，他是作家，是有才华的作家。陈忠实有文凭吗？郑渊洁有文凭吗？残雪有文凭吗？没有文凭，但他们一样成为了优秀的作家。叫人的好心无处安放，那是一种残忍。别人会从帮助人中找到快乐，得到自己存在的确证。人需要示弱，如果你表现得太强大了，在你需要的时候，别人非但不会帮助你，甚而会嫉妒你，抛弃你，攻击你。

时间一天天过去，一杭对成都一天天失去了信心，决定回自贡了。母亲，还有雪萤，她们是不会拒绝他的。临走，米拉请他喝茶。说来也巧，那天，一风图书有限责任公司的范坚强打电话给米拉，问她愿不愿意改写一部《安徒生童话》，每千字三十元。米拉爱好文学，平时也在报纸副刊上写点小情小调的稿子，但平时工作忙，也没有规律。正想拒绝，突然见一杭正默默地盯着自己，便答应下来。《安徒生童话》成为改变一杭人生的一本书。后来，在米拉的引荐下，他帮一风图书公司创作了好几本励志图书，一杭也就算在成都立稳了脚跟。

　　一杭觉得，米拉对自己太好了，而自己却对不住她，明明不爱她，却要和零度争风吃醋，造成一种他在乎她的假象。他不知道，米拉和零度分手，是否也有自己的原因。他觉得，自己不能耽误了她。"我没事了，你不用再来看我。"但米拉不听，中午休息时，都来陪一杭，天气好的时候，便劝一杭："咱们到花园里活动活动吧，免得你成天胡思乱想。而且，天天躺在床上，容易长褥疮。"

　　每次米拉扶着一杭到住院部后面的花园散步，他都想，如果这是雪萤就好了。可是，雪萤却再也没出现过。她还是不相信我，难道要我承认自己是害死她哥的凶手她才满意吗？如果是那样，我宁愿承认我就是凶手。或者说，雪萤相信我并非害死他哥哥的人，但她不能接受刺伤恋人的事实。如果她明白自己做错了事，她不知道有多难受。如果我承认自己是凶手，也许，她就不会为刺伤我而自责了。

　　不过，她既然如此根深蒂固地相信我是凶手，自然有原因的吧？那天被雪萤刺伤时，好像蒙眬中听她说车祸那天早上，她正和夏冰在出差回来的路上，那么，夏冰就至少不是肇事司机——尽管他可能"买凶杀人"，那谁会是真正的凶手呢？

第 九 章

1

三毛让狗子来叫一杭和他们一起吃晚饭。一杭知趣地拒绝了。他容易成为一个不和谐的因子，让一家人都不愉快。三毛大约觉出了一杭的顾虑，也没有太勉强他。不过，吃完饭就来到一杭的房间。

三毛见一杭屋子里冷冷清清的，问："你还没有吃饭吧？"一杭瞟了厨房一眼，没有答话。三毛从随身带来的一个塑料袋里取出几个小塑料袋，把塑料口袋一一摊开放在桌子上。是拌好的凉菜，有卤牛肉，有腊香嘴，有香辣鸡翅，还有一大盒泡菜。三毛说他一位亲戚在安全生产监督管理局上班，逢年过节，总有一些厂家送些泡菜、面条、盐花生之类的，吃不完，他也跟着受惠。说着，又摸出两瓶二锅头，说："来，我们喝两杯！喝两杯。"

一杭起身拿了两副碗筷，拧开酒瓶盖，分别倒进两个杯子，说："谢谢你，叶哥。"

三毛捉起杯子，朝一杭举起的杯子上清脆地撞了一下，说："老弟，你今天怎么客气起来了？"一杭笑了笑，想着自己常常对他颐指气使，不顾他的感受，但他却把自己当朋友。有些人把你挂在嘴边，像话一样，说得容易，也丢得轻松，三毛外冷内热，却把人放在心里，在你最需要的时候，你才发现，原来他一直都默默地站在身后。想及此，一杭便有些愧疚，深吸一口气，把盛满火一样感情的酒液喝掉了。

三毛把筷子在嘴里狠狠地吮了一下，给一杭夹了一块牛肉，说："来，吃点菜，完了我敬你一杯，我敬你一杯。"一杭也不管三毛筷子上是否沾上了唾沫星子，一口将三指宽的卤牛肉塞进嘴里，含混不清问："为什么？该我敬你呀。"

三毛举起杯子，说："你是作家呀！"

一杭胡乱地嚼了几下，将一大口牛肉吞下肚，然后举起杯子，一口喝下，说："'功名万里忙如燕，斯文一脉微如线'，文学的黄金时代已经过去了，现在的人只重物质不重精神。"

三毛打着嗝道："你还是有不少读者的。不少。"

一杭淡淡地回应了一个笑，说："这是一个分众传媒的时代，有些人喜欢金庸，有些人喜欢马原，永远不要期待所有人都成为你的读者。写作时，我甚至有意识地剔除了一部分读者，只为有语言感觉的部分人服务。"顿了顿，接着道："我还做得不够好，我的语言缺少厚重感和音韵美，当然，这不妨碍很多人成为优秀的作家。语言只是一个工具，作家的优秀与否取决于他利用语言表达自己的程度。"

三毛不甚了了，只是笑，表示自己一直在认真听着，并试图理解他，越是无法理解，一杭在他便越是谜一般地吸引他。三毛发现，每当一杭谈论文学的时候，他便说不上话。即便能够说上，也插不进去。文学是一杭唯一感兴趣的话题，只有在面对这个问题时，他才有极强的表现欲，并且不容别人插话——前提是，要喝一定量的酒。

一杭也不管三毛了，自斟自饮了一杯，说："我喜欢那种简明扼要，冷静内敛，内涵丰富的'蒸馏水式的语言'。鲁迅、韩少功、阿城都属于这一类。"

"嗯，《阿Q正传》写得好！写得好！"三毛终于揪着一个机会插嘴，鲁迅他是知道的，所以他有发言权。

一杭笑道："不错，《阿Q正传》写出了全人类的感觉，所以罗曼·罗兰说在巴黎，满大街都跑着阿Q。可惜写得太短了，有点儿流于漫画式。"

三毛又哑声了，太深入和太专业的问题，他都不便多话。于是只频频点头，"呃呃呃"地应着。一杭道："鲁迅的语言精练，就像有一杯酒却只喝一口。"

"说得好！说得好！"三毛准备敬一杭的酒，他一只手举着酒杯，一只手捂着嘴。

一杭站起来，说："来，我敬你！你是我的恩人，如果不是你，我根本无法在成都立足，说不定饿死街头了。感谢你对我的帮助和照顾。我先干为敬！"说着，一仰脖子干了一杯。

三毛忙抬起屁股，也喝了一杯，咧着嘴道："吃点菜，不能光喝酒，我是喝了来的，有点儿吃不消了。吃不消了。"

一杭倒满酒，又举起杯子道："我再敬你一杯，在大家过年的时候，你还想着我！我干了，你随意。"说着，又把一杯酒倒进了嘴里。三毛有些为难，看了看酒杯，还是硬着头皮喝干了。一杭再次敬酒，三毛说："歇会儿吧，这样会喝醉的，会喝醉的。"

"我没事！"一杭兴奋地说，"我一直在寻找属于我独有的那个词。就像迷宫之于博尔赫斯，结构主义之于略萨，和谐之于汪曾祺。"一杭舞动了一下手，脸上已经有几分醉意。三毛把玩着玻璃杯，懒洋洋地说："驴子拉磨走了三年还在磨道里转，你的《第三者》，说了这么久，原来还没动笔。"三毛摇摇头，重复着："没动笔。"

"优秀的作品都是岁月酿出来的美酒。人人都能说话，却并非人人都能写作，写作是一项有难度的工作。说了你也不懂，给你打个比方吧，它不像放自来水，想有就有，它是挖井，运气好，一锄下去，泉水就冒出来，运气不好，十天半月也不见一滴水。"

"怕是给自己找借口吧？我看是找借口。"三毛借着酒意挑战他的偶像。

"几年写不出东西也属正常，对待写作要宽容，因为文字太强大了，人类一直想征服语言，但从来没有成功过，文字和人一样，有鼻子，有眼睛，有生命，有七情六欲，它们构成了一个多彩而充满魔力的世界，在这个世界里，人获得唯一真正的自由。所以那么多人喜欢文学，不过，人在驾驭文字的同时，文字也在反抗，所以，成功的毕竟是少数。"一杭摇头晃脑地说。

"我不懂这些大道理，我只看结果，还想着你把我也写进小说，看来是猴年马月的事了，猴年马月啊。"三毛终于说出了自己的失望。

"构思一旦变成文字，就是一次华丽的告别，语言是思想的容器，纷繁的思想，有时像闪电一样冒出来，令人猝不及防，只有一小部分被文字捕捉到，并且固定下来。没有被捕捉到的，就永远消失了。从某种意义上说，我希望我的创作是一个永不结束的过程。"一杭也唾沫横飞起来，照例用白瓷小酒杯从大玻璃杯中提了一杯酒上来，"滋"一声灌进了喉咙。

"你不要说那么多，没写出来就是没写出来。"三毛也喝了一口酒，重重地把杯子放在桌上。

"主要是最近我对构思有些调整，我想把车祸的事件和原来的构思整合到一起，写一部《真相》，我要写一部自己喜欢的小说。"

三毛失去了说话的兴趣，索性双手撑着腮，看着一杭。

2

一杭对于新构思的小说，有一种着魔一般的情感，本来他就一直想尽早完成小说的创作，尤其是三毛的话让他大受刺激。前段时间，虽然在医院里，他仍然没有放下这部小说，一有空，他就思考该如何把矛盾往更高处写，写到山穷水尽，然后再寻一条险道以便峰回路转。他要挑战读者，也要挑战自己。作家不能对自己太好了，否则就出不了真正优秀的小说。

这些年，他读过的书，他写过的文字，他思考过的问题，这时候都纷纷钻进了他的大脑，并在大脑里发酵，像一些散逸的气，被收进了创作的瓶子，并被塑成了理想的形状。

只有在写作过程中，他才感到自己是真正的自己，可以随心所欲，可以天马行空。而这种感觉到来时，他如有神助，一个个文字从笔底蹦了出来，规规矩矩地躺在稿纸上。当终于在被窝里写完最后一个字，他扔掉了只剩一厘米长的铅笔头，兴奋地从床上跳下来，赤着脚在地上跳舞。

一杭终于有了一个儿子，《真相》就是他的儿子。他写了不少所谓的畅销书，都被他打入另册，本书才被认为是他写作之始。《真相》兼纳了《第三者》，是两者结合而孕育出来的。该书的出版一路绿灯，从交稿到出版，不过短短一月。当带着油墨芬芳的书送到一杭面前时，他流泪了。他笔下那些人物就要离开他独自远行了，他虚构的那个世界就要回到各自的虚构中去了。

城郊疏疏落落响起的爆竹声，预示着旧历年行将结束。在新年到来之前的一个阳光灿烂的午后，范坚强邀请了成都的文艺界名流，以及几大报纸的娱乐记者，在锦里一家酒吧为一杭开了一个非正式的新书发布会。

范坚强说要把一杭打造为一颗文学新星，一杭却以为这不过是商人的宣传策略。在范坚强的计划中，仪式的最后是签名售书环节，但在一杭的坚决反对下，被取消了。一杭认识一位落魄的作家，有一天找了几个托儿在新华书店门口搞签售，恰逢以前的房东太太买菜路过，一见他，撸起袖子扒开人群冲上去，当面抓住他的胳膊，说："你欠我三个月的房租还没付就跑了，今天总算让我撞上了你，拿钱来！"作家窘得满脸通红，话也说不流畅了，失声叫道："保安保安，把这个疯女人拖走！"碍于情面来捧场的一杭摇摇头，躲进了人群，发誓以后自己绝不干这种签名售书的蠢事。他连参加新书发布会也勉为其难。

会上，范坚强首先谈了发现这本书的过程，谈了这本书的定位，谈了公司为此书所做的种种努力，谈了公司在后期发行中的种种措施。综合起来就是，长篇小说《真相》的质量是好的，公司的销售力量是强大的，他对该书的销售前景是看好的。其后，专家代表发言。一杭原本想听听专家们的批评意见，却深感失望。虽然在会前已向专家们赠送了签名版的《真相》，但谈到具体作品时，他们大都闪烁其词，以一种放之四海而皆准的美辞套之，其中一些并不适合该书。因为表扬得不是地方，在一杭听来便显得刺耳，甚至陷入了一种嘲讽的尴尬。另一位专家，不满会务组将自己的发言排在最后，拿起话筒对《真相》一句带过，大谈尊重之类的处世哲学，接着又开始为自己新出版的诗集做广告。主持人不得不礼貌地提醒他会议的主题。专家的谈话被打断，更加不悦，拂袖而去。范坚强赶紧去追，绊住一张高凳，高凳旋转了几圈到底没倒下来，范坚强却摔倒在旁边一位女记者身上，吓得女记者一声尖叫。

主持人出来救场，请一杭谈创作感受，却发现一杭不见了。主持人一边稳住场子，一边请工作人员赶紧找人去。原来，从不抽烟的一杭躲进厕所抽烟去了。他不想上台发言。最后，范坚强亲自来请他，他才把烟蒂扔进了马桶，咳嗽着回到会场。

"各位，在创作的过程中，小说是属于我的，我也把自己的感情放了进去。但是，在写完之后，它就不属于我了，它属于大家，属于喜欢它的每一个读者。'小说家是站在作品背后的人'，我并不想以这种方式与大家见面，我更希望用我的作品走进大家，谢谢。"一杭站在一个角落里，并不用手中的话筒，他的声音比较平淡，刚开始时，不少人都侧身回头寻找声音的来源。

主持人笑着，以一种自以为是的幽默语调说："我们的作家一杭先生比较谦虚。不过，酒香不怕巷子深嘛，也许他觉得，优秀的作品本身就是广告。"一杭并不领情："优秀不优秀，我说了不算，大家说了才算，甚至大家说了也不算，时间说了才算。"

"天不言而自高，地不言而自厚，一杭先生追求的是一种更高的精神境界。看得出来，他希望为后世留下拙一点、重一点的作品，这是我们这个浮光掠影的时代所缺少的，也是真正优秀的作品，是历经时间检验而不褪色的作品。"主持人巧妙地化解了一杭扔过来的难题。

"不错，我的一生有两大理想，第一是把母亲从自贡接来和我一起住，好好地孝敬她。第二是写一部伟大的小说，圆一个十多年的文学梦。虽则《真相》是目前我最满意的作品，但距离伟大的小说还很远，连优秀的小说也算不上，所以，有时想想也挺灰心的。但是，有时候我又想，既然是人生理想，就是一生的追求目标，不是三两年能实现的。没有实现它，某种意义上说也算一种幸运，表示你还有奋斗的目标，而奋斗的过程，就是享受的过程，是通往幸福的过程。"主持人的话点到了一杭的敏感神经，让他有了说话的欲望。

掌声。

这时，一杭看到了人群中的雪莹，她盯着他，目光中透着冷浸浸的哀怨，一杭所有的自信瞬间被击穿了。雪莹其实一直不想来参加这个新书发布会，但是，作为工作人员，她又不能不来。而一杭也是希望她来的，希望她从这本书中重新认识自己，重新了解那一场车祸。

一杭写《真相》，本来有一点儿私心，就是要让雪莹看到事情的真相。现在想来，他能如此迅速地完成这一部小说，其实也是急于澄清自己。但是，雪莹一定认为这是他在狡辩了，不然何以会以这样一种眼光看他呢？

看来，雪莹真的希望自己是凶手了。在她的内心，他身上已经被贴上了凶手的标签，恐怕是改变不了的，与其百般抵制它，让雪莹更加反感，不如迎合雪莹，努力获取她的原谅。

这么想着，一杭突然有种自虐的冲动，如果不能得到雪莹的原谅，他的所有行为都是多余的，都是微不足道的。"其实，《真相》这部小说，并非完全杜撰……"一杭停下来，表情痛苦，他把一直垂放的话筒移到嘴边，声音立即响亮起来："……我今天到这里来的目的，是要把一个尘封的真相告诉大家，去年9月9日发生在康平街的那起车祸，肇事者……是我。《真相》是我的自供，是我的忏悔，我，是一个罪人……"

一杭突然朝着雪莹的方向跪了下来，眼眶中泪水模糊。

全场哑然，空荡荡的酒吧大厅里回荡着一杭干巴巴的声音：我是一个罪人，罪人……

3

偶然与真相是两个没有必然联系的概念，当它们狼狈为奸时，偶然说出真相，当它们反目成仇时，偶然破坏真相。

这段时间，一杭常为车祸之事所困扰，但并没有想到会在那样一种场合说出那样的话。他只能理解为，灵魂也有出窍的一刻，人的意识并不总受理智支配。也就是说，在他的新书发布会上宣称自己是逃逸的肇事司机，是一个偶然。突如其来的偶然，打乱了整个会议日程。范坚强大惊失色，拼命示意工作人员把一杭拉走。一杭反而冷静了，打定主意承担一切。这样一想，心里反而轻松了，压抑的情感得到了释放，甚至产生一种悲壮的感觉，那种感觉真是美妙无比，让他晕眩。

范坚强从主持人手中夺过话筒，笑着打圆场："一杭是兴奋过度了，兴奋过度，在说胡话呢。"边说，边掏出手帕擦汗，其实，脸上并没有汗。来宾一阵嘈杂。刚才受了惊吓的女记者站起来表示要提问，主持人看了看她，又看了看范坚强。范坚强向主持人使了个眼色，主持人便对记者视而不见。

女记者便不用话筒，大声问一杭："请问一杭先生，你是说，这部小说是由一件真事敷写而成的？并非绝对虚构？"一杭道："是的。里面的每一个人物都是我，也都不是我。但从我身上，可以找到他们的影子，不管是善的，还是恶的。"此时，全场一片肃静，记者们纷纷在笔记本上做着记录。

"不！他写作太疯狂了，进入了角色还没有完全退出来，他的话是不可信的。"范坚强解释道。记者并不看范坚强，继续问一杭："书中关于车祸的描写是指去年 9 月 9 日发生在康平街的那起车祸？"

"是的，刚才我已经说过了。"一杭淡淡地说。记者笑了一下，说："是的，我只是想再次从你口中得到确认……"

"哟？新闻发布会结束了吗？不好意思，范总，临时有一个重要采访，耽误了，现在才来。"一个留大胡子背着相机的汉子闯了进来。范坚强尴尬地冲他笑笑："是的，胡记者，结束了，大家请回吧。"

刚才那个女记者说："范总，记者提问环节才刚开始呢，怎么就结束了？一杭先生，这么说来，去年发生的那起车祸，真凶一直逍遥法外，而你，就是那个撞人后逃逸的司机？"

一杭犹豫了一下，点点头说是。

"不是！真相不是这样的！不是的！一杭先生，你想毁了你自己吗？你想毁了我、毁了一风公司吗？"范坚强都快成三星堆的纵目人了，歇斯底里地叫道。

刚才进来的记者就是《成都市民报》三大王牌记者之一的胡云贯，擅长做深度报道，外号"胡一刀"。上次车祸的报道就是他完成的。胡一刀与身边的记者耳语了几句，站起来说："一杭先生，去年那起车祸的肇事司机不是已经找到了吗？怎么又出现一位？"

好奇的人静观事态发展，一些人恨不得弄出个大动静，以填充无聊报纸的版面，一些人又事不关己，漠然视之，就像浑浊的水底，不同的人在不同的水层游弋，却又纷纷把目光对准胡一刀。胡一刀赚够了关注的目光，慢条斯理地说："前一段时间，我接到一个爆料，真正的肇事司机已经被警方逮捕了。"

在做了一段时间的"凶手"之后，他已经适应了肇事逃逸司机的角色，尤其是，这个角色是雪萤所期待的角色——一杭认为是这样的。于是，他朝着这个预设的轨道前进，渐渐地，他发现，自己就是肇事司机，自己就是逃逸的凶手了。

现在，他已经做好了准备。那些天，一种勇于担当的、顶天立地的、悲剧式的情绪笼罩着他，另一个灵魂控制了他，在雪萤的眼光逼视之下，他情不自禁地承认自己是肇事司机，他以表演者的心态经历一切。

不过，事情并不以他的意志为转移。他曾经说出真相，但没有人相信那就是真相。现在，他按照某些人的意愿，说自己就是肇事司机，没有想到的是，仍然没有人相信他所说的话。甚至有人告诉他，真相根本不是那么一回事。这就意味着，他所经历的痛苦，所承受的内心折磨，都是自找的。轻飘飘一个结局，就抹掉了一切。他宁肯相信自己是凶手，他按自己设计好的路线一步步地去完成，但生活不按他的设计发展。

一杭感到历经波折，好不容易到了上场表演的时候，却被撵了下来，理由是，你搞错了，你不是我们需要的演员。他陷入了一个别人设计好的玩笑中，命运受人摆布，而他毫不知情，就像是一只玻璃缸中的金鱼。当终于明白，他拼命要抓住的其实是一个错误，他只是做了别人的道具时，已经晚了。那种被戏耍的感觉，突然间从荣誉（其实是虚幻）的云端被踹了下来的感觉，比承担责任更残忍，更让人崩溃。

人生就是一出闹剧。但是，我们往往将它当作正剧演出。

"那个人叫夏冰，他开车撞死了苦根，然后嫁祸于一杭。"胡云贯继续说。

"不，夏冰绝不是肇事司机，他绝不可能是肇事司机！因为那天早上，我正和他在出差回成都的路上。"雪萤冲到主持台前，指着一杭说："他才是真正的肇事司机。"

一杭沉默了，尽管他自己也承认自己是肇事司机，但那是他自己说的，如果这句话出自别人口中，意义又完全不一样了，而出自雪萤口中，又尤其不一样。面对诬陷，他不能坐以待毙，他必须反抗。

"是的，我的确是撞到了苦根，但是，我在撞上他的时候，他已经死了。也就是说，车祸在我撞上他之前就已经发生。"人群哗然。

"狡辩，完全是狡辩！"雪萤怒气冲冲地说。

会场乱成了一锅粥，来宾们纷纷起身离场，没有人听一杭解释，也没有人在意他的解释。在他们眼里，苦根死了，需要有人为此埋单，至于这个人是谁，并不重要。甚至可以说，苦根的死跟他们没有关系，凶手是谁和他们也没有关系。和他们关系密切的是，他们的智商受到了侮辱，这是他们坚决不能答应的。

1

一杭轻轻推开一风公司的玻璃门，一个瘦弱的女子抬起头来，见是一杭，又迅速低下头去。是雪萤，可是，怎么变得如此消瘦？

一杭竟然站在门边，忘了进去。而雪萤，一直呆呆地盯着电脑屏幕，却什么也没有进入大脑。她在想什么？在一杭的意识里，雪萤背叛了自己，然而，现在，他倒觉得自己似乎无法面对雪萤了。

这时，范坚强袖着手走了出来，看见一杭，道："来了？"

"嗯。"似乎怕引起雪萤注意似的，一杭低低地应道。

"把钱领了吧，快下班了。"范坚强提醒道，"完了到我办公室坐一会儿。"说完，转身去了销售部。

"哦，好的。"一杭应着，低头走进办公室，径直去了财务室。财务室吴姐认识一杭，她轻轻把宽大的"V"领毛衣往后提了提，衬出胸前两只快要吹爆的"气球"。一杭似遭电击般弹开目光，眼睛虚晃一枪去了别处，心思却像蚊子的口器，深深地扎进薄薄的毛衣，恨不得吮出血来。吴姐带着自信与骄傲的神气，大大咧咧地招呼："哟，大作家来了，欢迎欢迎。"说着拉了张空椅子过来。一杭心里有鬼，不敢恋战，慌忙道："不坐了，我还有事，领了稿费就走。"吴姐把一杭按在椅子里："不着急。"说完慢条斯理地从办公桌上拿了一张单子，身子贴近一杭，亲热地说："《真相》按8%的版税支付稿费，首印1万册，每册定价26元，一共是20800元稿费，本来要代扣3329．60元的税款，但范总说这本书销得还不错，就象征性地把800元的尾数扣掉，其余税款由公司补贴。"那口气，似乎这是她为一杭争取来的恩赐。

一杭不喜欢这种感觉，偷看了旁边几位工作人员，他们约好似的埋头工作，根本不往这边看一眼，一杭淡淡地笑笑，轻声说："谢谢！"

吴姐向一杭眨了一下眼睛，神秘地说："不过，这是特例，不要告诉其他人。"

"好的。"一杭突然觉得两只"气球"已经没有质感，对此毫无兴致了。

"之前，范总已支付了你一万元订金，现在还要补一万元，你点一下，看对不对。"吴姐虽然胖，却还走出了模特步子，她打开保险柜，从中取出一摞未拆封条的钱递给一杭。一杭也没数，装进了随身带的腰包里。

一杭刚要站起离开，吴姐站起来，端着两只"气球"在他背上轻轻地拍了一下，"气球"差不多是放在了一杭肩上，说："大作家，给我签个名吧？"说着，从抽屉里拿出一本崭新的《真相》来，笑得像舞台上的花旦，胭脂粉都要挤落了。

一杭一愣，说："我写的字很丑，还是算了吧？"

吴姐撒娇说："就给我签个名吧，我从来没求人签名送书，但我觉得《真相》写得好，你老是比我聪明点儿，让我猜不到凶手是谁。"

一杭认为应该严肃地、虔诚地对待手上的每一本书，因为那是别人的心血。但吴姐似乎没有这种意识，她那不得要领的表扬，让一杭听得心里很不是味儿，但还是耐着性子赔着笑脸："对不起，我的字写得真的很难看，再说，我没有签名的习惯。"

吴姐的脸马上阴了下来，把那本书重重地扔到办公桌上，说："那就算了！谁稀罕！"

一杭走出财务室后，听到吴姐小声地对旁边一位女会计说："有什么了不起，不就是一个写字的吗？还真以为自己是郭敬明！呸！"

一杭心想，你不是我的读者，也不懂我的作品，我的小说是写给那些真正喜欢它的人看的。我不在乎有多少读者，我只希望有人真正懂它，真正喜欢它。就像有位作家说的，优秀的作品不在于它的读者有多少，而在于喜欢它的读者的喜欢程度。在很多人那里，首要关注的是态度问题，也就是说，吴姐最后所说那句气话可能会让他们生气，但一杭却更看重读者对作品的理解。他不能容忍别人对自己的作品进行无知的曲解。生活中，他遇到很多人，把某某某奉为知名作家，谈起来崇拜得不得了，而在一杭看来，那不过是二三流作家，其知名度一过驷马桥就无人知晓。他搞不明白，为什么那些人的作品还会被追捧。后来他明白，各人的喜好是不同的，更重要的是，很多人的审美还停留于初级阶段，在他们的理解中，那些作品就是优秀的，这是水平问题，毕竟人家不是专家，不能太强求。因此，对于吴姐误解自己的作品，他也能心平气和地接受。

倒是范坚强的两点意见，一杭觉得比较到位，尽管是批评意见，也比吴姐的表扬更让人易于接受，因为，他是真正看了作品，并且了解作品的。在接下来的半个小时里，一杭在范坚强办公室里，聊《真相》的发行和零售商的一些反馈情况。范坚强拿起一本翻得发毛的《真相》，偏头问："小说出来以后，有没有总结一下？"

一杭承认，还没有。

范坚强说："就小说本身而言，总的来说不错，但也有几点不足。"范坚强放下书，瞥了一眼电话机，伸出一根指头在电话机下抹了一下，觑着眼睛看了看沾在上面的一层细灰，对门外喊道："小陈，我给你说过多少次了，做清洁不能留死角。"

陈前台慌忙跑进来，把办公桌又仔细擦了一下。范坚强冲着她出门的背影摇了摇头，继续刚才的话题道："我是外行，随便说说，说得不对你不要介意。"

一杭笑着说："范总虽然不搞文字工作，但多年与文字打交道，对文字自然是敏感的，愿意洗耳恭听。"

范坚强站起来，说："咱们到'厕所兔'喝杯小酒，边喝边说。"

第一次去藏在小街背后的"厕所兔"，就是范坚强带的路。那是他们第一次合作，一杭为范坚强的一风公司改一本童话，说好三十元一千字，六万字一千八百元，书出来后却只给了一杭一千元稿费。范坚强请一杭到这里来喝了几瓶啤酒，算是补偿。

进四合院需要爬一段长长的青石台阶。台阶两侧，种了些叫不出名的花花草草，以及香葱、蒜苗、鱼香之类的调味品。花盆看上去有些年月了，湿漉漉的，绒绒的青苔缝合了花盆与台阶之间的空隙，似乎花盆不是放在上面，而是从台阶上长出来的。小院里的葡萄架下摆了三张桌子，已经坐了两桌，正吆五喝六地猜拳。范坚强和一杭坐了剩下的一张，在等上菜的时间，一杭抬眼望向来路。

那里，是条仅容一人通过的小路，夹在两座低矮的串架壁房屋之间。酒足饭饱的胖子，侧身从墙壁间的缝隙穿过，像几只圆肚蜘蛛贴着墙爬行。"蜘蛛"们挡住了一杭向外张望的目光。

一杭的目光扫过台阶两侧湿漉漉的花盆、窗台上软体钟似的新鲜橘皮，最后落在门与窗之间那个缺角的大石缸上，缺处反扣着一把底部开裂的木瓢。石缸外面的凿槽细细的，很匀称，如同工艺品，一些青苔和蕨类爬上去凑趣，却成了工艺品的一部分。石缸里养了几尾红色的金鱼，金鱼在曼妙的水草间穿行，绿幽幽的水便荡起一圈圈细纹。一杭将一个小纸团扔进石缸，一条混迹其间的鲫鱼受到惊扰，猛地剪动板斧一样的大尾巴，在缸底腾云驾雾。被搅乱的细泥，像水下喷泉一样在水面翻动。

范坚强把手指在桌上轻叩着，说："《真相》写得不错，但还有一些不足。"

一杭的目光收回来，看着他。

范坚强说："我以为，好的小说就像搭积木，搭积木的快感就在于不断把积木堆高，越堆越高，越高越危险，最后'轰'的一声全部倒掉，那一刻最舒服。《真相》写了一个螺旋上升的故事，有一定高度，但还不够，完全可以把'真相'的积木再堆高一点。写作难度不够，造成了小说的高潮还没有真正到来。你觉得我这个说法对不对?"

一杭说："范总说得有理，我在写作的时候，对自己有一些得过且过的放松，没有严格要求自己，导致作品的深度不够，看来，对自己不能太好，太好就是对作品的不负责，也是对自己的不负责。"

范坚强说："还有一个问题，是关于剪裁的。有一幅叫《冬吟》的雕塑给我很深的印象，表现的是一个低头吹箫的女孩，夸张的头发披散下来，右手五根手指，从虚空中伸出，没有手臂，没有手掌，只五根干净利落的手指分别把在长笛上。所有繁文缛节都省略了，焦点集中在那五根手指上。而所有被艺术家省略的，最终将在我们的想象中得到还原。小说的剪裁，其实也是一种省略，省略次要的，突出主要的，《真相》有一个毛病，比较琐碎，其实，有些内容可以大刀阔斧地剪掉。"

第 十 章

1

商人没有感情，只有利益。

这句话不对。

一杭在接到老家来电时，正在同范坚强喝酒。听说母亲重病躺进了医院 ICU，一杭立即向范坚强告别。范坚强原来想亲自开车送他，却因为喝了酒，便打电话把墨镜男找来，开车送一杭回老家。

"请上车！"一辆黑色桑塔纳 2000 停在一杭面前。这辆车怕是有些历史了，但生性节俭的范坚强却舍不得换掉，车里很整洁，一尘不染。一杭钻进车里，赔着笑："先把范总送回家。"范坚强一挥手："你们先走，我打车回去。"

在车上看到范坚强远去的背影，一杭突然有一种错觉，那个背影似乎是自己的父亲。

他懂事起就没有见过父亲，据说在他一岁的时候就离开了，从此再无消息。他曾经采访过著名小提琴家盛中国，盛谈到一个让他记忆犹新的画面：一个下雪的冬天，屋子里生着炭，炭火很旺。他在炭火边练琴，身着长袍的父亲坐在旁边。后来，父亲在手摇式留声机里放起了梅纽因等国外小提琴大师的音乐，摸着他的脑袋，温情脉脉地说："好好练习，将来你会拉得和他们一样好。"一杭从来没有体会过这种父爱。家里的相框里，有一张一家人的合影，但坐在左边的父亲被剪掉了，只余下一只搂着一杭幼小肩膀的手。他曾经写过一个短篇小说《我是谁》，故事是虚构的，但对于父亲的渴望却是真实的，是他内心的一种呈现。小说就是追求一种镜子里的真实。

父亲杳无音讯，如今母亲又病重，一杭的心空落落的，像一片飘荡在大海上的羽毛，无所依凭。二百多公里的路那么漫长，还不到资阳，还不到资中，还不到内江……漫长的两个半小时过去，终于过三多寨，进入自贡地界了，一杭有种心跳的亲切感。

墨镜男将一杭送到了医院。一杭跳下车，急匆匆跑向电梯，与一个举着相机的清瘦男子撞了个满怀，男子踉跄斜退几步，眼镜摔落在地，如果不是被身后的人挡了一下，人怕也摔倒了。此人有点儿面熟，大脑里一时又"百度"不到他的详情，一杭欠了一下身子，表示歉意。后来他才知道，那个与他相撞的瘦得可以扮演长征途中的红小鬼的男子，就是《出轨》的作者李华，他在医院里拍照摄像编内刊，以获取必要的生存资料。他所不知道的是，李华将根据他的《真相》写出一部《致命的爱》。作品的流传是他的最大心愿，不在乎有人剥夺了他的署名权，《金瓶梅》的作者至今不是众说纷纭吗？人类历史上那么多优秀之作都出自无名氏之手，当后人享受其艺术成果时，他们从不曾由坟墓里跳出来声称自己拥有对作品的处置权。作品一经问世，就成公共产品了，不要太在意作品本身之外的东西。所以，即使他知道那个流星一样与自己擦肩而过的文学青年盗用了自己的构思和文字，他也绝不可能兴师问罪。

ICU 的门紧闭着，一杭摁了一下门铃，一位穿浅蓝色衣服的护士开了门。一杭说："我是江惠兰的儿子。"护士把他让进门，递过来一件隔离衣和一双鞋套。"你母亲摔倒在家门口，一个路人发现了她。你母亲病得太重了，送来后，我们全力抢救，但是很遗憾……你去看看吧，注意保持安静。"

一杭在护士的带领下来到母亲的病床前，母亲的头上缠着绷带，并用网状的头套固定着，这让一杭想起小时，母亲用网兜装西瓜。母亲眼睛紧闭，靠呼吸机呼吸。一杭走过去，蹲下身，轻轻地握着母亲冰凉的手，母亲动了一下，吃力地睁开眼，想做出一个笑脸，但嘴上套着吸氧面罩，没成功。"妈！"一杭压抑着哭声低低地叫了一声。母亲用力握了一下他的手，张着嘴想说话，面罩像一个漏气的气球，一鼓一瘪的。"医生，医生，我妈好像要说话。"医生取下面罩，一杭把耳朵凑近母亲的嘴。母亲微弱的声音伴着粗重的喘息传来："我……"喘息越来越急促。一杭说："妈，您有什么吩咐？"

"你……爸爸……"母亲的胸脯剧烈地起伏着，"……这个、这个……"她指了指床头柜——那里放着一个塑料袋，里面是一张发黄的剪报，以及一块玉佩。她告诉一杭，这是她托一位远房亲戚从家里带来的，可能会帮助他找到父亲。说完安静地闭上了眼睛。

"妈！妈！"

一杭一直想好好对母亲尽孝道。可是，他始终在文学殿堂的外围兜圈子，好不容易靠改编童话过上稳定日子，却没余力把母亲接到成都去。

本来，他曾经有机会与母亲一起在成都生活的。但是，敏感的母亲放弃了这个机会。事情是这样的。母亲第一次来成都时，穿了一件新衣服，一杭发现没剪吊牌，就说，要是让别人看见会笑话的。母亲却告诉他，这衣服是跟一位开服装店的表亲借的，回去要还给表亲。一杭当即一剪刀把吊牌剪了，母亲吃了一惊，沉默了。第二天，母亲跟他去市场买菜。他想买点蒜薹，摊主都秤了，母亲却不要，说价格贵了，一斤少两毛钱，摊主很不高兴，到底还是答应了。一杭付完钱准备离开，母亲又说秤比较平，欠点儿斤两，趁摊主不注意，从菜摊上抽走了一根蒜薹就走，摊主生气地追出来。一杭脸都红到脖子了，忙悄悄塞了一块钱给摊主，摊主才不追了，嘴里却还骂骂咧咧的。一杭尴尬地跟在母亲身后，一言不发。回去时路过一家卖橘子的小摊，母亲心血来潮，想给儿子买点儿水果。她一问价格，眼睛都瞪圆了："什么？五块钱一斤？抢人嗦？我们老家，拳头大的橘子才卖一块钱一斤，你这个指头盖大，还卖这么贵，是不是欺负我乡下人不懂哦？"摊主说："这是金橘，品种不一样！""品种不一样，还不都是橘子，我没吃过猪肉还没见过猪跑？"一杭轻轻拉了她一把，说："妈，看橘子不能只看个头，要看味道，您不是常教育我看人不能只看外表，还要看他的内心吗？"母亲摇摇头："算了，还是不买了，丁点儿大的橘子有啥吃头，除了皮就只剩下核了，我一口能吃十个。"

以后，一杭便不要母亲跟自己一起买菜了，只让她待在家里。母亲闷得慌，话也少了，总是担心做错事一样，只是默默地找事情做，不是把已经擦得锃亮的窗玻璃再擦一遍，就是把才换不久的床单拆洗了。似乎只有这样，她才感到自己存在着。有一次，一杭回家便闻到一股刺鼻的怪味儿，立即冲进厨房，母亲正弯下腰盯着燃气灶，左看右看。原来母亲试着开天然气做饭，却不知道开火时要把开关往下按，气是通了，却没有火。一杭"啪"地合上开关，把所有门窗全打开，怒气冲冲地说："不是让你别做吗？这是天然气，会中毒的，出了事怎么办?!"这样的话说得多了，语气就不耐烦起来。以后，母亲便不做了，端张凳子在窗前坐着，两眼空茫，一坐就是一天。

"我想回去了。"那天，一杭从一风公司签了一个写作合同刚回家，母亲站起来，轻声说。她终于决定要回去了，一杭亲手毁掉了自己一生捍卫的亲情，不知道该怎么回答母亲，只是吐气般发出"哦"的一声，似乎一切都在他的预料中，但又有些意外，有些说不出口的难受。

"我都走了两个多月了，我种的豆子怕要烂在地里了。"母亲尽量轻描淡写，像是在解释，她的离开与一杭无关。一杭把合同扔在床头，坐在床沿儿不吭声。母亲站在门口，依着门框看着他。一杭避开母亲的视线，说："你下周回去吧，这几天我带你到附近到处看看。"母亲说："也没啥看头，不要花冤枉钱。"一杭想了想，说："那去天府广场看看吧，看看毛主席，来一趟成都不容易。"

"还是……算了吧，我明天就回，东西都收拾好了。"母亲瞟了一眼客厅里的塑料编织袋，继续说："我不在的时候，你要照顾好自己，身体是一切的根本，你胃不好，早上一定要吃东西，不要喝那么多的酒；天气冷了，要注意加衣服，不要感冒了；你晚上看书，不要太晚，你现在人年轻扛得住，等你老的时候，所有报应都来了；你从小就头疼洗衣服，不如买台洗衣机吧……"母亲被压抑了许多天的舌头复活了。

一杭送母亲去火车站，他提着包走在前，母亲走在后，都没有说话。到站台了，母亲接过一杭手中的包，说："我走了，你好好保重。"母亲一颠一颠地向火车走去。

如今，母亲再也不能去成都了，哪里也去不了了。此时，一杭那种悔恨，无法用言语表达。他压抑着哭声，看着护士给母亲穿衣服，又拿一张蓝色塑料纸，轻轻盖在母亲脸上，用一辆平车把母亲推出了病房。而他，站在一旁，像个局外人。

2

　　母亲埋在老屋背后的一块荒地里，旁边有一丛芭蕉和一些草药。母亲的坟前，残留一堆被细雨浸湿的灰，夹杂没有燃尽的星点纸钱。烛油沿着竹签流下，竹签上留着暗红色的印迹，一些烛油则凝在刚刚长出来的新草上。一字排开的三支香只剩下三断细签，其中一支还残留着一条卷卷的黑色鼠尾。

　　一杭在旁边点燃了香烛和纸钱，默默地看着它们燃烧。人是很贪婪功利的动物，付出很少一点，就希望得到别人涌泉相报。尤其是在祭祀上，体现得更深刻。三根香，一对烛，几张纸钱，却要求九泉之下的先祖保佑自己大富大贵，身体健康，子孙平安，是不是有些过分呢？在母亲的新坟前，一杭没有请求庇佑。一个死去的人，能给予活人什么庇佑呢，她连自己都庇佑不了。

　　一杭独自坐在母亲的坟前，小心地展开那份发脆的剪报，一篇题为《爸爸，我知道您会回来》的散文，勾起往事。文章是一杭读小学六年级时写的，后来在区报上发表，作家梦也由此播下。

　　爸爸，我知道你会回来。
　　所以，一有空的时候，我就坐在山顶那块光滑的石头上，向着远方张望。爸爸，我看到村口有一个瞎眼的老婆婆，无论刮风下雨，她总是坐在门边，眼睛向着村外的方向。她看不见，但她的耳朵长了眼睛，她能听到

188

每一个过路的人，听到他们在她的门前停下来，听到他们在她房前的树下休息。她告诉那些路过的人，她在等她儿子。有一天，我问瞎眼婆婆，你儿子回来了吗？她说，他会回来的。她告诉每一个人，她儿子会回来。

我也对我的伙伴们说，你会回来的。爸爸，你会回来的，对吗？你一定很想看到我，很想看到妈妈。妈妈很辛苦，要做农活，还要照顾我。可她从来不抱怨，虽然每次说起你的时候，她都骂你死了。但是，我相信她也是希望你回来的。你回来吧，你回来妈妈就不会再遭人白眼，你回来我就不会再受人欺负。

爸爸，我快十二岁了，本来应该读六年级的，可我现在坐在四年级的教室里。因为我常常在上课的时候想你，还常常逃课，没有人知道我逃学的原因，妈妈我都没有告诉她。每次想你的时候，我都跑到村口那个山顶上去，每次遇到什么伤心事的时候，我也跑到山顶上去，我想你会从那里回来，我想你会听见我说的什么。

爸爸，你回来的时候，我还能认出你吗？除了一张看不清你样子的照片，我真的对你没什么印象了。我照着那张照片一次次地画你，但每次都画不好，都觉得画的不是你。不知道你现在还穿中山装吗？是不是还喜欢戴帽子？其实，你戴帽子一点儿都不好看，真的。我的头发又黑又密，我想你的也是。这么好的头发怎么可以用帽子遮起来呢？你要是也像我们的班主任方老师那样，梳一个分头就好了，我敢说，一定很帅。

爸爸，你长胡子没有？有一个大胡子照相师曾经来我们这儿，他是我见过的第一个陌生人。他第一次来村子的时候，我还以为是你回来了。那天，我远远看见他，不知道怎么就跑上去，问他认不认识华三。我很希望他说认识，但他说不认识。还反问我认识吗？呵呵，他问我认识华三吗？你说笑不笑人？不过，我还是很喜欢他，他有很粗很黑的胡子，看上去特别威风。用那胡子扎一下脸一定很舒服吧。爸爸，你也要为我留一副大胡子。

爸爸，他们都不和我玩儿，他们说我没有爸爸。我只和瘸子叔叔玩儿。瘸子叔叔对我很好，他从不欺负我，只有他一个人相信你会回来的。他经常做鱼给我吃，吃完还让我带些回去给妈妈吃。但是，他有一次太过分了。他居然让我叫他爸爸，他想用一条鱼就把我收买了，真是做梦。

说到做梦，前一段时间我梦到你回来了，骑了一匹枣红马。我梦到你把我抱上马背，然后朝村外跑去。爸爸，答应我，如果你真要带我走，就把妈妈也带上吧。我不想离开妈妈。妈妈对我很好，别人送她一颗糖，她也会给我带回来。吃稀粥时，她总是把稠的舀给我。收玉米时，她总是给我砍好多很甜的玉米秸回来，自己却一根也舍不得吃。我很少吃甘蔗，但有玉米秸吃我很满足。不过，我又宁愿不吃，因为只有不结籽的玉米秸才会甜，我希望我们家的玉米棒子长得都比筷子长。

爸爸，最近我很烦。先是连降两级，接着还差一点儿就被学校开除了。这件事情很复杂，你回来我慢慢告诉你好吗？你一定要回来，我有好多话要对你说。只要你回来，一切都会好起来的。我会好好读书的，我一定不会给你丢脸。

爸爸，再过几个月就过年了，我希望你在过年前回来。那时候我会到村口来接你的。你回来的时候记得带几张红纸，我想自己写一副对联，贴到我们家的大门上。别人家过年都贴对联，还放鞭炮，就我们家从来不贴，妈妈也不买鞭炮。过年家里冷冷清清的，草草吃完饭妈妈就让我上床睡觉了。今年我一定要要到很晚才睡觉，我要等夜里十二点的时候放完鞭炮才睡。咱们也放一挂两百响的鞭炮，电光炮，很响那种，很远都能听到。到时候你来放鞭炮，不过，让我来点火好吗？我不怕，没事，我不会伤到手的。还有，我们也要包饺子吃。永胜说他们家每年初一天早上都吃饺子，他说他一顿要吃三十个。我也要吃三十个，不，我要吃四十个。对了，爸爸，你能告诉我什么是饺子吗？

爸爸，我等你回来，从现在开始就等你回来。

我一直都等你回来，一直。

重读二十年前的作文，一杭泪流满面。剪报里，还夹着一张照片：一杭坐父亲和母亲中间，但右边的父亲被撕去了，只留下半条胳膊。父亲在他，是一个谜，一个梦境。

3

事情正朝着设计的方向发展，就像一列严格遵循时刻表的火车。然而，即便是最先进的动车也有脱轨的时候。事情发生了一点儿小意外。小概率事件往往成了常态。

在一间茶房的雅间里，他背门而坐，进来的人，只看到他清瘦的背影。一个光头男子轻轻推门进来，颈上戴着小指粗的黄金项链。因见他正躺在椅子里闭目养神，便悄悄地垂手立在一边。半响，他醒过来，光头男弯下腰，客气地叫了一声："老板！"

那人朝对面的椅子挥了挥手，示意来人坐下说。光头男轻轻拉了拉椅子坐下，神色忧郁地说："老板，那个守厕所的老头儿现在恢复得不错，听说快要出院了。"

被称作老板的人抬了抬眼皮，不动声色地问："还有多久？"

"没敢多问，怕医生起疑。现在已经拆了线，估计再过两三天就出院了。"光头男注意着老板的表情。那人"哦"了一声，轻轻啜了一口茶，说："等他出院，你就叫他离开这个地方，永远不要回来。"

"为什么？他留下来不是可以给您做证吗？"光头男有些疑惑。

那人脸上掠过一丝冷笑，没有搭理光头男，"凡事总有两面性。"

光头男不是太理解他富于跳跃性的话，所以也就没有搭腔。他佩服老板，除了有钱，他还能牵着别人的思维走，并且他的思路，有一些你能明白，有一些，你永远想不明白，越是想不明白，越是觉得这人高。他轻轻地吹了吹茶上的茉莉花瓣，抿了一口，把茶杯放在桌上，掏出纸巾擦了擦嘴，淡淡地说："我本来是想除掉他的……"

光头男有些不解地看着他，他总是跟不上老板的思路，有时慢半拍，有时慢一拍，有时慢得不能以拍来计算。"老板，您的意思是？"

"今天他可以指鹿为马，明天他就能指马为鹿，只有死人才不会朝三暮四。"他轻轻地合上眼睛，意味深长地笑着。

"那还不简单，我去把他做了！"光头男想站起来，他止住了，"坐着，不急。"他轻轻地捋着下巴上稀疏的胡须，"凡事要沉得住气，夏冰输就输在沉不住气。"

"那需要我们做些什么？"光头男问。

"静观其变吧，如果我们现在出手，等于惹火上身。现在人们都认为夏冰想杀他灭口，我们就不要蹚这趟浑水了。"那人一挥手，光头男便退下去了。

1

挣什么钱都是有风险的，挣钱越多，冒的风险越大。核桃脸胆子小，命里注定不是挣大钱的人。这次损失惨重，身体受痛不打紧，钱像水一样哗哗往外流，叫人心疼。不行，这笔账得算到那个人身上。核桃脸想等自己出院后再联系那个人，那个人的电话却打来了。核桃脸从枕下摸出手机看看是个陌生的手机号码，便知道是他打来的。他很少和自己联系，核桃脸要找他的时候，也只由他手下的人带话。

那人直截了当地问："伤好了吧？好了你该离开了。"

核桃脸夸张地叫苦："老板，伤还没好呢，这次我为您两肋插刀，差点儿送了命，那小子威胁要灭了我，我还是咬着牙没说。我对您真是一片忠心，老板您是不是该有所表示呢？"

"会的，一定会有表示的。"对方道，语气有点儿怪，猜不出电话那头的样子。

"钱不要多了，给个……五万吧。以后咱们就两清了，拿了钱我立马消失，再也不问您要一分钱。"核桃脸本来想说两万，话到嘴边，突然又觉得两万太少。这可是一锤子买卖，以后不能再找他了，兔子急了还要咬人呢。

"怎么？多了？"见对方没有应声，核桃脸怯怯问，随时准备把金额降下来的语气。

"你知道你最大的缺点是什么吗?"对方道。

"不知道。"核桃脸不知道对方葫芦里卖什么药,只好如实回答,看他下一步说什么。

"你太贪婪了。"对方一字一顿地说。

核桃脸反倒笑了:"这个社会还有不贪的人吗?贪是优点,不贪您能有现在的成就吗?您开公司为什么?还不是为了钱,还不是一个贪字?"核桃脸很得意,觉得自己把人生看透了。

"再多的钱,也要有命消受才行。"对方说话决不拖泥带水,三两句把事情说透,老板就是老板哪,核桃脸不得不佩服,但这句话让他一时没接上茬儿。

"什么?您说什么?"核桃脸把手机往耳朵上贴,把耳郭压成了一张纸,不相信对方会说那句话似的。

"你好自为之。"听口气,对方要挂电话了,核桃脸急了,大声说:"老板,等等,钱的事怎么说,什么时候送过来?"电话里却传来嘟嘟声,核桃脸撇撇嘴,手握手机倒在病床上。

什么意思?好自为之?有命消受?他想干什么?那些刚才不明白或者不太明白的话重新涌上脑际,他喜欢把一切都想明白,不想明白,心里老是惦记着。核桃脸突然想起了给他送钱时那个瘦高个冷冰冰的样子,大惊,不会是要对我下手了吧?核桃脸额上开始冒汗。他想起电视里看到的,蒙面人到医院里,把心电监护啊什么的仪器管子一拔,用枕头捂住病人的嘴,几分钟,病人就死了。

核桃脸挣扎着爬起来,开始收拾东西,护士看见他下床活动,责备他不该乱动。他说他已经没事了,要出院。护士告诉他,办理出院的财务科工作人员已经下班了,明天早上才能办理手续,不过,能不能出院,得看病情,医生才了解情况,出院证明他们才能开。核桃脸心想，不就是想多收些钱吗，明明没事了，还不让出院，他说："谁也没有我自己了解自己的身体。"护士却不管他，扶着他上了床，把医生开的一瓶液体挂上，说："你早点儿休息吧，输了液好得快。"

"我不能睡，有人想杀我。"核桃脸面露惧色，张着深井一样的嘴，把"杀"字说得很重。

"呵呵呵，这是医院，你是不是——"本来她想说是不是撞坏了脑子，话到嘴边，改成了"你是不是想得太多了？"

核桃脸知道跟她说什么也是白搭，索性不说了。心想，那就等明天吧，明天一早就找医生开出院手续，不能再待在这里了，这里不安全。他现在真不知道哪里才是安全的，对于他来说，他的一切都掌握在那个人手中，他像孙猴子一样，跳不出如来佛的手心。如果那个人愿意，杀死他，就像捏死一只蚂蚁。

核桃脸一晚上睡不着。

5

母亲死后，一杭情绪一直比较低落。如果不是为了所谓的真相，也许他不会离开病中的母亲，母亲可能就不会出事。而自己拼命得到的，可能是一个错误的真相。雪萤的话开始受到他的重视，车祸那天，夏冰和雪萤在回成都的路上，他怎么可能是肇事司机呢？如果雪萤说的是真的——一杭相信雪萤，她不会说谎，那么，唯一的解释是，核桃脸被人收买了，夏冰恰恰是被他诬陷的对象。夏冰受了诬陷，一怒之下，才去找核桃脸并与他发生冲突。

一定还有一个人，躲在暗中，操纵一切。但这个人是谁呢？

他为什么要陷害夏冰？而夏冰，为什么又要要挟我？当《真相》完成之后，他便没有什么事情可以做了，除了继续寻找车祸的真相。

他可以向雪萤承认自己是肇事司机，但他自己，需要给自己一个答案。一个真正的答案。他想，等几天他就回成都，他要找核桃脸好好谈谈，这个人，将是解开疑团的重要线索。但是，他已经没有机会了。

获知真相，也可能成为一个不幸。春节期间，医院里的人比较少，病房里，很多病情较轻的，也都办理了出院，谁也不希望春节待在病房里。核桃脸闭着眼睛打盹儿，远处传来烟花爆炸的声音。

轻轻的脚步声传来，核桃脸睁开眼来，神气慌张，却赔着笑问："兄弟，你今天怎么穿一身白大褂？是不是老板让你给我送钱来？"

"老板让我来送你上路。"来人戴一副墨镜，低沉地说道。

"上路？不是说今天出不了院吗？"核桃脸双手撑着床沿，想爬起来，一种不祥之感升腾起来。

那人迅速卡住他的脖子，从核桃脸身后拖出枕头，捂在他嘴巴上。核桃脸双手在空中抓了两下，腌肉似的脸上第一次出现了红晕，喘息粗重，腿在床上蹬了几下，不动了。那人试了试核桃脸的鼻息，把被单整理了一下。一名护士走到病房外，那人慌忙从白大褂里取出听诊器，背对着门假装为病人听心跳。

"王医生。"护士叫道。

那人未作声。

"王医生？"护士轻轻将门推开。那人一只手握着听诊器，一只手悄悄伸向腰间。"在做检查啊，不打扰你了。"说完，轻轻关上门走了。那人迅速收起听诊器，轻轻走到门边，把门拉开一道缝，向外张望。护士站有一个新病人正在办入院手续，另一个护士匆匆忙忙推着治疗车去了另一间病房。他脱掉白大褂，戴上一副墨镜，在头上戴上一顶鸭舌帽，把帽檐拉得很低。

他走到电梯口，抻了抻衣服下摆。电梯门打开了，一个男子从电梯出来，看了他一眼。他迅速低下头。电梯里出来的人是一杭。

一杭走了几步，再次回头看了看，觉得这人好生面熟，一时又想不起在哪里见过面。电梯还在上行，墨镜男低头看着电梯层数显示，不动声色地等着，目光却悄悄瞟向一杭。

一杭走到核桃脸所住的病房，轻轻敲了一下门，无人应声。再敲，仍没有动静。他推门进去。核桃脸安静地躺在床上，一脸青紫，手脚微凉，已经没有鼻息。

"医生！医生！病人没气了，快来人哪！"一杭大叫。穿白大褂的医生立即进来，给核桃脸做心肺按压，护士立即给予心电监护。五分钟过后，病人的心跳还是一条直线。麻醉科医生赶了来，行气管插管，人工辅助呼吸。但是，病人一点儿反应也没有。半小时后，医务人员收拾抢救器材，宣布病人死亡。

第十一章

1

　　雪萤在城隍公寓租的房子，在五楼。在这一幢楼里，她只对两家人有印象，一个是楼下的母女，一个是对门那家人。

　　晾晒衣服时，有时会不小心洒下一些水到楼下，溅到楼下的晾衣竿上。楼下那家女主人便"蹬蹬蹬"地冲上来敲门，大声指责雪萤。晚上，雪萤也经常听到她斥责女儿学习不用功、弹琴不努力的声音。女儿总是一声不响，也从来没有听到过男人的声音，不知道是在外地工作，还是已经离了婚。多半是后者，谁能忍受这么凶悍的老婆呢？不过，到底是因为凶悍才离婚，还是因为离婚才变得性格泼辣呢？雪萤想不出来。女主人长得倒是顶漂亮的，尤其是一对乳房简直是一堆磁石，把男人目光都吸到了一处。早上她推着自行车出门上班时，身后便有男子加快速度追上去偷看。雪萤回家，曾见一男子不动声色地往她那虚掩着的门里张望。后来有一段时间，楼下传来男子的说话声，那段时间，很少听到妇人骂女儿的声音。但过了两三个月，男人的说话声就消失了，听到的，依然是妇人叫骂女儿的声音。

与雪莹正对门的是一对退休的老夫妻。家里有一个十来岁的脑瘫儿和一只随地大小便的猫。一走到五楼，总能闻到一股酸臭味儿。如果不是嫌麻烦和房租便宜，雪莹可能早就搬走了。脑瘫儿是老两口的孙儿，父母很少回来看他，据说他一事不省，吃饭要喂，撒尿要哄，听到楼下骂人的声音便吓得往床脚下躲。这家人的门永远是关着的。雪莹住了这么久，只看到门开过一次。那天她上楼，听到这家人的门"砰砰砰"地响。半天，一头白发的老太太把门拉开一道缝，说："幺儿，你要去哪里？外面有狼，会把你拖了去。"那孩子瘦得像一张皮绷在骨骼标本上，一件脏兮兮的，显然是大人的T恤罩在他身上，没有穿裤子，光着脚，鞋提在手里，刚才就是用鞋拼命打门。雪莹好奇地看了一眼，老太太见了，立即抱起刚跨出门的孩子进了屋，重重地关上了门。孩子在门内"哇哇"地哭起来，疯狂地捶打木门。

自从夏冰被警察带走后，雪莹就跟范坚强请了假，成天待在出租屋里，实施她的报复计划。当她真正把一杭刺伤后，心里又空空的。她曾经去医院看过一杭一回，但因为看到米拉亲热地给一杭喂药，就匆匆离开了。后来就没去过。现在她想搬家，想换一个生活环境，想忘掉过去的一切。但生活偏偏不如意。一杭给她打电话来了，说是想见见她，雪莹当即加以拒绝。一杭说他必须要见到她，要亲口跟她说一件事。她说："一切都清清楚楚，而且对我来说，什么事都不重要了。"

这时传来敲门声。"我在你门口。"

雪莹放下电话，依然坐着不动。

敲门声继续在响。

雪莹仍然坐着。

敲门声更大了。

楼下那个美丽的妇人开始含沙射影地骂人了。对门那家的门也"砰砰砰"地响起来，也许是脑瘫儿又想着出门了。

雪萤只好开了门，轻轻地摩挲着手，低头不吱声。

一杭的眼泪滚了出来，说："我对不起你……"

雪萤的眼皮翻动了一下，还是不出声。空气快要凝固了。一杭像是自言自语："但是，真不是我撞了你哥哥……"

雪萤呆呆地坐着，一粒晶莹的泪水滚出眼眶。

"我错在没有及时把那件事情给你解释清楚，这是我对你犯过的唯一的错，请相信我，'人并不因为曾经做了罪恶的事而完全是一个魔鬼'。我曾经错了，但我一直努力想弥补自己的过失。当然，如果你想把我送进监狱，我是不会恨你的，就算你杀了我，我也会成全你。"

雪萤想起那次郊游，在城乡结合部被三个流里流气的男子拦住，她被羞辱，一杭为了救她而被歹徒刺伤。可是，当时她想的却是为哥哥报仇。事实上，就在匕首刺入一杭身体那一瞬间，当鲜血迸溅出来，哥哥远去了，仇恨也远去了。

"你走吧。"雪萤终于抬起了头。米兰·昆德拉在《帷幕》中说：对行动的放弃是幸福、平和的唯一道路。

"可能你是对的，但我也没有错。你知道吗？看守公厕的老人在医院被人杀了。凶手真的另有其人，我和夏冰都是受害者，我一定会查出真凶的。"

雪萤定在那里，似乎在听，似乎没有听。

"但是，我很可能也会被灭口。所以，我一定要来看看你，也许，我以后再也没有机会来看你了。"一杭神色凝重地说。

"你走吧。"雪萤打开了门。

2

康平街附近那家公厕，已经换了守门人，是一位六十来岁的老太太。老太太是个爱讲究的人，正在将核桃脸留下的破棉袄、脏被套清理出来，打算将核桃脸的一切痕迹抹掉。

在冬天与春天之间那些含混不清的日子里，乱雨迁延着冬日的寒意。由于连续下了几场雨，核桃脸的被套已经长了黑黑的霉菌。老太太扶着门框，用脚把一团臭烘烘的棉袄掀出了屋子。

突然见一杭站在一边看她忙活，不像要上厕所的样子，便问他做什么。一杭说："我是他朋友，我来拿他的东西。"

老太太警惕地看了他一眼，说："我凭什么相信你。"

一杭笑了："你确实没理由相信我。"

老太太却缓和下来，说："像他那种人，谁愿意冒充他的朋友呢？都巴不得撇清关系。要说图他的东西，可他除了锅碗瓢盆破衣烂裳什么也没有。"

"可不是？"一杭笑笑。

老太太恢复了温和的样子，指着地上散乱的破烂衣服，说："正好，你把他这堆破玩意儿拿走，省得我来处理。"

一杭说："这些东西反正他也用不上了，你看，你要是用得着的，就留下来，用不着的，我把它扔到垃圾桶去。"对于这个建议，老太太很满意，把那台旧电视留下来了，还有一张写字台和一个简易衣柜。"写字台我留下，里面的东西你拿走吧。不过，我没有钥匙，你有吗？"

一杭摇头，想借着锁把板扣拧开，试了试，没成功。老太太从床底下找到一把钳子，一杭接过来，把锁拧开了。里面是一个黑漆漆的小匣子，一杭见过，装零钞用的。一杭说："这个你也留下吧，以后可以用到。"老太太打开看了看里面的钱，犹犹豫豫地说："钱也归我？"一杭点头。老太太赶紧把钱塞进裤兜里，又用力按了按，积极地帮一杭清理抽屉里的东西，生怕一杭反悔似的。

抽屉里，除了一支老式钢笔——可能是从垃圾堆里捡回来的，一瓶新买的墨水，几粒感冒药，一双棉线手套，几张已经挥发得看不清人样的照片，什么也没有。一杭便有些失望。老太太留下了钢笔和墨水，其他的都扔进垃圾桶里了，又打来一盆水，仔仔细细地将写字台连同抽屉抹了一回。

一杭有些失望，但不肯死心。抽屉里为什么会有钢笔和墨水，而且墨水是新买的。如果他记下过什么，他会放在哪里？一杭又到床上翻找了一阵，枕头里，席子下，都找过了，没有找到他想要的东西。

一杭又趴在地上，在潮湿的床下找了找，没有，连一张纸片也没有。最后，他把目光对准了简易衣柜。衣柜上方叠放着几件春衫，下方挂着一件冬天的棉衣，还有一条西裤。一杭搜遍衣服口袋，空空如也。中间的隔板上，也没有。他失望地拉上拉链，快要拉到尽头时，目光无意中瞟到衣柜的顶端，明显有一块巴掌大的地方光线更暗。他有些兴奋地把手伸进顶层挡板，掏出一个小小的记事本。

他本能地感到，这就是自己要寻找的东西。果然，上面写着：

> 9月9日，早上发生了一起车祸，司机撞人后把车开到一边停了下来，一会儿，一辆摩托车开过来，当了替罪羊。

　　11月13日，有个穿警察制服的人来找我，问我关于车祸的事。那个人有白癜风，头发长得很怪……

　　11月14日，肇事司机来找我，给了我一笔钱。

　　11月15日，那个骑摩托车的人来找我，我骗他说我没有看到车祸。

　　11月18日，一个戴墨镜的人来找我，给了我两万块钱，让我告诉江一杭（文字下面加了一行小字：后来我才知道就是那个骑摩托车的人），是夏冰撞死了苦根……我问谁是夏冰，来人说你不用管。我又问到哪里去找江一杭，那人告诉我说：他会来找你……

　　一杭像找到了黄金宝藏一样，将记事本小心地揣起来。时间是一片神奇的酵母，如果当时这个记事本被公之于众，可能会平淡无奇，但是，在被埋没一段时间以后，尤其是很多人已经不能再站出来说话时，它的出现，便有了石破天惊的效果。

　　那个司机是谁呢？那个戴墨镜的又是谁呢？他们之间是什么关系？一杭一时无法想透彻，但不管怎么说，这个记事本无疑是一个重要物证。他怀揣那个记事本，兴奋和紧张得忘记和老太太打招呼就走了。

　　"小伙子，小伙子，这几堆衣服你还没带走呢！"老太太叫住了他。

　　一杭回过神来，抓起门口的两包垃圾朝前面走去，边走边说："我先把这两包扔了，一会儿回来拿剩下的。"

　　当一杭回来时，发现两个男子正在和老太太交谈，一个戴着墨镜，一个是光头。一杭隐隐感到事情不对，忙躲到旁边的一幢小楼后面。这时，两个人急匆匆朝他这个方向走来了，径直往垃圾库走去。

一杭差点儿尖叫起来，那个戴墨镜的男子，正是一杭在高硐医院电梯口碰到的那个墨镜男，当时只觉得面熟，现在他终于想起来了，这个熟悉的身影原来就是范宅里带他去寻范坚强的墨镜男！在范宅住了不久，一杭就回了老家，他们只见过一面。

怎么会是他？他与这起车祸有什么关系？他为什么要杀核桃脸？

身旁的树上，一只不畏寒冷的鸟儿在噪叫。树上飘下一片残叶，同时掉下来的，还有一粒鸟粪。树叶停在脚下，鸟粪落在他羽绒服的帽子里。

3

那天晚上，一杭反复翻看那个记事本。从现在的迹象来看，那个戴墨镜的男子应该就是高硐医院杀人的那个人，他先是收买核桃脸，后来又杀人灭口？他为什么这样做？难道他是真正的肇事司机？

但是，从记事本上的记载推断，肇事司机是另外一个人，否则，核桃脸的记事本上就不应该出现"肇事司机"和"戴墨镜的人"两种说法。排除了墨镜男，那么，真正的肇事司机会是谁呢？也就是说，墨镜男是在替谁办事？

一杭想到在范宅里看到过那个墨镜男，他能知道的，和墨镜男有关系的人便是范坚强了。这么一想，一杭又觉得很离谱。范坚强为什么要开车撞死苦根呢？他没有作案动机。就算是一件偶然事件吧，那他为什么要陷害我？因为我恰好在他之后路过车祸现场吗？似乎说得过去，但是，他既然要陷害我，为什么车祸发生后，又愿意收留我呢？

204

还有，他为什么后来又陷害夏冰？他们之间有什么瓜葛？

一杭的头都裂了，但一点头绪也没有。

脑子里这么乱着，躺在床上怎么也睡不着，索性起床，下楼，打车去了雪萤租住的城隍公寓。公寓大门紧闭，保安亭的灯已经熄了。他非常想将这个消息告诉雪萤，非常希望雪萤能和他一起分析，但他又担心雪萤说他胡言乱语。他徘徊在解放北路光秃秃的人行树下。

早春二月，寒气未消。高大的法国梧桐下，一片随遇而安的小餐馆让孤独的过往行人不禁心生暖意。大街上飘过蒸羊肉的腥味儿，小巷里流淌着煮啤酒的芬芳。一杭闪进街边一家羊肉汤馆，"咯吱咯吱"踩着木梯爬上二楼，点了一份蒸羊肉和半斤羊杂，要了四瓶啤酒，这是他的极限，超过量，就醉倒了。这种天气，啤酒是不能凉着喝的，他叮嘱老板加冰糖、枸杞、醪糟、姜片，将酒煮沸。在等待酒菜的那段时间，一杭从用竹枝撑起的小窗往外看，不时有三三两两醉醺醺的都市夜归人扶肩而过。

热气腾腾的煮啤酒一拿上来，寒意顿时烟消云散。就像一杯劣质的苦艾酒也会催生艺术家的灵感，小店夜啤酒也会激发你对生活的热爱。一杭来了兴致，只是，如果雪萤在就锦上添花了。

时光从指缝间流过，菜已经吃得精光，客人也都散去，夜越发的深了，只剩锅里的羊肉汤还在冒着热气。酒已热了几遍，且又加了两瓶，一杭的兴致越发高涨，只顾自斟自饮。突然传来鼾声，一杭抬头瞥见店小二肩搭毛巾在墙角打盹，便向他招了招手，对方却并无反应。

一杭提了酒壶捏了玻璃杯，跌跌撞撞走到跟前去，倒好一杯酒，递到店小二嘴边。店小二睡眼惺忪醒来，擦擦嘴角的涎水，怔怔地看着一杭，说："我不喝酒。"

一杭热情地劝道："来嘛，喝一杯，暖身子。"

店小二懒洋洋地打了个哈欠，说："我从上午十点忙到现在，你让我休息一会儿吧。"一杭便有些无趣，落寞地走回去，将那一杯酒"噗"地倒在沸腾的锅里。

一杭嘴对着酒壶，将残酒一口气喝光，叫店小二埋了单，挺着肚子扶着楼梯下楼。风一吹，酒劲涌上来，赶紧扶着一棵斑驳的梧桐树呕吐不止。店小二并不关心出门的顾客，"吱呀"一声，将店门关上了。

一杭不想回家，又无处可去，便回到城隍公寓。公寓的大门仍紧闭着，站没站处，坐没坐处。一杭内急，偏偏倒倒走进公寓门口的公厕里，意外发现一张破藤椅，解溲回来，便一屁股坐下去，头靠在扶手上，睡着了。

早市的吆喝声把他惊醒。他去敲雪萤家的门。一连敲了几声，均无人应，只得颓然下楼。途经小区花园时，两只小鸟歪头抓在柳树枝上啼叫春天，细刷刷的柳枝上飞出片片翅状的嫩黄色幼芽。

春天近了。

一杭无端地悲伤起来，给雪萤发了一条短信，简单说了一下自己的猜测，短信的最后，他写道：

　　假如有一天，我们不在一起了，也要像在一起时一样……

1

范坚强突然打电话给一杭，约他去办公室谈合作。就算范坚强不找他，他也要寻个机会去一趟一风公司的。他需要确认，这次车祸事件到底与范坚强有无关系。那些车祸现场的照片，是否就是范坚强拍的？如果是，他就在现场，就有作案的可能。

一杭轻轻推开一风公司的玻璃门，一个瘦弱的女子抬起头来，见是一杭，又迅速低下头去。是雪萤，却变得消瘦不堪。难道她还是不相信我吗？非得有确凿的证据才能洗清我的冤屈吗？一杭站在门边，忘了进去。范坚强的电话让他回过神来，范坚强因临时会见一位重要客户，让一杭在他办公室等他半小时。一杭一听，脸上的阴霾顿时消失得无影无踪。

因为是星期六，范坚强一离开，一风公司的员工便作鸟兽散。范坚强临时交办几份急需文件，雪萤便留下来处理。还有一位陈姓的前台，被要求留下来招呼一杭。见一杭站在门口，她轻轻把宽大的"V"领毛衣往后提了提，站起来把一杭迎进了范坚强的办公室。

一杭在沙发上坐了，陈前台倒了一杯速溶咖啡递给他，然后在一旁坐了。一杭环顾四周，啜一口咖啡，说："美女，你忙你的吧，我坐一会儿就是了。"陈前台笑着说："大作家来了，我可不能怠慢，待会儿范总回来要批评我。"一杭皱了皱眉，瞟了一眼范坚强办公桌上的一只圆形鱼缸，说："我保证，他不会。"

陈前台走过来，看着鱼缸里的三只金鱼，说："这几只金鱼真可怜，从圆形鱼缸中看到的世界会变形，欧洲有国家专门立法要用方形鱼缸，我给范总建议了好几回，他就是不听。"一杭只是嗯嗯嗯地应付着，眼睛在身边的书柜上乱扫。

"金鱼和人一样，都是生命，不能剥夺它们看到真相世界的权利。"一杭恨不得陈前台立刻走人，便说："万物皆有灵，众生且平等。人不喜欢一个环境，还可以离开，金鱼就只能被动地接受人类强加给它们的环境。我看这样吧，你去买一只方形鱼缸回来，咱们直接把它换了。"

陈前台高兴地说："真的?"想了想，又犹豫了，"范总会不会骂我?"一杭坚定地说："没事，到时我给他说，是我换的。"陈前台像只燕子一样飞出了办公室。

一杭舒了一口气，在门边瞭了一眼，迅速拉开电脑桌的自带抽屉，第一格，是几份报表和文件，第二格，是两本政策研究的指南书，还有几瓶治疗高血压和心脏病的药丸，一杭把希望寄托在第三格，但是，里面只有一包长虫的杏仁，刚打开抽屉，一股霉味儿冲出来，受惊的小虫子们到处乱爬。一杭立即关上抽屉，回身在书柜里翻找起来。

厚厚的《圣经》《辞海》，精装本的四大名著，所有他认为可能藏有照片的大部头都翻过了，没有。倒回去，又从一排排的书籍之间走过。突然瞥见一本罗曼·罗兰的《约翰·克利斯朵夫》，这是范坚强很喜欢的一本书，会不会在那里面?他抽出来，刚要翻开，陈前台推门进来。

一杭怀疑而警惕地看着突然闯进来的陈前台，以不变应万变。陈前台扶着门框，神情肃穆地说："江老师，范总真不会怪罪我?"一杭把书合上，说："放心，不会的，快去吧。"陈前台看了看一杭的手，问："江老师您在看什么书?"

"哦，随便翻翻，搞写作的人嘛，就爱看书。"一杭举着书朝陈前台扬了扬。陈前台说："原来江老师也喜欢《约翰·克利斯朵夫》啊，我也喜欢；书的开头我能倒背如流：江声浩荡，自屋后上升。雨水整天地打在窗上。一层水雾沿着玻璃的裂痕蜿蜒流下。昏黄的天色黑下来了。室内有股闷热之气。"

一杭勉强笑了一下，说："你是中文系毕业的?"陈前台腼腆地点了点头。

"看不出你挺有灵气，改天有空我们聊聊罗曼·罗兰。"一杭握着书说。

"嗯！"陈前台点了点头，快乐地消失在门后。

一杭左腿往后退一步，身体后仰，从门缝往外看了看，快速翻看《约翰·克利斯朵夫》。

没有。

《百年孤独》《橡皮》《马桥词典》《人面桃花》，一本一本翻过去，除了一张发黄的景区门票外，什么也没有找到。

这时，一杭瞥见书柜里有一个陈旧的胶卷筒。一杭有一丝兴奋，范坚强极有可能搞过摄影，一般绘画的人都喜欢玩儿相机。那么，他所收到的车祸现场的照片，是不是范坚强拍的呢？而夏冰又是怎么得到这些照片的？

"范总，您回来了？"一杭听到陈前台娇滴滴的声音，立刻把椅子旋回原来的位置，坐到沙发上去，拿起一份当天的报纸假装翻阅起来。

"作家，来，坐上来。《真相》卖得很好，成都几大报纸做了大篇幅报道，你现在是名副其实的名人了，现在我们要趁热打铁，把资源用够。"范坚强有些兴奋地说，"刚才出版社编辑给我打电话，希望能再次合作。"

"哦？可是，写小说不像放自来水，我的生活积累都用在《真相》上了。"一杭努力把心思从证据上收回来，为难地说。

范坚强"哈哈哈"地大笑起来，说："稿子有人写，你只要略做修改就可以了，甚至不用动笔，只需署你的名。"

"这怎么可以呢？君子不夺人之美。"

"现在已经不是凭一己之力就能自给自足的农耕时代了，单凭自己辛辛苦苦码字，一辈子能写几本书？现在讲究团队作战，讲究资源共享。很多图书公司，都有一个写作组，集中力量包装一个作家，大家利润分沾。这是多赢的事，何乐而不为呢？"

一杭不想在这个关键时候和范坚强出现隔阂，或许，通过这种合作，他有更多的机会接触一风公司和范坚强，也就更有机会接触到车祸的物证。但是，他不能表现出太急于合作的样子，以免范坚强怀疑，从而提高警惕。

"那我再考虑一下吧。"一杭喝了一口茶，"今天就不坐了，明天我给您电话。"

"一言为定！"范坚强从办公桌对面伸出手来，与一杭重重地握了一下。

5

我们猜测未来时，未来已经存在。一杭不是没有料到会有人光顾自己的家。相较于买凶杀人，做一回梁上君子已经算得上是文明行为了。一杭将核桃脸留下来的记事本复印了三份，准备寄给报社和警方。他把复印件夹在写字台上那一堆书刊里，原件藏在了床下一双筒靴里。

一杭才进巷口，就觉察到不对劲。一男子坐在巷口一个烧烤摊前，不时喝一口啤酒，眼睛四处打探，那样子好生面熟。一杭出现时，他立即低下头，假意拿起盘里的一个兔头啃起来。一杭什么事也没有发生一样，继续往前走，眼睛往男子方向瞟。那男子侧了身，捂着嘴打电话。

一杭内心有一种莫名的紧张和激动，加快脚步往回赶。在上楼时，与一个匆匆下楼的男子相遇。一杭抬头看了他一眼，对方仍旧低着头，踩着碎步下去了。一杭突然想起，这个人就是晚他一步到康平街公厕的男子，他一定是冲着核桃脸那个记事本来的。

一杭迅速上楼。开门，直奔床前，蹲下身子，从床底拉出一

210

双筒靴，伸手去摸。记本事还在，心里暗松一口气。他又到写字台前，在那堆书里翻找，复印件也还在。

6

一杭答应与范坚强合作。范坚强说让陈前台把书稿打印出来送到一杭家里。一杭说，反正自己没事，不如自己到办公室来取，甚至就在一风公司审稿也行。范坚强便腾出一间小库房当作一杭的临时办公室。

一杭天天到办公室，比真正的员工还积极。他一直在寻找机会。一个周六，范坚强离开办公室后忘了关门。陈前台正要去帮他锁上，一杭说："等下我来锁吧，我想查份资料。"

陈前台热情地说："江老师，您要什么资料，我帮您找。"一位同事在叫她，她转身说："马上，你在楼下等我一会儿。"

一杭趁机说："你走吧，我自己找就是了。"

陈前台想了一下，便去追那位同事，路过销售部时，望见雪萤还在打电话，便说："雪萤，下班了哦。"

"你先走，我还要处理点儿事情。"雪萤捂着话筒笑着对她说。

一杭见陈前台出了门，便悄悄溜进范坚强办公室，轻轻掩上门。

他急切地在书柜里翻了一会儿，没有找到冲洗出来的照片。又拉开所有的抽屉，还是没找到。

现在一般都使用数码相机，照片会不会存在电脑里？一杭一屁股坐在桌前的旋转椅上，脚一点，椅子转了九十度，身子从面对办公桌变成了面对电脑桌。他试着打开范坚强的电脑，居然没设密码。

一杭捏了捏右手指关节，迅速地点击鼠标。他眼睛盯着屏幕。一个文件夹，又一个文件夹。没有，还是没有。他左手在嘴廓和下巴上揉面团，拧出各种滑稽造型，不时低头看时间，不时又抬头看门外，额上浸出一层细汗。

7

"你是不是有什么心事？还逛街不？"同事问陈前台。

陈前台说："范总的办公室没锁门。"

"你没给他锁上吗？"

"本来是要锁的，范总说过，没有他的同意，谁也不准进他的办公室，可是，江作家说要查一个资料……"

"应该没事吧，范总对江作家挺好的。当然，也说不准。"

"是呀！"陈前台叹口气，"我还是给范总打个电话说一声吧。"

8

终于，一杭找到一个文件夹，里面是 9 月 9 日车祸现场的照片。一杭快速浏览了一下，大部分是自己蹲下身拿手去试死者鼻息和骑车"逃离现场"的照片，并不能帮他洗脱嫌疑。他希望找到一张，他到达现场时死者已经躺在地上的照片，仔细又看一遍，还是没有。一杭又开始点击文件夹。终于，找到一个代号为"F"的文件夹，里面除了一些文字资料外，还有一些图片文档，

212

其中便有一张照片，一杭人还在摩托车上，刚刚驶入画面，但照片的前景里，地上已经躺着一个血肉模糊的人。一杭大喜过望，立即掏出事先准备好的 U 盘，插到 USB 接口上。

选中照片，复制，粘贴。接着，他把整个车祸现场的照片也都复制到 U 盘里。他一直紧张地盯着电脑屏幕。这时，一个冰凉的东西贴在他的脖子上。

"不经过允许就动别人的东西，不太礼貌吧？"一个苍老的声音，像是从千年地狱里传过来，让人毛骨悚然。

范坚强一手握着匕首，一手轻轻拔掉插在电脑上的 U 盘。一杭冷哼一声，说："原来你才是真凶！"

"你凭什么这么说？"范坚强笑了。

"我在核桃脸那里找到了一个记事本，上面把一切都记得清清楚楚。"一杭义正词严地说。

范坚强不置可否，脸上一副胜利者的笑容。"可惜，你知道得太晚了。"

一杭问："因为出了车祸，所以找我做替罪羊，是吧？"

范坚强把匕首轻轻放在办公桌上，摇了摇头，说："错了。因为你，才会发生这场车祸。"

"什么？因为我？不明白。"一杭疑惑地摇头。

范坚强从办公桌上拿出一个塑料盒，取出金鱼饲料，往鱼缸里抛了几颗，慢条斯理地说："不错，一开始的真正目标就是你，而且，我特地选择苦根作为牺牲者，你知道为什么吗？"

一杭说："我与你无冤无仇，你为什么要陷害我？"

范坚强说："你以为把圆形玻璃缸换成方形的，金鱼就能看到真实的世界吗？你怎么知道它不喜欢圆形鱼缸呢？你又怎么就知道我们无冤无仇？"

"我哪里得罪你了？"

"你不该癞蛤蟆想吃天鹅肉!"范坚强一拳捶在办公桌上,恶狠狠地说,"你一个穷书生,有什么资格去爱一个漂亮可爱的姑娘?"

"因为雪萤,你要杀我?"一杭不确定地问。

"也不一定要杀你,至少是要你离开雪萤。每一个她身边的男人,都是我的敌人。"

"你选择雪萤的哥哥作为车祸的受害者,原来是为了破坏我和雪萤之间的关系?你太卑鄙、太残忍了。"一杭愤愤地说。

"要想得到你想要的,你必须卑鄙,必须残忍。"范坚强咬着牙说。

"你后来加害夏冰,也是出于这个目的?"

"不错。一开始我只是把他当作棋子,故意把照片泄露给他。只是,我没有想到他乘虚而入,骗得雪萤同他结婚。我当然不会坐视不管,就收买那个看守公厕的老头儿,让他说夏冰是肇事司机,并通过你来推波助澜。这样,我就可以一箭双雕。"范坚强把手里剩下的几颗鱼饲料投到鱼缸里,抽出一张湿巾纸擦手。

"那个看守公厕的老人也是你杀的?"

范坚强笑着说:"他的使命已经完成,继续活着,就成了我身边的一颗炸弹。本来我也没想要他的命,我只是希望他消失,但他太贪心了,为了钱,他什么事情都可能做得出来,所以,我在炸弹爆炸以前解决掉了他。"

"你有没有想过,万一我,或者夏冰被警方抓了,我们拒不承认开车撞了人,警方说不定会怀疑那个拍照的人?尤其是夏冰,他可能供出你。"

"当然考虑到了,我怀疑夏冰已经从公厕看守那里知道了车祸的真相,所以,我最不希望他被警方抓到,但是,婚礼上,我派去的人还是输给了警方。不过,现在那个守厕所的老头儿已经死了，死无对证。"

"我知道了真相，也只有一死了？"一杭问。

"本来，我也没想继续和你过不去的，但你偏偏和我作对，这就怪不得我了。"范坚强从办公桌上拿起匕首，刀刃反射的寒光让一杭睁不开眼。

9

"别老拿着匕首在我眼前晃。"一杭说。范坚强笑了，"怎么，怕了？只要你交出从公厕看守那里找到的记事本，我可以考虑饶你一命。"

"你可以捆住我的手，却束缚不了我的舌头；你可以割掉我的舌头，却禁锢不了我的思想。总之，你不能阻止我说出真相。我不会把记事本交给你。"

范坚强不以为然："就算你不肯交出那些东西，你死了，它们也跟着死了。有些事情是永远没有答案的，历史上的悬案太多了，这起车祸，就是这样的一个悬案。除了我，再没有第二个人知道真相。"

"你不要得意得太早，真相不会被永远埋没。那个记事本也有重见天日的一天。"一杭坚信这一点。

"你太天真了。你不肯交出来，我就不会自己去找吗？"这时，一个戴墨镜的男子推门进来，把几页复印纸交到范坚强手上，范坚强哈哈大笑："你看，我就说——"突然不笑了，把那几页纸往男子身上一掷，"我要的是原件，不是复印件。"

墨镜男恭恭敬敬地说："是!"拾起地上的复印件准备出去。

"回来!"范坚强低声喝道。那人退回来。范坚强朝一杭一努嘴，把他绑起来。墨镜男立即上来，像抓小鸡一样，把一杭反绑在椅子上。范坚强冲男子示意，让他出去。他拿着匕首，在一杭的脸上比画着，说："看来，留着你算是做对了，那个记事本在哪里？"一杭看到局势扭转，便故意装糊涂："范总，你不要庸人自扰，根本就没有什么记事本，那都是我为了引你现身而编造出来的。"

"不可能！"范坚强愤怒地说，"你说不说？"说着，刀尖轻轻在一杭脸上划出一条细线，菜籽似的血珠冒了出来。一杭感到火在烧，他咬着牙说："没有，有也不给你！"

范坚强从办公桌上抓起一把颜料管，抽几张餐巾纸一裹，狠狠地塞进一杭嘴里，又举起匕首。刀刃在一杭脸上缓缓移动，突然，范坚强手腕往下一压，刀尖再一次刺破皮肤。一杭痛苦地在椅子里扭动着。

范坚强抬起一杭的下巴，问："你说不说？"

一杭高昂着头，怒目而视，一副决不服软的表情。

在没有血性的年代，一杭渴望做一个英雄，但他又一度以为在战争年代，他会成为一个叛徒。但今天看来，他还是能够做到守口如瓶的，但必须有一个信念，他的信念是：决不能让证据落到范坚强手上。他嘴角露出一丝笑意，甚至有些佩服起自己来了。范坚强越是凶神恶煞，越是残酷无情，一杭越有一种胜利感和荣誉感。他不是他自己，他是他期待的那个人，那个血性的英雄。他感到，范坚强不是在折磨他，而是在成全他。

雪萤推门进来，打断了一杭的美好幻想。

雪萤举着一把枪，瞄准范坚强的头，说："坐下！"范坚强措手不及，把匕首缩进衣袖，坐到旋转椅上。他哀求地看着雪萤："小龙，这几年我待你不薄，你怎么能这样对我呢？"

雪萤冷冷地说："你确实对我不错！"

"小龙，我做这一切全是为了你呀。"范坚强想站起来。雪萤立即双手瞄准："不准动！不准说话，否则我可要开枪了！"

范坚强闭上了嘴巴，悄悄把手背到身后，把衣袖里的匕首紧紧握在手里。雪萤看着他，命令道："把匕首扔过来！"范坚强叹息一声，亮出匕首，从地上扔过去。雪萤蹲下身，拾起来。接着，她手起刀落，挑断了办公室的电话线。

雪萤把枪换到左手，右手拿匕首指着范坚强，说："把手机拿出来，放在桌上。"范坚强故意摸了老半天，还没有把手机摸出来。雪萤大声命令："快点儿！"范坚强只好把手机放到桌上。雪萤隔着办公桌，把手机电池取下来。

范坚强移了移身子，旋转椅发出"咯吱咯吱"的声音，雪萤大声说："不许乱动，否则别怪我不客气！"说着，走到一杭面前，快速将绳子割断。对一杭说："快把他绑起来。"

一杭取出嘴里的颜料管。牙齿已经咬破铝皮，各色颜料在濡湿的餐巾纸上洇开，把他的唇也染成彩色，一杭一边用力地吐着嘴里的残纸和余彩，一边把范坚强绑在椅子上。雪萤从身上掏出一块手帕，递给一杭，说："擦擦脸上的血和颜料，咱们快走！"

雪萤拉着一杭，快速出了办公室。走了几步，一杭突然倒回去，拉开电脑桌的抽屉拿回 U 盘，小心地放在兜里，追上雪萤，说："没想到你会救我，谢谢你！"雪萤淡淡地说："快走，等下他的保镖回来，我们就完了。"

一杭不着急，活动了一下脖子和四肢，说："你有枪，怕什么，至少可以吓唬他，万不得已的时候，还可以正当防卫！"

雪萤看了看手中的枪，笑着把它塞进了电梯处的垃圾桶里。一杭赶紧把枪翻找出来："你干什么啊？枪怎么能乱扔？"

雪萤淡淡地说："这是我给狗子买的玩具枪，一直没给他送去。"

一杭惊出一身冷汗："闹了半天，你的枪是假的?! 咱们别等电梯了吧?"说着来拉雪萤的手，要走楼梯。

"我把他的电话线割坏了，手机电池也取走了，他的援手一时半会儿应该来不了。"雪萤盯着电梯阶层显示看。一杭"哦"了一声。

很快，电梯停下来，在两人面前打开。雪萤回头看了一眼，闪身钻了进去。一杭把玩具枪放进口袋，也跟着进去，并立即按下关闭键。

范坚强移动旋转椅，反手按了一下办公桌下一个隐蔽按钮，里面传来一个男子的声音："老板，请问有什么吩咐?"范坚强脸上露出一丝冷笑，胸有成竹地说："他们下来了，把女的留下，男的放走。"

第十二章

1

和一杭分手后，雪萤发现被人跟踪。她悄悄看了看那个戴墨镜的男子，不动声色地跨上一辆公交车。当她选择一个相对宽松的位置站好时，那个男子也上了车。他朝雪萤瞥了一眼，又把目光移开，钻到密集的人群中。

雪萤一直有意无意地注意着他。他挤在两个女子中间，车启动后，借着车的自然晃动，故意站不稳似的，朝前面那位年轻漂亮的女子身上靠，那女子回头看了他一眼，便转过身，往前移了移位置。男子的身子又跟着贴过去，两只眼睛直盯着女子的屁股，握着拉手的手指蠢蠢欲动地扭来扭去。

原来是一个色狼，雪萤暗自笑了，便不再留意他。下车后，雪萤打算到市场带点儿菜回去。就在她穿过一条小巷，右转进市场的一瞬间，她瞟到了刚才那个墨镜男。但是，当她侧身仔细回望来路时，除了巷口一棵光秃秃的桃树，什么也没有。

看来，自己还是被跟踪了。

市场上人声喧嚷，人们各自忙着挑选菜品。一个老太太和一个卖白果的小贩发生了争执。小贩说老太太每天都假意来买白果，却总是不买，抓起白果看成色时，故意掉一两颗在自己的菜篮子里。开始他也没注意，后来才明白其中门道。当老太太再一次把两颗白果掉进菜篮时，被逮了个正着。老太太坚决不承认偷，她很委屈地说自己这么大把岁数，还偷一两颗白果不成？刚才是不小心掉下去的，小贩却这般无礼。过路的人都责怪小贩，小贩吃了哑巴亏，还打不出喷嚏，只得收拾背篓气鼓鼓地说："我不卖了！"

雪萤往那边瞧了一眼，便退出来，并临时改变主意，从另一条小巷穿出了市场，什么也没买就急匆匆地走了，边走边回头张望。

前面是一堵光秃秃的围墙，围墙下有一棵大榕树。在榕树前左拐，再往前走几步，就是另一条繁华大街，街上人来人往，要再跟踪一个人，恐怕不容易。雪萤快步走去，却见墨镜男突然从树后冒出来，堵住了她的去路。那人迅速侵上来，把雪萤拽上了一辆黑色轿车。

"你们是谁？想干什么？"雪萤挣扎着，拿脚去踢墨镜男的腿。墨镜男把雪萤的双手反剪绑起来，脱掉她的高跟鞋，用一块抹布把她的嘴堵起来，任她在车里折腾。墨镜男掏出手机给范坚强打了个电话。

轿车飞快地朝范坚强的别墅驶去。

2

上帝喜欢与人类为敌，以便让生活充满戏剧性。一个人，在他年轻时，却没有地位与金钱，而当他终于拥有一切的时候，却失去了健康的身体。用老家的话来说就是："牙齿好的时候，没有胡豆吃，有胡豆的时候，牙齿又输了。"世界以这种逻辑构筑了它奇妙的秩序，所以，一杭好不容易逃离虎口时，雪萤又掉进了狼窝。

回家后，一杭给雪萤打了一个电话，电话里传来的却是范坚强的声音。一杭大吃一惊，说："这件事情与雪萤无关，你不要为难她，想报仇直接冲我来。"

范坚强皮笑肉不笑地说："也可以，你把记事本的原件拿来，不然——"电话里突然传来雪萤的尖叫，一杭心里一紧，范坚强继续说："听到了吧？明天，上午九点，在我家里，拿东西换人。"

那天晚上，一杭反复做着同一个梦。他与范坚强在必醉亭喝酒，微风送来桂花的香味，一会儿又变成了橘花香。故乡那大片大片墨绿的橘树，却生长在平台的周围。一丛丛翠竹毛茸茸地蠕动。突然，弯腰驼背的竹子像狐狸的尾巴，在平台上拖来拖去，发出瓦片碰撞的声音。月光像一枚柔软剔透的鸡蛋，悬浮在酒杯里，鸡蛋在冷浸浸的酒液中变形，膨胀，快要把酒杯撑破了。最后，鸡蛋先破，倾出血红的蛋黄，迅速与酒杯里原本晶莹的液体混合成葡萄酒的样子。酒杯里像是放进了一颗夜明珠，里面的液体不断繁殖增多，并迅速蔓延到四周的一切。树是红的，竹是红的，河也是红的。那颗具有增生作用的夜明珠想必跳进了河里，河水开始往上涨，淹没了岸边的庄稼，淹没了范家的花园，漫上高高的必醉亭。平台在波浪的摇晃下，开始倾斜。一杭想从走廊逃向别墅。走廊上突然掉下一道木门，挡住了他，也挡住了进犯的洪水。洪水咆哮着，摇晃着门板。活页像一排衣服的纽扣，"咔咔咔"，全部绷脱，门倒下来，被浪涛卷走。一杭踉跄前行，此时，偏着头的范坚强又一手提着酒瓶，一手端着酒杯阻住了他的去路。"水，水！"一杭看着不断上涨的河水惊慌失措。范坚强变成大花脸，头皮成了两块正在分裂的大陆，一块已经飘远，乱发荒草一样在狂风中剧烈地起伏摇摆。一只枯瘦如柴的手，像装了弹簧，突然伸到一杭面前，拎着他的头发，把他重重地抛进湍急的河中。他拼命呼救，却张不开嘴。波浪撞击耳膜"轰轰"作响，就像两群强大的蜂阵由远及近钻到了他的耳朵，越来越多的蜜蜂只能围着他飞舞，给他的肉体穿上了一件蜂衣。河面比平时大了数十倍，天地血红一片，他快被淹死了。他惊叫一声，在绝望中醒来，沮丧地坐在黑暗里，一头大汗。茫茫黑夜让他想起梦中那无边的河水，黑沉沉地压在心上。他喘着粗气去摸床头的开关。

停电了。

一杭懒懒地躺在床上，不想动，犹豫了一会儿，挣扎着爬起来，走到写字台前，借着淡淡的月光翻找了半天，找出一根只剩半截的蜡烛。点着了，烛光腾地一下，淡红色的光像爆炸一样，把整个屋子都填满了。风从破了一角玻璃的窗户挤进来，蜡烛摇曳着。一杭的影子被烛光投射到墙上，时高时低，时浓时淡。一杭背靠着床头发怔，也不知道过去多久，烛芯歪向一旁，火苗一矮，灭了。

人生有如蜡烛，有明，有暗，但终将归于寂灭。一杭睁开眼，盯着只剩下一粒火星的蜡烛，内心突然平静了。

第二天早上，一杭早早起床，从床下拉出一双长霉的长筒靴。那是母亲第一次来成都时带给他的。他想起母亲来成都时他去接她。

那天早上，一杭骑着一辆自行车来到北门火车站，可是，左等右等不见母亲出来。难道母亲出了什么意外？他在出站口左右徘徊。下一班经过成都的火车到站了，人群从出站口拥了出来，不久即散去，一杭绝望地准备离开。这时，一个头缠印有双喜毛巾的妇人，背着一个沉重的背筐，肩上搭一个蛇皮口袋，手里捏一个空塑料瓶，像一只浮在水面上的乒乓球，被人群推挤着踉跄而来。

"妈！"所有准备好的热情和笑脸都跑掉了，一杭冲过去，冲母亲说："你怎么才到呀！"母亲穿着一双凉鞋，拇指在鞋里不安地伸缩着，发出"吧唧吧唧"的声音。一杭突然有种颜面尽失之感。母亲伸长脖子四处张望，终于看到了一杭，她笑呵呵地说："你让我下车等你，我下了车，一直蹲在下车那个地方不敢走，人都走光了，还是不见你来，我又找不到路。这趟火车到了，才跟着他们一起出来。"

母亲先将蛇皮口袋放在地上，两只鸭子从口袋下方特意剪开的洞里伸出头来。一杭说车站人多，不要逗留，来接母亲的背筐，发现很重。母亲解释说是刚收的新米，背来让一杭尝鲜。一杭无奈地解下橡皮绳把背筐固定在后座衣架上，他绕到自行车另一面去挂铁钩时，不小心踩到了蛇皮口袋，鸭子"嘎嘎嘎"地叫着疯狂地扑棱翅膀。蛇皮口袋上的洞被撕大了，一只鸭子从洞口滑出去。因为双腿被套，便借着翅膀的扇动一跳一跳地钻到人群中去了。母亲赶紧去追，一边还叫着："不准跑，不准跑。"鸭子反而跳得更快，人群纷纷让道，怕翅膀扇起的泥浆溅到自己身上。母亲追上鸭子，一把抓到它的尾巴，鸭子一挣，母亲手上剩一把灰白的羽毛，一些细细的绒毛便飞了起来，在风里轻柔地荡着，有一片沾在了母亲的头巾上。所有的目光都集中在那一个老妇人和那一只受惊的鸭子上。

一杭脸发烫，生气地说："跑了就跑了吧，别追了。"他快不敢当众叫妈了。如果是在老家，他会很骄傲地叫一声妈，那表示他的孝心，一个省城的知名作家对自己乡下的母亲还这么好，那是值得骄傲的。在乡下，左邻右舍会以一种仰视的目光关注他，他的一切都令人尊敬，不容置疑。可是，在花花世界成都，都市土著却以一种高高在上的眼光俯视他，他的言行如同来历不明者受到理所当然的监视。母亲的存在，暴露了他原本掩饰得很好的出身，让他一度自鸣得意的优越感瞬间成为一地随风飘散的鸭毛。在众目睽睽之下，他自发地寻找自身的弱点，以至于羞愧莫名。于是，他不敢抬头，以便在身体周围筑起一座防御的城堡。只要没有亲眼看到，一切都不存在。失去了线索和触动，缺乏印证的想象孤掌难鸣，就失去刻骨铭心的切身之痛。当然，这一切都是一杭某一根分叉神经活跃的结果，自小失去父亲的经历，让他有一种病态的敏感。母亲把整个身子扑向鸭子，终于把它制伏了。鸭子不甘心地叫着，不时扑腾一下翅膀，也只是象征性地挣扎两下就安静了。一杭推着自行车，和母亲匆匆离开了车站。

如今，母亲已经去世了，一杭看着那双筒靴，有些羞愧，也有些难过。母亲买回筒靴时说下雨天穿上它，不摔跤，又不会弄脏裤子，他只是苦笑。虽然从来用不着这双筒靴，但他一直留着，并把最重要的东西放在里面。

他从筒靴里掏出一个小小的记事本，从身上掏出一个U盘，和记事本放在一起，用一张破布仔细包好，放回筒靴，照旧扔到床下。他拍拍手站起身，环顾了一下这间小屋子，走回去，从抽屉里掏出一把玩具枪，轻轻地关上门，把钥匙放在窗台上的一只橘皮下。

狗子在楼下和小伙伴们玩，一杭走过去，摸了摸他的脑袋，把玩具枪交到他手上。狗子高兴地说："谢谢江老师！"

一杭笑了一下，说："这是你雪萤阿姨买的，她最近忙，托我送给你。"狗子拿枪指着同伴，嘴里模拟着"砰砰"的枪声，过了一会儿，才说："谢谢雪萤阿姨。"那时，一杭已经走远了。

一杭想在楼下一个早餐点前喝碗豆浆，却见两个戴墨镜的男子一边狼吞虎咽地吃着包子，一边偷偷地看他，见一杭有所察觉，立即低下头吃东西。一杭的心提了起来，范坚强不会在路上对我下手吧？他迅速走过去，到前面一家早餐店买了两根油条，边走边回头，那两个人似乎并没有再注意他。一杭这才放下心来，看来是自己太多疑了，弄得草木皆兵。

这么寻思着，险些与一个收破烂的撞在一起。附近街道上几乎每天都能听到收破烂的那长声幺幺富有节奏感的唱腔。天气热的时候，他们就在街边一棵巨大的黄桷树下铺几张报纸小睡，也有一些坐依在背篓上打纸牌的。每人面前散放一堆旧巴巴的小面额纸币，常为着一两毛钱的输赢争得面红耳赤。

有谁注意过一杭呢？有谁明白此刻他那纷乱的心思呢？那棵不动声色的黄桷树吗？即便懂，也不会说。收荒匠们代步的破自行车在墙根斜靠着——一杭老是觉得，其中一辆很像是去年自己在楼下丢的。有时，他会装作不经意地走近去看，却又怕被人看出自己的用意，不敢看得太仔细，所以，每次都不能确定，这就成了一个谜。虽然他也知道，即使是自己的，又能如何呢，却还是忍不住要想。

以后再不必为此费神。以前真愚蠢，把那么多美好时光浪费在一些鸡毛蒜皮的事情上。他开始幻想美好的场景，幻想一场不曾来过的婚礼。仪式中重要的一项是，与雪萤共同朗诵舒婷的《致橡树》。

他已经在心里把这首诗朗诵了一千遍，一万遍。他渴望在五月里深情朗诵这首诗。一幅美不胜收的画卷在眼前展开：尖利的麦芒上闪动着晶亮的太阳，早起的鸟儿们开始啄食麦粒，也撼动太阳。熏风徐来，亮闪闪的太阳顺着熟透的叶尖儿滚落尘埃。十字木架穿一件破旧衣裳做的稻草人，在簌簌麦浪声中，扬起细细的柔软胳膊，鸟儿便腾空而起，一大片密密麻麻的，像撒开一张巨大的渔网。他想象着，在五月的麦香里，在金色的阳光里，与雪萤完婚。

现在，远看绿绿一大片麦田，近看却稀稀落落的点缀着一点绿意。范坚强的别墅，嵌在麦田之上。一杭走下出租车，递给司机两百元钱，说："不用找了，十分钟内，会有一位女士出来，你送她到天回镇。"

1

一杭被带到会客厅。范坚强当中坐着，雪萤站在一边，被两名青年男子扣着手臂。范坚强把手中的茶杯放在茶几上，看了一眼一杭："东西带来了？"

一杭看着他，说："带来了。"

雪萤想挣脱身后的两人，却毫无力气，她大声说："一杭，别听他的，这种人没有信用可讲，你不能把东西交给他。为了我，这样做不值得。"

一杭咬着嘴唇，动情地说："值得，为了你，我做什么都值得，我什么都愿意做！"

"真是痴情的一对呀。"范坚强讥讽地笑着，朝旁边一位男子招手："去，把东西拿过来我看看。"

　　"慢!"一杭退后一步，说："你必须先放她离开! 否则，你什么也别想得到。"

　　范坚强犹豫了一下，说："如果我先放人，万一你不把东西交给我怎么办?"

　　一杭耸耸肩，说："我先把东西给你，你不放人怎么办?"

　　范坚强拍拍胸脯，说："我范某人做事，一向言出必行，你放心好了，只要拿到东西，保证放人!"

　　雪萤焦急地说："别听他的，他这种人什么事做不出来?!"

　　一杭盯着范坚强的眼睛，说："听到了吗? 如果你的话可信，看守公厕的老人能被杀? 夏冰能被送进监狱? 我能落到今天这个地步?"

　　范坚强哈哈大笑："好，就按你说的办。反正，跑得了和尚，跑不了庙，不交出东西，今天你休想离开半步。"

　　一杭冷哼了一声，说："我还有一个条件。"

　　范坚强脸色一暗，刚才那个接到命令的男子朝一杭逼过来，一把抓住他的衣领，提起来，说："你他妈别得寸进尺!"范坚强朝他挥挥手，瞥了一眼一杭说："说来听听。"

　　那男子放下一杭，一杭瞪了他一眼，说："我有几句话想先给雪萤说。"

　　范坚强脸上重新浮现笑容："这个没问题，有什么话尽管说，不过，我们不用回避吧。"

　　一杭摇摇头，说："现在可以把她放了吧。"

　　范坚强点头。雪萤身后那名男子把她手腕上的绳索解开。雪萤揉了揉手腕，跑上去抱着一杭的脖子，泣不成声。

　　范坚强拿茶杯盖在茶几上敲着，说："有话快说，别磨蹭!"

　　一杭抚摸着雪萤的头，凑到她耳边悄声说："我把记事本藏在床下的一双筒靴里，你拿到证据立刻报警!"雪萤惊得张大了嘴，一杭赶紧示意她不可声张，她狠狠地掐了一杭一把："这多危险啊？"一杭说："没事，我想法拖住他，等警察一来，一切都好了。"

雪萤抽泣着说："不，我一出去就报警。"一杭摇摇头，说："没有证据，警察来了也没用，你凭什么告他？他甚至会说你诬告。"

范坚强皱着眉，不耐烦地说："说完没有？"

一杭抬起头看着他，说："完了，东西十分钟以后才能给你，我必须保证她绝对安全。"

范坚强一拍茶几："你的要求真多！"两个男子一起朝一杭走过来。一杭一把推开雪萤，叫道："快走！"雪萤含泪跑了出去。

一杭退到门边，把门关上："现在，谁也不许离开这个房间，否则，什么也别想拿到。"范坚强喝了一口茶："那就再给你十分钟。"说完，看了看墙上的挂钟。

嘀嗒，嘀嗒，嘀嗒。秒针一圈一圈地走过，在一杭大脑里撞击出敲鼓般的声音。

5

一辆出租车飞快地向天回镇驶去。雪萤不停地看时间，不断地催促司机："师傅，快点儿，开快点儿！"出租车司机淡淡地说："我也想快，要快得起来呀。"一会儿吃红灯，一会儿塞车。雪萤看着两边拥挤的汽车，焦躁不安。

司机看她像热锅上的蚂蚁，便说："你真要有急事，我给你出个主意——""什么主意？！"雪萤着急地问。司机摇下车窗，指着街边一辆摩托车说："坐摩托车快，不过就是天太冷了。"

　　不等司机想法把车靠边，雪萤突然拉开车门跳下去，从几排等红灯的汽车之间挤出去，跳上那辆摩托车，在拥挤的车流间飞鱼一样左偏右斜地穿行。

　　雪萤来到三毛家，脸耳冰凉，手已麻木。她揉了好几次，才稍微有感觉，抖搂着付了钱。远处玩耍的狗子看见她，亲热地跑过来招呼："阿姨，谢谢你送我枪！"

　　雪萤一怔："什么枪？"

　　狗子把手中的玩具枪朝她一晃："江老师说是你送我的。"

　　雪萤恍然明白似的点了点头："阿姨早就买好了，只是一直没时间给你送来。"

　　狗子偏着头问："你骗我的，你要是买好了可以让江老师带给我呀。"

　　雪萤一怔："江老师这不是带给你了吗？"

　　狗子说："他今天才给我的。以前那么久，他都没给我。你一定是才买的。"

　　雪萤哭笑不得，说："是是是，阿姨太忙，忘了，对不起。"

　　狗子这才满意了，却又问："你来找江老师吗？他一早就出去了。"

　　雪萤摸摸他的脑袋，说："阿姨有事，你去玩你的吧。"说着，"蹬蹬蹬"上楼去了。

　　狗子追上来，缠着她："阿姨，你这段时间忙什么呢？怎么这么久不来了？阿姨，你陪我玩吧。"雪萤回过头，说："狗子，阿姨有重要的事要做，改天陪你玩好不好？"

　　狗子还不肯离开。雪萤想了想，掏出五十元钱递给他："去，买糖吃，钱没花完不准回来找阿姨。"狗子高兴得跳了起来，抓过钱跑下了楼。

　　雪萤从窗台上摸出钥匙开门，却发现门是开着的。她有些狐疑，忙奔到床前，趴在地上，拉出床下一双筒靴，伸手摸向其中一只，没有。不会是有人捷足先登了吧？

雪莹的心跳加快了，忐忑不安地把手伸进另一只鞋子。还好，东西还在，是一个油腻腻的小本子，还有一个 U 盘，用一块布包着。她把证据捂在胸前，长长地出了一口气，忍不住翻开来，快速地扫了一眼，心都快跳出来了。

6

范坚强把茶杯盖摔在地上，对绑在柱头上的一杭说："我再问你一次，东西在哪里？"一杭一脸胜利者的表情："东西不是被你们偷走了吗？"一杭揶揄地说。

范坚强抓过青年男子手中的皮鞭，狠狠地抽在一杭身上。一杭痛苦地呻吟着，低垂着头。范坚强说："你说不说？"一杭咬着牙，什么也不说。

"好啊，你居然敢耍我。给我抽！"说完把皮鞭扔到地上，取过烟斗点燃抽起来。一青年男子上前拾起皮鞭，一左一右地在一杭身上抽打。一杭痛得大叫。范坚强止住手下，用烟斗把一杭的头抬起来，问："说不说？！"

一杭狠狠地吐了一口血，摇头笑着说："告诉你也无所谓，放在床下的筒靴里，哈哈哈，没想到吧？不过，雪莹可能已经把它交给警方了。我猜，警察该在路上了吧。你蹦跶不了多长时间了。"

屋子里烟雾缭绕，范坚强把烟斗里的残余烟丝抖到一个易拉罐作的烟缸里，冷笑道："凭你？还嫩了点儿。"

"那可不一定。"一杭自信地说，有淡淡的一抹灿烂，自脸上浮起。

7

雪莹把记事本及 U 盘放进手提包，迅速下楼，并掏出手机，准备拨打 110。楼梯口，突然出现两个戴墨镜的青年。她想绕过去，那两个男子却故意阻住了去路。手机掉在地上，她大叫救命，转身就跑。其中一个男子迅速冲上来，捂住她的嘴，另一个把她的手反扭到身后绑起来。

两个人推搡着雪莹进了一杭的房间，用一块破布堵住她的嘴，夺过手提包，把她推到床上。雪莹待在床上浑身哆嗦。一个男子站在一边监视她，另一个把提包里的东西全部抖到地上。记事本和 U 盘也掉了下来，那男子拾起来，将记事本轻轻在手上拍了拍，翻开看了一眼。朝他的同伙点点头。另一个走近前，附到他耳边嘀咕了一阵。两人低声耳语了一阵，最后，那人怪笑着开门走了。

那个男子慢慢地向雪莹走来。雪莹突然觉得这人有些熟悉，脑子飞快地运转。对了，这个人就是自己挑选婚纱时，透过窗玻璃看到的那个人影。她慢慢地往后退，男子慢慢地向她靠近，面无表情。

雪莹快速走到窗边，用头撞开玻璃，猛地跳了下去。

那男子狠狠地踹了一脚门儿，迅速下楼去了。

另一个男子疑惑地看了他一眼："这么快？"

那人一言不发，冲到前面去了。另一个男子便冲着他的背影开心地做怪动作。

范坚强接了个电话，来回晃着皮鞭，走到一杭身边，说："警察永远不会知道有那个记事本了。"

"是吗？"一杭讽刺地问。

范坚强得意地说："不错，我们是没有找到那个记事本，但是，雪萤找到了，最关键的是，她背叛了你。"

一杭脸上的肌肉一紧，大声说："不可能！"他突然想起早上出门时，楼下那两个戴墨镜的男子。

"在我这里，没有不可能的事。"范坚强坚定地说。那副自信表情，让一杭开始动摇了，但他相信，雪萤决不会背叛自己，唯一的解释是，雪萤找到记事本，但被范坚强的人夺走了。或者，在雪萤之前，笔记本就被他们找到了。

范坚强命人在屋子里摆上了酒席，他看了看伤痕累累的一杭，揶揄地问："要不要来一口？"一杭没理他。他便一个人独自喝起酒来，边喝边称赞味道好。

不久，那个一杭在医院里遇到的墨镜男匆匆进来，把一个皱巴巴的记事本递给范坚强。范坚强点了点头，那人出去了。范坚强翻开记事本，走到一杭面前，念了起来："9月9日，早上发生了一起车祸……11月13日，有个穿警察制服的人来找我……11月14日，肇事司机来找我，给了我一笔钱。11月15日，那个骑摩托车的人来找我……11月18日，一个戴墨镜的人来找我……"范坚强抬头看了一眼一杭，说，"你看看，是这个记事本吧？"

一杭的心沉下去了，最坏的事情被自己遇到了，他愤怒地把一口浓痰吐在范坚强脸上。范坚强把刚念的那一页记事本撕下来，擦掉脸上的痰，用火机把记事本点燃。记事本很快在一阵得意的大笑中变成灰烬。

范坚强冷笑着，重新拿起鞭子，把鞭子卷成一个椭圆，沿着一杭的额头往下划拉，狠狠地说："我看你是活腻了，这次，看谁还能救得了你！"

一杭万念俱灰，轻轻地闭上了眼睛："我可以死，但真相不会永远被掩盖！"

范坚强双手向外拉了拉鞭子，鞭梢顶在了一杭胸前那块玉佩上。

第十三章

1

人生是一个一旦设定便无从修改的电脑程序。范坚强不幸成为电脑程序中一个难以更改的数据。

那天晚上，月光银亮，但照不进这间石屋。一杭被关在里面，而范坚强则在石屋外徘徊。他们之间唯一的通道是石壁上那个碗大的孔。食物也从这个孔送到一杭手上。开始时，一杭还拼命地撞门，但发现纹丝不动，便在那个小孔里乱抓，只抓到一线天光。

范坚强灭掉手中的烟丝，把头低下来，对着小孔说："你不要白费力气了，老老实实地待着。"一杭绝望地坐在冰凉的地上，感觉自己正处于地心深处，他想象自己在这古墓一样的石屋里变成骷髅。我已经死了，他想，与世隔绝就等于死亡。当人们逐渐把你忘记，你也将忘记他们。那时，你与这个社会所建立起来的契约便自行解除。

他曾希望远离尘嚣，机会来了，怎么反倒不安起来了呢？他打定主意随遇而安，开始打量起这间石屋。石壁上嵌着几盏油灯，永远那么燃着，既不变亮，也不变暗，也不摇动，仿佛是虚假的。

两侧的石壁各有一个陈列架，整齐地摆放着各朝代的石器陶器，以及观音佛像。这些古人的随葬品在暗淡的油灯下发出阴惨惨的幽光，透着墓穴的腥味儿。陶器上的图案，一些粗糙拙朴，状若孩童的简笔画，一些则十分精美，线条灵动，图案繁复。

那天晚上，石屋之外的范坚强，同样无法平静。他在石屋外摆了一张小几，一个人默默地喝酒。墨镜男悄无声息地走了过来："老板，您还喝?"范坚强放下手中的酒杯，说："你也来陪我喝几杯。"男子不动。"坐呀，你坐。"范坚强举起酒杯，腾出中指指了指旁边，却发现没有凳子，便说："你去搬一张过来。"范坚强又把杯子放下，点燃烟斗，抽了一口。

墨镜男回来时，手上多了一个易拉罐，是给范坚强做烟缸用的。这还是在读美院的时候养成的习惯。范坚强有时画画没感觉，便摸出一支烟来抽，画室里没有烟缸，他便把烟灰抖在作为写生静物的陶罐或者易拉罐里。现在他还保持了这种习惯。

墨镜男坐下来，给自己倒了一杯酒，看着范坚强抽烟，不敢先喝。范坚强左手举起杯子，偏头瞥了他一眼，说："喝一杯吧。"他才一口喝干，站起来给范坚强斟酒。范坚强看着酒杯，用拿烟的右手轻轻在桌面点了点。他又给自己倒酒，月光下，锃亮亮的一道弧线。边倒，边说："老板，不如把他做了，以绝后患。"见范坚强不作声，偷偷看他一眼，放下酒瓶端端正正坐着。

范坚强的脸在烟火下一明一暗，他长长地吐出一口烟，将快要燃尽的烟丝抖进易拉罐。"嗞"的一声，易拉罐里显然有水。他靠在椅背上，冷笑一声，道："做了?"仿佛在回味男子刚才那句话。男子紧张地看着他。他望着影影绰绰的院落，说："放别人一条生路，也是放自己一条生路。"

"那么，你准备怎样处置他?"男子看了一眼石屋，试探着问。范坚强伸出手去，将易拉罐捏得"嘎嘣"响，他舔着嘴唇上的酒液说："我自有计较。"

月光"嗖"的一声躲到一块灰云身后，夜一下子静了。

2

范坚强停下车，远远地看着傻姑。她在一个肮脏的世界里寻找，寻找食物，寻找乐趣，寻找寻找本身。此时，傻姑在一棵树下，盯着三毛快餐店热气腾腾的包子出神。她呆呆地看着一个个顾客走过来，停在店前，三毛抱开蒸屉，熟练地夹起雪白的包子装进塑料袋，一手接钱一手将包子递给顾客。傻姑咬着手指看着，唾液在嘴角断断续续地牵出一条细丝。

见三毛回到案板前和面去了，傻姑从树后转出来，盯着蒸屉直直地走了过去。她把蒸屉的竹盖掀开，一阵白雾呛得她往后退了一下。雪白的包子像一个个熟睡的婴儿一样，躺在蒸屉里向她发出召唤。她呆了半天，把手伸向一个中间点了一粒红点的包子，手被烫了一下，慌忙拿到嘴边吹了吹，雪白的包子上现出三指黑手印。"干什么?!"三毛抬起头扔掉手里的面团走过来。

傻姑来不及多想，抓起一个包子就跑。包子太烫，立刻就滚落在地。傻姑蹲下去，围着还在冒热气的包子"啊啊"直叫。三毛摇摇头，从蒸屉里夹了一个包子装在塑料袋里递给她，说："走吧。"傻姑开心地笑了，在身上东摸西摸，终于摸到一张皱巴巴的纸片，递给三毛，说："钱，五百万! 给你。"

那是一张彩票，三毛看了一眼，便扔在地上，冲着傻姑说：

236

"去去去!"傻姑等他走后,悄悄拾起地上的包子,咬了一口,笑了。抬头就望见了范坚强。

范坚强摇下车窗看了许久,这会儿下车来拉傻姑,傻姑惊恐地看着他,坠着屁股不肯同他走。范坚强只好放下她。傻姑站起来就跑,跑了几步,回来寻找东西,那张脏兮兮的彩票。遍寻不着,原来被范坚强踩在了脚下。傻姑蹲下来,掰范坚强的腿。范坚强像恶作剧似的,不肯松脚。他蹲下去,拾起那张彩票。

彩票背面的图案上,歪歪扭扭写着几行字,开头"雪莹"两个字吸引了范坚强,他小心将折叠的彩票展开。一些字被汗水洇得模糊了,一些字处于折痕处已经磨损无存,还有一些被涂抹掉了。他连猜带蒙地辨出几句话:

雪莹:

哥哥不是懒,哥哥买彩票,实在没办法。我,孩子,还有孩子她妈,得吃饭啊,我的头都焦大了。不过,我已经想出了一个办法,一个不是办法的办法,虽然很危险,但我没有别的路了。如果我死了,你得帮我照顾好你侄女,至于你嫂子……

范坚强将彩票翻过来,另一面是机打的数字和特殊条码,尾数是"29"。这封短信显然没有完,也许还有一张,但遗失了。他猜测这是苦根写给雪莹的信。他想到了什么办法呢?"如果我死了,如果我死了……"范坚强重复着这句话,苦根不会想碰瓷吧?他想到那天早上,车开过去,苦根连躲也没躲一下。

时间的错位,有一种喜剧效果。当真相,也许还只是一种猜测,在推迟了几月后到达身边时,范坚强内心有一种说不出的失落与苦涩。如今,苦根已经死了,核桃脸也做了屈死鬼,一杭被自己软禁在石屋里，夏冰则在监狱里承担着本不应该承担的罪孽——他不知道，夏冰已经自由了。他呢，虽然逍遥，却并不快乐。

在生活面前，没有胜利者。有时候，做一个糊涂之人，或许更幸福。傻姑的眼神里，就有一种儿童般的单纯。此刻，范坚强动了恻隐之心，更坚定了要把她送救助站的决定。但傻姑却不见了。范坚强偏头上了车，慢慢往前开去，仔细搜寻着街道两边。傻姑钻进了路边一个垃圾桶，蹲下去，把垃圾捡起来，看一看，一些夹在左手腋窝下，一些又随手扔掉了。范坚强把车停在路边，看着傻姑，心想，在我们的眼里，她的世界是肮脏的，不知道在她的眼里，我们的世界又是怎样一幅画面？

傻姑继续在垃圾堆里翻找。范坚强从车厢里找到一个苹果，蔫得像八十岁老年人的脸，他拿着苹果朝傻姑走去，笑着说："来，给你。"

3

人像蚕一样拼命织关系的网，但织成之后，却又千方百计逃之夭夭。范坚强给了一杭一个逃离的机会，可以放下一切，每日枕着书香入眠。一杭成为这间石屋实质上的主人以后，范坚强给他送来了书，让他在漫长的白天与黑夜，不至于孤独。但单纯的生活结束了，石屋的门终于打开来。

范坚强偏头打量着正在油灯下看《圣经》的一杭，说："《圣经》应该教会了你宽容之道吧？"

一杭苍白的脸上，现出一丝不真实的笑意："写小说的时候，可以无耻，但在现实生活中，做人要有底线。对你这样的人宽容，就是对别人的残忍。"

范坚强淡淡地笑了笑："天气微寒，正宜小饮，我们到必醉亭喝杯酒，好好谈谈吧。"一杭狐疑地看着他，终于将手上那本《圣经》放在胸前抚摸了一下，轻轻放在陈列架上，整了整衣服。出门时，一杭用力地眨了眨眼睛，深情地回眸了一眼。他要走了，可能是永远离开。他心说。

范坚强挥手打发走了下人，又对垂手跟在身后的墨镜男说："你也走吧，你们都回去，今天晚上不要来打扰我。"墨镜男点点头，退了出去。范坚强走在前面，一杭身子飘忽，鬼魅般在地上拖出长长的影子，小心地分开小径两侧的桂花枝，连走带跑地跟在范坚强身后。

必醉亭亮着一盏灯。想到上一次在此饮酒，还有雪萤在，那时，雪萤和他保持着貌合神离的友善，而他并不知道。如今，雪萤却不知怎样了，真是恍若隔世。亭子里已经备好了一桌酒菜，居然是西餐。范坚强拉了张凳子示意一杭坐，自己则绕到桌对面坐了下来。范坚强收起桌上的方巾铺在腿上，一杭却拿起方巾擦了擦手。

范坚强开始割一只烤鸭腿，一杭愣愣地看着他，感觉自己就像这只盘子里的烤鸭，即将被刀叉瓜分掉五脏六腑。范坚强看着一杭，停下手中的刀，说："你吃呀，看着我做什么。"一杭笑了一下，又起一块牛排。

范坚强把一块鸭腿肉叉到面前的盘子里，一边分割，一边问："我陷害了你和夏冰，还杀掉了看守厕所的老头，你一定认为我是一个十恶不赦的人吧？"一杭叉牛排的手停在半空，牛排掉在桌子上，弹了几下，滚到桌下去了，一杭低头看了一眼，放下刀叉，说："在上帝面前，我们敢说自己是干净的吗？在上帝眼里，仇恨者与被仇恨者不过是同一个人。恨谁呢？"

范坚强意外地抬头看着他："真的？你不恨我？我折磨你，又把你关在暗室，你一点都不记仇？我不相信。"

"人来到这个世界上，本无所谓善，也无所谓恶，朋友和敌人都是生活的恩赐，再说，你毕竟放了我一马。"一杭这次把刀伸向了烤鸭。他至今也不明白，那天，已经得到记事本的范坚强为何突然罢手。回想起他拿鞭子顶着自己胸口的情景，真可谓剑拔弩张，当时他已经做必死之想了。

"哈哈哈，有一件事，我一直没告诉你，看来，今天是时候了。"范坚强举起了酒杯。一杭眼睛明亮，那一刻，终于到来，范坚强终于要开杀戒了。他已经等了很久，真正来临的时候，反倒平静异常，他举起杯子，做了一个"碰"的动作，立即又收回递到了嘴边，范坚强伸出的手便有些尴尬地缩了回去。

范坚强从身上掏出一块玉佩，反复打量，像打量一位久别的朋友。过了半晌，他把玉佩递给一杭，说："这个你认得吧？"一杭从颈上摘下母亲临死前交给他的玉佩，一模一样。这是怎么一回事呢？他期待地看着范坚强。

"你知道那天我为什么没有杀你吗？"范坚强给一杭倒了一杯酒。

一杭疑惑地看着他，摇头。

范坚强放下酒壶，说："因为这块玉佩。"

"玉佩？"一杭有些不解。

范坚强独自饮了一杯，缓缓道："三十年前，我在你们老家当知青……"

1

秋风染黄树叶的时候，范坚强在劳作之余，到小河边写生。

他戴着一顶白色鸭舌帽，背着军绿色的写生架。每一棵遒曲的老树，每一架废弃的天车，都让他兴奋。他随便对着一处破旧的房子或者街巷就能一动不动地看半天。站着，坐着，背靠石壁单腿立着，画板搁在胸前。一会儿工夫，就把眼前的东西搬到画纸上去了。

一天，范坚强发现河边一块巨石上，一个朴素却清秀的女子正盯着他看，宛如河边那只美丽的鹭鸶。范坚强的心一阵紧跳，很想上去搭讪，又害怕一抬手一投足都会吓走了她，便故作专注地继续写生，后来便专注于故作专注，也不知道那女子是什么时候走的。

第二天，范坚强老早就来到那块河边的巨石上，他突然发现不远处的一家小屋里，一个女子正打开窗户。正是昨天那个女子。范坚强便坐在河边那块石头上，画板放在叉开的双腿间，正对着她住的小屋写生。女子觉得自己的隐私被刺探了，轻轻关了窗，却并不离开，透过窗玻璃偷偷打量他。他继续一动不动地在画纸上涂涂抹抹，似乎没有把她放在眼里。以后，她便当范坚强为一尊雕塑，每天，照旧倚在窗前，望着空无一物的远方，只是，眼睛的余光会偶尔飞向他。他们的目光终于交织在一起。范坚强友善地对她笑，她冰冷的脸上，浮出一丝笑容，并倏地红了。

如果哪天范坚强没有出现在那块石头上，她就便想，他走了吗？他是不是生病了？他从哪里来的呢？他住在哪里？他不用挣钱么？她不再关心远方，开始被这些枝枝蔓蔓的事情缠住了。

她家的大门永远敞开着，但屋子里没有人。父亲总是到邻居家和一帮同龄人打牌聊天，她嘛，难得出门，她的生活局限在那间十平方米的小屋和只开一扇却风景无限的小窗。

那天，范坚强背着画架，在她家门口探望。刚想进去，一只黑狗从暗处钻出来，他一惊，画架掉在地上，撒落一地的画稿。这时，他听到脚步声，匆匆把画稿从地上抓起来，跑开了。她走到门前不见有人，狗还在门口吠。石板铺就的小路上，是一个仓皇逃跑的背影，绿色的画架拍打着屁股。她"扑哧"一声笑了。

墙角遗落一张画稿，是一张她倚窗而立的水彩画。夕阳下的阁楼掩在一片金黄的树叶间，金银花柔韧的藤蔓爬上了窗台，参差披拂的枝条在空中随风摇曳。她手托下巴，凝神远方，远方是一河银鳞。原来，她守望的情景也可以这么美，这么诗意。

她开始出屋活动了，偶尔也学着邻居家的女子，提了一篮脏衣服到河边浆洗，同邻居大妈大婶说说生活中的杂七杂八。看到女儿终于走出了过去，父亲脸上的皱纹舒展了。

事情没有朝着父亲预期的方向发展。不久，她独自在河边洗衣服时，走神了。等她回过神来，衣服一边下沉一边漂向远处。她赶紧拿捣衣棒去挑，一个身子不稳，栽到河里去了。她拼命挣扎，越挣扎越是往下坠，她不想喝水，水却死劲往她嘴里钻。晌午的时候，河边路人少，莫不是要做水鬼？

远处写生的范坚强时不时往她那边看，突然抬头不见了她，以为她洗完衣服走了，正要拿目光去跟踪她，却见木桶还在河边放着。一头水牛把身子泡在河水里，只剩头在水面上，一只水鸟立在牛角上。水牛摇动头部驱赶水鸟，鸟儿飞起来，盘旋两圈又落到牛背上。在距水牛不远的地方，河水剧烈地晃动，一个黑点在水面一沉一浮。他扔下画架，飞跑过来，一个猛子扎进河里。她在抓到他手的那一瞬间，失去了知觉。

范坚强好不容易把她抱上了岸，放在河边，对着她的嘴做人工呼吸。终于，她吐了几口水，醒过来。她一见浑身湿淋淋的他趴在自己身上，还拿嘴对着自己的嘴，大惊失色。想挣扎着爬起来，但是，没有力。范坚强的嘴不肯移开了，两只舌头在看不见的地方捉起了迷藏。

那以后，范坚强把行李搬到了她的家，她成了他的模特，每天，提着长长的裙子，跟在他身后，并按他的要求，或依在一棵苍劲的大树上，或半躺在一只窄窄的渔船里，甚至，爬上高高的天车架……笑容重新绽放在她脸上，父亲的脸却又阴下来：艺术家是刻在水上的誓言，靠不住。他跟咱们不是同一路人，迟早是要走的。

她不听父亲的话。但父亲的话应验了，第二年，他考上了一所美术学院，带着一脸对未来的向往离开了，像水消失在水中……

"真是一个浪漫的故事。"一杭打断了范坚强的回忆。

后来，范坚强却因画裸体女模，不久即以强奸罪下了狱。那时，他们的儿子刚刚满周岁。那个女青年再也不愿意理他，搬到了偏僻的外婆家。她不是恨他坐过牢，是恨他因为强奸而坐牢。那个女青年就是一杭的母亲。一杭从来没有从母亲嘴里得到关于父亲的半点儿消息。当范坚强说起这段往事并告诉他，那个女青年就是他母亲时，他被震惊了。

"孩子，我对不起你……"范坚强失声道，"本来，你是不应该活着的，但你是我在这世上唯一的亲人了，当我看到你脖子上戴的玉佩时，我就知道，你是那个我找了二十多年的亲人。所以，才把你关在石屋里。你不知道，我每天在石屋外面徘徊，心里有多难过。"范坚强的话里带着几份凄凉。

二十多年来，一杭一直渴望找到父亲，并对他寄予了太多的理想色彩，没想到，他竟然是一个杀人犯，而且差一点儿要了自己的命，真是讽刺，太讽刺了。他拼命灌自己的酒。"这怎么可能呢？你是想在杀我之前给我开一个玩笑吧？"一杭端起酒杯又灌了一杯。

"如果我要杀你，早就动手了。"范坚强拂掉一只飞到脸上的蛾子，仔细地用湿巾纸擦脸和手。

"这么说，你不是要杀我，而是要放我了？"一杭把目光转向范坚强，不以为然地说。范坚强却点了点头。"电光火石，转眼蹉跎。三十年过去，我们都老了呀，而你母亲，都已经不在了。"范坚强捏着瘦削的双颊，脸颊立即凹了下去，人显得更苍老了。想起母亲，一杭的眼泪就下来了，母亲吃了一辈子的苦，最终一个人孤单地死在了医院。

"就算你是我的父亲，也无法阻止我说出真相，我出去后，仍要举报你。"一杭把酒杯顿在桌上。

"那是你的自由。"范坚强有些伤感，不断地喝酒。他站起来，绕到一杭身边，拼着抢着给他倒酒，一杭只好把杯子放在桌上，索性以一种置身事外的心态看着他。喝到这般田地，谁还会、还有余力计较杯中的酒究竟喝没喝？强迫倒酒，不过是一种姿态，你若迁就了他，其他一切他都不在乎了。哪怕你把刚才这杯酒端到他面前，他也毫不犹豫地一口干了。

第十四章

1

一杭从来没有想过，自己还能毫发无损地走出范坚强的别墅。出门的时候，他看到一丛黄花。哦，在他的老家，屋后也有一丛黄花，从他记事起就有。他常想起小时候，一大早便顶着露珠儿到屋后看黄花开没有。其实，当花还包裹在青绿色的花萼里，一丝黄色从微微蓬松的花萼间挤出时最为鲜嫩。带着露珠采摘下来，不管是下面还是煲汤，略放几朵，色香味都齐了。

虽才四月，那翠绿的叶间，已经迫不及待地抽出了几枝花剑。剑身如同一柄丈八蛇矛，尖端处紧贴一些膨大的绿苞，再过一些时候，就会长大成修长的花朵。能重新见到阳光和春天，一切都是那么美好。他感到，内心的春天也到来了，他是那么想见到雪萤。

雪萤逃脱了墨镜男的魔爪，但还是没有逃脱命运的折磨。现在，她连自杀的能力都丧失了。人生的悲哀莫过于此。雪萤一动不动地躺在病床上，身子被雪白的被单掩着，如果不是特别说明，你并不知道她高位截瘫。她能活动的，就只剩下疯狂挣扎的头颅，颈部以下已屈身为一滴柏汁的俘虏并在亿万年时光中被塑造成一枚化石。她感觉自己的头颅氢气球一样在天上东游西荡，体力耗尽的身子却永恒地被禁锢于地狱。头颅越飞越高，和那个曾经亲密无间的朋友毫无瓜葛了。

忽如一夜秋风来，父亲的头上结出一片冰霜。老人家坐在床边，抖抖擞擞地给雪莹喂食。在雪莹小的时候，他没有时间照顾她，终于需要补上这一课了，人到这个岁数，也更具耐心。雪莹睁着眼睛盯着天花板，像是蜡像一样，面无血色亦无表情。父亲拿银匙舀了一匙鸡汤，在碗边刮了刮，又轻轻吹了吹，小心递到雪莹嘴边。雪莹并不动，既不张嘴，也不闪躲，一切在她都不存在。

父亲挪了挪身子，用银匙轻轻地碰她干涩的嘴唇，说："孩子，喝了吧。上天不让你死，你就好好地活着。"雪莹的眼睛潮湿了，却仍是不肯张嘴。父亲定定地看了女儿半晌，叹息一声，把碗放在床头柜上。

父亲开始给女儿念《假如给我三天光明》。他看见女儿轻轻地闭上眼睛，但仍然一丝不苟地念道："当你为没有一双漂亮的鞋子而哭泣时，你该为你有一双可以穿鞋子的脚而感谢。"他放下书，轻轻地摩挲着女儿的头发，说："你身子不能动不要紧，爸爸愿意一辈子做你的拐杖。人和动物最大的区别在于人能够思考，你能思考，比起那些身体强壮但没有头脑的人来说，你应该感到庆幸。"

"我现在连自杀的力气都没有了，活着有什么意义？还有什么值得庆幸的？难道让我拖着半身不遂的身子蓬首垢面地去感谢上帝？那不是太有讽刺意义了吗？"雪莹对命运的不公平安排，感到无奈，也充满愤怒。她不相信在芸芸众生之上，还有一个无所不能的上帝。如果有，怎会让她一次次遭受痛苦的打击？

"孩子，活着就是意义。活着胜过一切。有多少人，有钱有地位，却保不住一条命。比起他们来，你是幸运的。只要还有一口气在，你就要坚强。"父亲脸上的皱纹像丘壑一样，纵横密布，在说最后一句话时，他轻锁剑眉，紧咬腮帮，表情刚毅，像一棵饱经风霜却老而弥坚的大树，希望以自己坚挺的身姿感染意志消沉的女儿。

雪萤听着，默不作声。父亲趁机劝道："你不是学过孟子那篇文章吗？'天将降大任于斯人也，必先苦其心志，劳其筋骨，饿其体肤，空乏其身……'。孩子，你把这当作是上苍对你的一次考验吧。"

"我不想承担所谓的什么大任，我也没有那个能耐，我只想平平淡淡、健健康康地度过一生。这要求过分吗？但就算是这样，也不能叫人称心！"虽然还在挣扎，但雪萤的语气已经软了下来，她的坚持己见似乎是一种消沉的惯性，她有心改变自己的看法，但百米冲刺后无法立刻止步，还会身不由己地往前冲。

陪伴床上，哥哥和傻姑的女儿龙生凤嘴里发出"呜"的一声，突然翻身坐了起来，带着梦意地看着自己的手。老人赶紧轻声走过去，弯下腰正要拍打她的背让她重新入睡，那孩子却又自己倒回床上，翻了个身，把被单压在身下睡过去了，像一只蜷缩一团的虾子。你不知道她那一声"呜"里究竟包含了怎样的信息，也不知道她是否刚被惊扰了一场好梦。老人摇摇头回到雪萤旁边，坐下来，看着熟睡的孙女，喃喃地背了一句《圣经》里的话："上帝从始至终的作为，人不能参透。"与其说是解释给雪萤听的，倒不如说是给自己的安慰。

"爸爸，你不是我！"雪萤把脸侧向里侧，似有泪光闪动。女儿的一句赌气之话刺痛了老人的心，把他内心隐藏的苦水搅动了起来，他不无凄凉地说："我希望是你，愿意和你交换，可是，这能吗？命运是人可以操纵的吗？你哥哥才去世不久，现在你又……"似乎怕说出刺激女儿的话，老人停顿了一下，接着道："你所承受的痛苦，爸爸一分也没有少受啊。"

雪萤咬着皲裂的嘴唇，父亲六七十岁的人了，不但遭受了丧子之痛，还要照顾已成废人的她，自己欠他真是太多了。良久，雪萤抬起亮汪汪的泪眼，抽泣道："爸爸，对不起……"父亲也哽咽了，他不愿意女儿看到自己脆弱的一面，但他毕竟老了。为了掩饰，他举起书，慌乱中随便翻到一页，压抑着哭声，念了起来：

"这三天中的最后一刻终于到来了，我要仔细地看他们每一个人，每一张脸，然后深深地把他们的模样刻在脑海里，储存在我的记忆中。或许这才是最有意义的，也是我最该干的一件事。"

雪萤睁着明亮的眼睛，书页在一动不动的瞳仁里哗哗地翻动，记忆之门也一扇扇地次第打开。

2

鲁迅的伟大意义之一，是为后人提供了一些指向明确的专有名词，从而省却了许多解释的麻烦。比如鲁迅用"精神胜利法"精准地呈现了一个人满足于自我麻痹的心理状态；又比如说，形容一个人酸腐可笑而又执着可怜，你只要说"孔乙己"，大家便心知肚明；再比如说，一个人神经质地喋喋不休，地球人都会联系到"祥林嫂"。也就是说，他以精练的语言概括了一种现象，归纳了一种范式，可供后来者套用。

一杭在楼梯间见到雪萤的父亲、自己的中学老师时，一个词

248

语便跳进了他的大脑——闰土。一杭看见老人坐在阶梯上，在大腿上裹一支旱烟。龙生凤躺在他的怀里睡着了。旱烟劲大，便宜，一般为下层人士所喜好，老师从来不抽烟，一抽就抽最刺激的。

一杭从那瘪进去的腮帮似乎看到了多年后的自己，便心有戚戚地叫了一声："龙老师！"

老人抬起浑浊的眼睛，看了他一眼，只木然地点了点头，便又挪开眼光只顾裹自己的烟。他突然感觉自己和老师之间的联系绷断了，有什么东西让他们无端地隔膜起来，就像《故乡》里，"我"乍见到闰土时的感觉。如果可以重来，龙老师会不会忍气吞声混到退休？这个想法不敬，一杭赔着笑，有些凄然地轻轻从老人身边走过。

轻轻推开雪莹的病房，她像是睡着了。一杭坐在床边，久久地看着她瘦削的面庞。大概雪莹压根儿就没有睡着，睁开眼来。一杭将带着体温的鲜花捧到她面前，让她闻，然后放在枕边，拉起她冰凉的手，说："我们结婚吧！"雪莹吃惊地看着他，不明所以。

一杭站起来，整了整衣服，像在舞台上表演一样，嘴里哼起了《欢乐颂》。然后，他面带微笑，昂首挺胸，伸出右手，似乎正拉着一位美丽的新娘。然后，挽着她的手臂踏着音乐的节奏前进。

一杭继续哼着《欢乐颂》，一边不时偷看自己身旁，并浮起微微笑意，仿佛雪莹就在那里。在病房里走了一圈，一杭停下来，扮演起了司仪："江一杭先生，今天你和龙雪莹小姐喜结连理，请问你有什么话要说？"

接着，他拉了拉领带结，说："我愿意娶龙雪莹为妻，无论是顺境或逆境，富裕或贫穷，健康或疾病，快乐或忧愁，我都将毫无保留地爱她，对她忠诚直到永远。"

一杭又做回司仪，看着雪萤以牧师的口吻道："龙雪萤小姐，请问，你是否愿意嫁给江一杭先生作为他的妻子，你是否愿意无论是顺境或逆境，富裕或贫穷，健康或疾病，快乐或忧愁，你都将毫无保留地爱他，对他忠诚直到永远？"

一杭说完，鼓励地看着雪萤。雪萤脸上已经涕泪纵横。一杭继续微笑着看着她，鼓励地问："你是否愿意嫁给江一杭先生作为他的妻子？"

雪萤狠狠地咬着自己的嘴唇，一言不发。

"你是否愿意嫁给江一杭先生作为他的妻子？""牧师"耐心地问。

"我愿意！"终于，雪萤哽咽着说。眼泪模糊了视线。一杭兴奋地奔过去，掀掉被子，抱起她，在病房里欢呼奔走，不时吻她的脸，吻她的眼睛，吻她的鼻子，吻她的嘴巴。

雪萤仿佛进入了久已设计好的程序，她喘着粗气，颤抖着说："感谢大家光临，今天，是我和江一杭先生大喜的日子，在这个特殊的时刻，我想朗诵一首舒婷的诗，作为我们的爱情宣言。"

一杭快乐地叫起好来。雪萤闭上眼睛酝酿了几秒钟，然后深情地朗诵道："我如果爱你——绝不像攀缘的凌霄花，借你的高枝炫耀自己。"

一杭接道："我如果爱你——绝不学痴情的鸟儿，为绿荫重复单调的歌曲。"

雪萤与他相视一笑，接道："我必须是你近旁的一株木棉，作为树的形象和你站在一起。根，紧握在地下，叶，相触在云里。"

一杭说："每一阵风过，我们都互相致意，但没有人，听懂我们的言语。"

雪莹的声音交融进来:"你有你的铜枝铁干,像刀、像剑,也像戟;我有我的红硕的花朵,像沉重的叹息,又像英勇的火炬。"

一杭说:"我们分担寒潮、风雷、霹雳;我们共享雾霭、流岚、虹霓。仿佛永远分离,却又终身相依。"

两人齐声朗诵:"这才是伟大的爱情,坚贞就在这里;爱,不仅爱你伟岸的身躯,也爱你坚持的位置,足下的土地。"

一阵掌声响起,米拉怀里捧着一束鲜花,把半张脸凑进来,忘情地鼓起了掌。鲜花不小心掉在地上,几片被折断的花瓣撒作一地,血滴般触目惊心。

雪莹呆住了,鲜花掉地并反弹起来的镜头,不断在她眼前回放,她突然尖叫起来,抓着一杭的头哭泣。一杭示意米拉出去,又轻柔地安慰雪莹。雪莹像一只怕光的猫一样,直往一杭怀里钻。米拉不知所措地跪下来,双手将碎花瓣拢到一起,装进白大褂的口袋,抓起地上那束鲜花,匆匆去了。

3

孩子的单纯和快乐都是天然的。当爷爷不在的时候,安静的病房里,龙生凤像只喜鹊,永远精力充沛,小小的病房也能玩出广阔天地来。或者在病房里兜圈子,边走边说些连自己也不大明了的话;或者坐在地上,握着一只拖鞋翻来覆去瞧半天;或者伸着细细的手臂,拿指甲在墙壁上边走边画;或者掂了脚尖,拉开床头柜的抽屉毫无目的地寻找。找到一颗话梅糖,小女孩兴奋地剥了糖纸,塞到嘴巴里,在床沿上磨蹭着,故意吮吸得"嗞拉嗞拉"响。过一会儿，又双手按在床沿，把身子撑起又放下。过了会儿，轻轻爬上床，拿手指去戳雪莹的鼻孔。雪莹扭头看着她，她害怕地停下来，灵巧地滑到地上。站得远远地打量姑妈一阵，又犹豫着走过来，把一颗沾着丝丝唾液的糖突然伸到雪莹嘴边，"咯咯咯"地脆笑。一脸心事的雪莹看着她，微微笑着，摇了摇头。她又猛地把手收回来，怕姑妈反悔似的。却并不急着吃，拿糖凑近一旁脸盆上的小花狗，碰碰它的嘴，恶作剧地笑一笑，快速把糖放进了自己的嘴巴。

雪莹让龙生凤去找护士，把病床床头摇高，并向护士借了一支笔，请她把一张"住院费用一日清单"翻过来铺在床单上。她把笔叼在嘴里时，想写一封信，想了半天，却不知如何下笔。最后，艰难地写了一行字：

假如有一天，我们不在一起了，也要像在一起时
一样。

龙生凤装模作样地拿起纸看了看，折好，替姑妈放进上衣口袋，一扭头，蹦跳着去了窗前，双手搭在窗台，跳起来往外看。"爷爷回来了，爷爷回来了！"她兴奋地尖叫着，拉开门跑出去了。

父亲回来了，坐在陪伴椅上，从床头柜取一只已经蔫瘪的梨削起来，龙生凤立刻凑过来，蹲在一旁迫不及待地去拉刚垂下来的果皮。老人怕伤了她的手，慈爱地呵斥她，小女孩便绞着双手站在旁边看。

雪莹问："都好了吗？"

父亲叹息了一声。

雪莹问："怎么？不顺利？"

父亲摇摇头，把梨分了一半给孙女，又看了看雪萤，雪萤摇了摇头，他便自个儿吃了。边吃边含混不清地说："一切都准备好了，我在二手市场买了辆自行车，到修理店改装成了三轮车，斗很大，免得凤凤碰伤你。"

这次重病，雪萤变得多愁善感起来，脸上电流涌过，便有泪滴下来。"爸爸……"老人擦了擦嘴，双手在兜里找烟，等掏出旱烟，大概想到这是病房，又把烟放了回去。龙生凤斜依窗前，慢条斯理地啃梨，一会儿看看爷爷，一会儿看看姑妈。

父亲开始收拾病房里的私人物品，把柜子里的衣服取下来，折叠好，整齐地放进一个编织袋里。龙生凤跑过来，围着爷爷转圈，好奇地用口齿不清的语言问："爷爷，我们要搬家了吗?"老人点点头："爷爷带你和姑姑去看海。"龙生凤拍着手，跳起来。

东西收拾好了，老人坐下来，看着雪萤，说："真的不告诉他一声?"

雪萤说："不!"

老人沉默了，眼睛四处看，仿佛在看还有漏掉的东西没有。过了半晌，他咳嗽两声，说："三轮车停在医院外，我叫一个擦皮鞋的残疾姑娘帮我看着，我先把东西搬下去，一会儿再来接你。"说着，把堆在门边的三个编织袋吃力地扛在了肩上，颤巍巍地出了门。

父亲的背影消失后，雪萤突然不想走了。当初，父亲听到她打算离开的决定并不吃惊，也没有流露出任何反对，也许父亲的潜意识中，希望她这么做。或许只要是她提出的，父亲都尽量满足。她告诉父亲，她现在最大的愿望是去看海。父亲说，那我们就去看海。她说，可是我们没有路费呀。父亲说，我买辆自行车，载着你和凤凤去。雪萤流泪了，父亲也流泪了。曾经，她是有过去看海的念头，却是和心爱的人一起去，没想到，成了父亲陪自己去。如果一杭知道她要离开，他会怎样呢？她有些期待，又有些担忧。她爱他，也曾经恨过他，但最终明白，自己错怪了他，这一切都是自己造成的，她不能拖累他。如果和他在一起，他不会幸福，那么，自己也得不到幸福。妈妈放手让宝宝走路，是一种锻炼，老板放手让下属做事，那是一种信任。放手，也是一种爱，最伟大的爱。她千百次地想象和一杭在一起的甜蜜未来，却又千百次地粉碎了这个梦。那个叫一杭的男人，注定不属于她，属于她的，是那个男人的镜像。

父亲回来了，喘着粗气，扶着门框歇了一会儿才走进来。他看着雪萤，等待着她说话。她也等待着，期望父亲哪怕是象征性地再劝说她一下，她也好就坡下驴，但父亲没有。雪萤迎着他的目光，凄然地笑了一下："我们走吧。"在一切准备就绪的时候，她不能再打退堂鼓，必须坚定地往前走，哪怕后悔了，哪怕明知错了，也决不回头。

父亲抱起她，像抱起一把枯柴。龙生凤瞅准机会，爬到病床上学着雪萤的样子躺下来。老人说："凤凤，快下来，我们走。"龙生凤睁开眼睛，敏捷地爬起来，泥鳅一样滑到地上，拉着爷爷的裤腿往外走。

雪萤深情地回望了一眼病房，似乎要把这里的一切都带走，包括上帝做证的那场婚礼。《欢乐颂》唱起来了，一杭踩着音乐走过来，拥着她向前走。两个人的诗朗诵，从远处缥缈地传来。龙生凤突然跑回去，把床下的便盆"哗啦"一声拉出来，抱在胸前："爷爷，你忘记东西了。"说完得意地昂起了头。那场婚礼消失了，那个人也消失了。雪萤干涩的眼眶里滚落一滴眼泪，这将是今生今世的永别。亲爱的医生，亲爱的护士，还有，亲爱的……亲爱的，我要走了。

坐在改装的三轮车车斗里，看着街上走马灯似的车辆和行人，龙生凤兴奋得大呼小叫，雪萤的心却越发沉寂。离开，那是怎样的肝肠寸断。她不停地回头，眼珠拼命上翻，希望视野开阔一些，再开阔一些，早晨的太阳让她双眼充血，道旁树成了双影，行人像快放的默片在眼前急速往来。

地平线上，一杭出现了，他举着衣服，拼命地挥着追向三轮车。父亲没有听到他的喊叫，偏头看了看他的一对孩子，佝着腰用力地蹬车。车轮越转越快，越转越快，终于飞了起来。龙生凤的笑声和铃铛声脆生生地丢了一路。三轮车拐进了一条小巷，回头并不见一杭。她不能确定，刚才是否有人在身后追着跑。不过，她坚信那不是幻觉，于是，有了一组浪漫而感伤的镜头，伴着她一路东行，并最终与大海的蓝色波涛重叠。

夕阳抖开一匹律动的红绸，荒荒海水就在跟前，由光斑织成的玫瑰对着她一脸灿笑。玫瑰像列队的士兵，前进后退，瞬间组成了一行整齐的文字：假如有一天，我们不在一起了，也要像在一起时一样。她的心被海水淹没了，就像重回母亲的子宫一样，温暖，幽暗，舒适。她把自己变成了一尊雕塑，站在老街那间阁楼的窗前，守望一段前世的孽缘。

1

由于没有确凿的证据，夏冰被无罪释放。走出看守所大门，夏冰心情大好。在坑坑洼洼的柏油路上走了一段，听到身后有汽车驶来的声音。一辆运煤车似要回城，夏冰站到路中央，一手提着包裹，一手挥动着手里的衣服。车停了下来，司机探出身子问："你到哪里？"夏冰跑了过来，说："回城。"司机看了看身旁坐着的一位年轻女子，耸耸肩，说："驾驶室坐不下了，如果你愿意，到车厢里凑合一下吧。"夏冰立即爬上了车厢。

快进城时，司机停下车，冲车厢里的夏冰喊："到了，货车白天不能进城。"夏冰提了包裹跳下车，路边几个嬉戏的孩子偷偷地看他。他疑惑地在脸上抹了抹，那群孩子哄笑一声，散开了。夏冰看了看自己的双手，黑漆漆的像是一块木炭，便也笑了。他在路旁一处小院里看到一口装有压水器的井，跑上去，按动手柄，取了一桶水，洗了手，洗了脸，又把衣服仔仔细细地拍打了一回，重新上路。

走了好远才找到公交车站。坐车进城，路过一风公司时，他见一风公司木制的招牌已经风化了，白底上爆出丝瓜布一样的细小网纹，甚至有一些乳白色的漆已经脱落了。淡黑色的仿宋体公司名斑斑驳驳，下端被刀划了一些不规则的图案和线条，不知谁用红色粉笔在上面写了一行淡淡的英文："I love you"。

公交车驶了过去，夏冰脸上还留着一丝冷笑。他突然站起来，推开窗，把头伸出去，学着电影《泰坦尼克号》中杰克的样子，重重地对着大街吐了一口痰，旁若无人地喊道："我胡汉三又回来啦!"车内不少人厌恶地看着他，但见他油亮的光头和这一身打扮、这一副表情，猜出他从哪里来，都不约而同地把目光小心地滑开，或专注于窗外的景色——其实什么景色也没有，或与身边的陌生人攀谈起来——仿佛老友相见热情有加，也有闭目养神的——只是，眼皮不动声色地一张一闭，注意力还在夏冰身上。

夏冰下了车，听到身后压抑已久的抱怨声终于爆发出来："太没有素质了!""一看就知道不是好人!""垃圾!"夏冰冷笑一声，走向十字路口一家报亭。他趴在报摊上翻了翻，要了一份《成都市民报》，一瓶绿茶和一个面包，还要了一张IC卡。

夏冰把包袱从肩上取下来，垫在街沿，坐下来一边吃面包，一边看报纸，肚子填饱了，报纸也看完了，报上说，有一注中了五百万元的彩票，一直没有去认领，现在已经过期了。夏冰想，这肯定是骗人的，便把报纸一团，扔进路边垃圾桶，朝一处僻静的电话亭走去。

夏冰斜倚在话亭上，单腿站立，一只脚的脚尖在地上画来画去。他一边看着远处的人流和车队，一边和一个人讨价还价。对方似乎不肯让步，夏冰有点儿不耐烦地说："好，成交！在哪里交货？……好！明天见！"挂了电话，抽出 IC 卡，夏冰有一丝兴奋，有一点儿期待。

伟大的时刻即将到来。结伴而来的还有罪恶。

5

夜深了，范坚强的别墅周围一片漆黑，一个人影轻轻翻墙而入。

世界安静得让人产生恐惧，偶尔有落叶跌跌撞撞贴地飞行的沙沙声，还有夏冰的心跳声。

夏冰穿过一条花木缠绕的小径，径自进了左边一道拱门，里面有一个小院，正对门是并排相连的三间屋子，两侧亭台，一个近墙，另一个有一道小门通向外边花园。夏冰轻轻地走到中间那一间，那是范坚强的卧室。门虚掩着。夏冰在门外听了半天，未见动静，这才右手举起枪，左手摁亮手电，用脚尖轻轻顶开门。

手电和枪，同时指向床。被子叠得整整齐齐，床上空无一人。夏冰又在屋子里四下寻找了一遍，除了一只蹲在窗台上打盹的黑猫，什么也没有。当然，猫已经纵身跳下地，蹿出大门逃跑了，听得出它的身体在门边上重重地刮了一下。

夏冰举着手枪退出来，又轻轻打开旁边一间卧室，还是没人。另一间是书房，书架上是高高低低的图书，一些横放着，一些竖放着，上面还散乱着一些笔筒、镇纸之类的小物件。四壁都挂着画，一些装裱过，一些用图钉临时钉在墙上。夏冰开门时带起的风将其中一幅轻轻荡起，又缓缓飘落。全是雪萤的画像，有正面，有侧面，还有背影，有一张两个人牵手在一起，一个是雪萤，一个是范坚强，画成婚纱照的样子。夏冰愤愤地把这幅画从墙上扯下来，摔在地上，又在范坚强的画像上踩了几脚。

靠窗一张乌木大书案，上面很乱，堆着宣纸。砚台里的墨还很新鲜，墨迹沿着斜放在上面的毛笔已经延伸到了书案上，墨色从书案上的一张宣纸上浸出来一团。宣纸上是一幅未完成的女人肖像画。夏冰用枪轻轻将画纸摊平，画上的女人是雪萤。

夏冰从书房退出来，穿过旁边那道门，左拐进入后花园。月季的香味儿混在夜雾里，浮在空气中。只有在寂静的夜里，花的香味儿才如此纯净，如此浓郁。夏冰有一些陶醉了，但很快想起自己并不是来赏花的。他打算明天晚上再来。穿过后花园，有一道小门，通往河边。他准备从小门翻出去。

夏冰一边往后门走，一边回头看，不想踢翻了一个花盆，花盆掉进水池里，激起一股水花，一声闷响在静夜里格外刺耳。"谁?"夏冰听得身后传来一声询问，心里一惊，立即矮在树影里，紧握手枪，浑身冒汗。过了好一会儿，并不见人，才小心地站起来，四处打量。

夏冰循着声音方向前行。在花木丛中走了几步，便看到一处单独的两层小楼，小楼被大树环抱，极不显眼。再往前走，是一片花园，头顶是一条空中走廊，走廊的尽头搭在高高的围墙上，那里有一座平台，平台上隐隐有灯光。

尽管夏冰很小心，衣服还是不时被花枝钩住，偶尔还会撞上一张湿漉漉的蛛网。走了十来米，终于穿出花丛，前面是一片草坪。草坪中央，四根砖柱顶着一个平台，一侧有台阶通到平台上。

夏冰扶着栏杆轻轻爬上平台。范坚强和一杭正在对饮。

"我准备明天去自首。"范坚强淡淡地说，"后事已经安排好了，公司的财产已转到你名下，明天开始，你就是一风公司的总经理。我这样做，不是要你原谅我什么，这只是我对你们母子的一点儿补偿。"

一杭只顾喝酒，什么也没有说，也不知道该说什么。

"我带你去认真看看这所房子吧，现在他属于你了。"范坚强站起来，却发现了夏冰。他大吃一惊："谁在这里？"夏冰见被发现，便不再躲藏，大摇大摆走到范坚强旁边坐下。"是我，我闻到酒香，就进来了。"说完，抓起桌上的酒瓶，对着瓶口喝了一大口，又将一块牛排塞在嘴里。

范坚强紧张地看着他。夏冰风卷残云，把桌上的酒菜一扫而光，一边打着嗝一边向下捋着肚皮，说："你让我代你坐牢，自己却大吃大喝，公平吗？"

范坚强皱着眉，问："你想做什么？"

夏冰抹了抹嘴巴，两手互相擦了擦，将空酒瓶"砰"的一声敲碎了，恶狠狠地说："我想做什么？你说我想做什么？！"

范坚强紧盯着他，说："有话好好说，有话好好说。"

夏冰昂起头："我和你没有什么可说的。"说着，从兜里掏出一把手枪。

"不要乱来！"一杭站起来道。

"你给我闭嘴！我还没找你算账呢，你抢走了我的雪萤。"夏冰情绪激动起来。

范坚强突然一掀桌子，杯盘碗盏向夏冰飞去，同时，对一杭

259

说："你快走！"一杭像木偶一样定在那里。

夏冰抹掉头上脸上的剩菜残羹，狞笑着，向范坚强抬起了手。黑洞洞的枪口发出冷幽幽的光。他咬牙切齿地说："姓范的，我今天代表上帝宣判你死刑！"范坚强一手拿餐刀，一手拿餐叉，似要与夏冰鱼死网破。

但他还没有靠近夏冰，夏冰就扣动了扳机。"不！……"一杭冲过来，挡在范坚强身前。

沉睡的夜晚，在一声枪响中醒来。

尾　声

1

　　此后许多年，釜溪河上出现了一个被时间遗忘的摆渡人。他刚到那里的时候，就像在一幅乡村画上突然坠落一滴墨，大家千方百计想把它擦除，但在所有努力都宣告失败以后，人们对此也就习以为常，久而久之，那粒飞来之墨也成了画的一部分。

　　最初发现这位摆渡人的是一群小孩，对这位胡子拉碴的外来者，他们表现出了同仇敌忾的排斥，他们认为这是一个疯子。在乡下，疯子和哑巴都是被用来吓唬小孩的，谁家孩子不听话，父母就说："不准哭，再哭叫疯子把你背走。"或者说："让哑巴把你抓走吃兔屎鸟粪。"于是，孩子便不敢哭了。于是，当夏家村古渡口出现一个陌生的摆渡人时，小孩子们首先以他们的方式对他发起了攻击。他们不敢一个人从他身边走过，总是几个结伴而行，远远地拾了土块，蹑手蹑脚地绕过去，又生怕他追来，不时回头偷看。他们发现这个疯子并没有想象中的那么凶恶。有一天，一个胆大的孩子为了不让手中土块的理想落空，便扔向了疯子,大家便都效仿他。以后,即便不顺道,孩子们也爱绕道渡口,拾了土块,暴雨般扔到疯子头上。疯子狼狈地逃窜,嘴里嘟囔着,不知道骂些什么。他们才不管呢,笑着跳着跑远了。

他是一个孤独的摆渡者,成天坐在小船上,或者坐在河边那丛竹林下。很长一段时间,不少过路的人都奇怪地向村里人打听:"怎么,夏疯子还魂了?"而人们总是从下游绕行,也不愿坐他的小船,尽管他在船篷上挂了一块木牌,写明:免费过河。人们以好奇的目光打量他。"一个细皮嫩肉、穿着周正的人,怎么会跑到这偏僻的乡村来摆渡呢?还不收钱,如果不是这里出了问题是什么?"一个人向另一个人递话,说到"这里"时,指了指脑袋,似乎很忌讳那个词一样。另外那个人便耸耸肩:"谁知道呢?"

虽然大家没有实际享受到摆渡人带来的方便,但泡茶馆的男人、织毛衣的女人,嘴边多了一个津津有味的话题,一个谜。在乡下人简单的生活里,一切都是日出而作,日落而息,周而复始,理所当然。但摆渡人一下子把他们的生活撕开了一条口子,让他们看到了这种生活之外的一些气息,一些他们无法解释的而又深感兴趣的元素。比如,这个人来自哪里?他生活的世界是什么样的?有个小孩甚至一口咬定,摆渡人是外星球生命。那么,外星球又是怎样的?他们也从来没有看到这个人种地,没见过他挣钱,他吃什么?他真是外星人可以不吃饭?

没有人知道。又想知道。

有一天,有人发现外星人走了,他的小船系在一棵成年竹子上。一个小孩自告奋勇去当探马,二十分钟后,风急火燎地赶回来,上气不接下气:"他、他、他……"散坐在竹荫下的半个村的人都站起来,围着脸红脖子粗的小男孩,紧张地屏住气,怕把小孩吹闭气似的。小男孩一连几个"他",就是没下文。他父亲焦急地一耳光打在他脸上："你倒是说呀，他怎么啦？"小男孩捂着脸说："他去了镇上。"说完哭了起来，便有人过来安慰他，边抚摸他的头边问："去镇上干什么了？"小男孩抬起头，睁大眼睛，说："我急着回来向你们报告，没注意他干什么。"那人一听，推开小男孩，说："蠢货！"

村人闹闹嚷嚷起来，不知道该怎么办。一个年纪大点儿的说："咱们去看看他船上有什么东西？会不会有发报机，说不定是美国派来的间谍。"一个被遗忘的村庄，人们的观念、理解事物的方式还停留在上世纪七八十年代。一听间谍，神情立马严肃起来，不吵了。三个胆大的便随年长的把小船牵过来，跳上去。小孩子被大人赶得远远地站着，其他一些人蹲在高处，一些抓住竹棵，一些折了根树枝握在手里。一个年轻女子抓着身边男子的手，却没有注意到抓错了人，那男子虽然注意到了，却不点破，假意看着船上的人，却一直偷偷观察那女子。

过了一会儿，船上的人向大家招手。没有发现发报机，除了一床被子，几件衣服外，还有一本书和一个纸箱。书很厚，封皮是黑色的，书页软绵绵的，很薄，却很有韧性，文字是外文的，看不懂。船上的人开始争论，一个说是火星文字，一个说是大英帝国的文字，一个人保持中立，年长的那个人歪着头看了半天，说："管他什么文字，拿走。"说是火星文字的不敢拿，怕亵渎圣灵，说是英文的那个拿走了书，说是要留给儿子将来学英语用。

年长的和另外一人把那个纸箱抬到岸上，都不敢去开封，怕是炸弹。一个趁大人不注意偷偷溜回来的中学生突然笑了起来。大家都奇怪地看着他。他说："这不是炸弹。"说着，撕开纸箱上的胶带，取出一瓶印着图案的易拉罐。旁边的人便有些紧张地悄然后退，男孩用力一拉拉环，"砰"的一声，黄色的液体和泡沫一起冲了出来，胆小的妇女吓得尖声起来，一个瘫坐在了地上。

男孩哈哈大笑。男孩的父亲这时分开人群挤过来，怒气冲冲地骂他："你个死娃儿，还不回去，到这里来干什么?!"

男孩把易拉罐递给父亲，说："这是啤酒，你尝尝。"

父亲不尝，孩子便仰起脖子，把黄黄的液体倒在了嘴里，所有的人都睁大了眼睛。男孩子很陶醉的样子，又干了一罐。

年长的男子便说："不准动，这是我发现的，归我!"

人群乱了，推搡着挤过来，抢易拉罐。连纸箱也被一个落后的老太婆骂骂咧咧地抢走了。没抢到的，便跟着抢到的身后追，一罐啤酒，被无数只手托来夺去。一些抢到的，躲在暗处，却不知道如何开封，纷纷跑过来找中学生取经。中学生背过身去拉开易拉罐，照例喝一口才递还对方。一些聪明的，自己发现了机关。一个瘸腿跑不过大家，没抢到易拉罐，便趴在地上，吮别人洒出来的酒液。

人群散去了，一直站在远处观看的旺嫂小心地走到岸边，拉着缆绳把小船牵到身边，猴子掰苞谷般翻拣残余的东西，剃须刀、臭袜子、拖鞋……烟花般纷纷从船上弹射出来，一条碎花内裤像顶帽子一样歪戴在一棵桑树巅。最后，旺嫂把一床被子裹了裹挟在腋下，顺着小河向下游走去。

2

天空细雨如乱丝，河上春潮初泛，间或有焦黑的断木和星散的水莲花自上游漂来。一叶敞篷小舟，拴在一棵才冒黄芽的桑树腰间。春草丛中的桑树瑟瑟抖动，缆绳绷得梆紧，发出努力挣扎的"嘎吱"声，仿佛立刻就要断掉。一个人坐在船头，簑衣竹笠，两眼空茫，仿佛置身尘世之外，生死荣辱，都可以无动于衷。有人在对岸把手拢在嘴前喊："过河！"摆渡人立即站了起来，手忙脚乱地解下缆绳，惊走野鸟一片。

岸上的男子跳上船，船猛地向下一沉，摆渡人晃了晃，扶着船沿才没有摔倒。男子笑呵呵地问："你叫什么名字？"

摆渡人摇着桨，沉吟道："谁谓河广？一苇杭之。"

男子把耳朵凑过来，疑惑地问："你说什么？"

他淡淡一笑，重复道："谁谓河广？一苇杭之。"

男子说："我问你叫什么名字。"

他还是道："谁谓河广，一苇杭之。"

男子摇摇头，低声自言自语："是装傻还是真疯？"男子又问："你从哪里来？"

他说："远方。"

男子不解："远方是哪里？"

他说："远方就是远方。"

船已到河心。男子突然站起，一把提起摆渡人，把他放进河里，说："老实说，你叫什么名字！"

"谁谓河广，一苇杭之。"

男子把他的头按到水里，他挣扎着吞了几口水。男子不再纠缠他的名字，而是问："你到这里来干什么？"

他说："摆渡。"

男子将他再度沉入水中，数秒后，问："你是不是有什么阴谋？"

他剧烈地咳嗽着："没有。"

"你叫什么名字？"男子突然弯回原来的问题。"谁谓河广，一苇杭之。"他似乎处乱不惊。男子摇摇头："真是个一苇先生。"

从此，摆渡人有了自己的名字，一苇先生。但是，人们很快发现，摆渡人刚来时，曾经在竹林旁边堆了一座坟，墓碑上写着：

一杭之墓

我死了，我在另一个人身上活着。

摆渡人经常坐在石碑前喝酒，易拉罐散了一地。人们就议论，既然一杭先生的坟墓都筑好了，他怎么还可能活着呢？这人脑袋真有问题。有人很好奇坟里到底埋着谁，悄悄把坟掘开，却只看到一个铁匣，铁匣里装着一本题为《真相》的书，他把书随手扔到了河里，抱着铁匣回家了。

3

不久，渡口就彻底废了。政府出面，集资在渡口处又修了一座桥，摆渡人无事可做，船也成了象征。除了在上面睡觉以外，船对他别无用处。摆渡人开始上岸活动，看村人播种收割，他喜欢秋天，一派金黄，有油画的美感。他想把自己也融进这幅画里。

旺嫂家的男人死了，女儿远嫁山外，儿子一结婚就闹着分家搬走了。家里只剩她一个老婆子，一个人在河边的田里收割水稻。手到处，稻穗摇摆，蚱蜢像突然爆炸一样，四下弹跳开来，发出"吱吱吱"的振翅声。水蜘蛛抛下一根银线，荡到水面，伸长细腿，背着一个炸药包似的卵袋快速逃开。一杭先生看得兴起，不由得停在了田埂上。旺嫂突然抬头看见他，以为他是在看自己，脸红了，说："看什么，有什么好看的？"

"好看，好看着呢。"一杭先生说。说完，他裤管也不卷便下了田，向旺嫂走过去，伸出手。旺嫂怔了一下，明白了他的意思，便把手中的镰刀给了他，垂着胳膊表现出好奇的样子。

腿陷进泥里，以一种平视的角度来看那一大片茫茫苍苍的稻穗，有一种史诗般的壮美。一杭先生弯下腰，把头扎在那一片流动的金色海洋里。他左手卡住稻桩，右手镰刀搭在稻桩上向面前用力一拉。"唰"，一把稻子便齐齐地从母体上断裂开来，断处洇出一滴晶莹的液体，沿泛黄的谷桩滚落水中，铮然有声地荡起一圈涟漪，在一杭先生眼前无限扩展，以至于他突然听到了大地的脉动和大海的音乐。他痴痴地站在水里，觉得自己是一只浪尖上舞蹈的黄叶上的蚂蚁，身边是一个巨大的漩涡，又一个巨大的漩涡，命运身不由己。

一只翠鸟出其不意地从远处飞来，看不到翅膀扇动，像色彩艳丽的子弹，"嗖"地射向釜溪河那一湾秋水。镜亮的水面被凿开一个幽深的窟窿，水面律动的水波尚未扩散，翠鸟已经全身而退，稳稳落在小船支起的木桨上。

两个警察，沿着河边走来。

图书在版编目(CIP)数据

致命的爱／李华著. —北京：中国文史出版社，
2016.1

（跨度长篇小说文库）

ISBN 978 - 7 - 5034 - 6360 - 0

Ⅰ.①致… Ⅱ.①李… Ⅲ.①长篇小说 – 中国 – 当代
Ⅳ.①I247.5

中国版本图书馆 CIP 数据核字(2015)第 097584 号

责任编辑：薛媛媛

出版发行：中国文史出版社
网　　址：http://www.chinawenshi.net
社　　址：北京市西城区太平桥大街 23 号　邮编：100811
电　　话：010 - 66173572　66168268　66192736（发行部）
传　　真：010 - 66192703
印　　装：廊坊市海涛印刷有限公司
经　　销：全国新华书店
开　　本：720×1020　1/16
印　　张：17.25　　　字数：200 千字
版　　次：2016 年 1 月第 1 版
印　　次：2017 年 1 月第 2 次印刷
定　　价：35.00 元

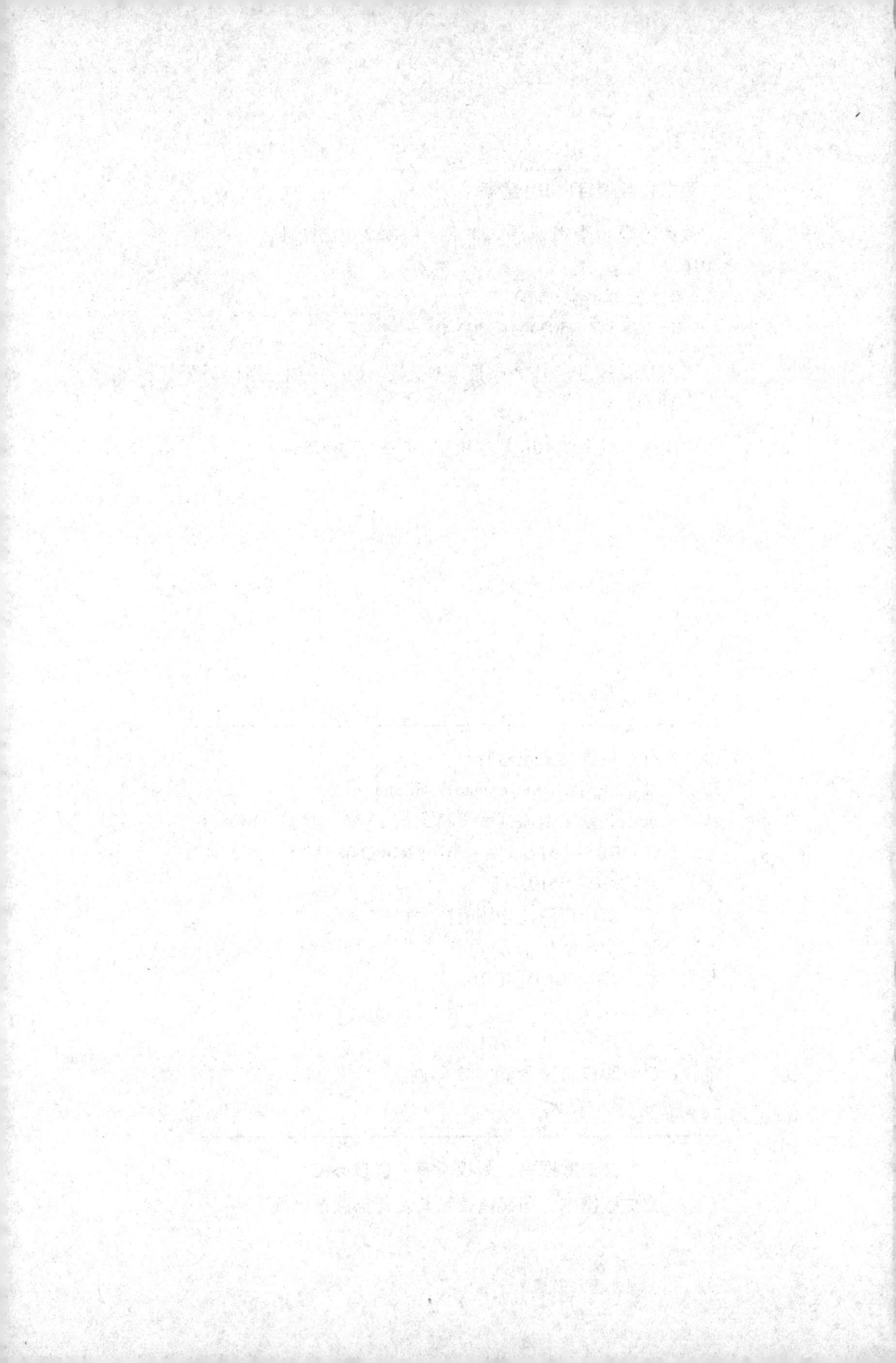